Tanja Wagner

8 WEEKS - Vollstreckung

Tanja Wagner

8 WEEKS

Vollstreckung

Erotik – Thriller

Bibliografische Information der Deutschen Nationalbibliothek:
Die Deutsche Nationalbibliothek verzeichnet diese Publikation in der
Deutschen Nationalbibliografie; detaillierte bibliografische Daten sind im
Internet über http://dnb.dnb.de abrufbar.

Herstellung und Verlag: BoD – Books on Demand, Norderstedt

ISBN: 978-3-7568-1418-3

Es ist an der Zeit ...

Bekenne deine Sünden!

ALWAYS TAKE
CARE IN THE
DARKEST
TIME OF THE
YEAR!

The City that
never sleeps! / NY

Du gehörst nicht in meine Welt. Du solltest nie in mein Leben treten.
Doch Du bist es!
Nach allem, was geschehen ist, bin ich nicht mehr stark genug, dich gehen zu
lassen!

Zu diesem Akt gehören zwei! Und bei Gott, ich werde dieses Spiel nicht ohne
dich spielen!

Dieses Mal werde ich jedoch klar genug für uns beide denken, um keine weiteren
Fehler zu begehen.

Ich finde dich, Lia!
Und dann wirst du MEIN sein – bis zum letzten Atenzug.

New York / Manhattan.

Jeremy

Zurück im Leben, bin ich gedanklich einem Mann ausgeliefert, der mich
vor Begehren feucht werden lässt und gleichzeitig ängstigt.

Jeremy Adams war mein Gefangener, mein Entführer, ... mein Beschützer.
Seit geraumer Zeit verhält er sich jedoch wie ein lautloser Killer, dessen
Besessenheit sekündlich wächst.

Wenn ich doch nur seinen verführerischen Augen widerstehen oder mich
gegen sein mörderisches Spiel mit meinem Verstand wehren könnte.
Egal, wie weit ich fortlaufe oder wie gut ich untertauche, in einer Stadt mit
Millionen von Gesichtern, er ist allgegenwärtig.

Ich werde mich schützen und versuchen ihm immer einen Schritt voraus
sein. Doch wie gefährlich ist dieser Mann wirklich für mich?

New York / Queens.

Emiliana

Der Deal war in dem Moment besiegelt, in dem der Hörer aus Jeremys Hand auf das Public-Phone des Airports knallte.

Es war, als könnte er Emiliana deutlich vor sich sehen. Pechschwarzes Haar, die samtweiche Haut, und die Rehaugen, die alles andere als Schüchternheit vor dem Jäger ausstrahlten.

Das unverkennbare Geräusch einer abhebenden Maschine hallte durch die Fensterscheiben zu ihm durch.

Meine wilde Schönheit ist also auf der Flucht! Vor mir! Scheinbar hat sie noch immer nicht verstanden, dass ich entscheide, wann das Spiel endet. Aber das macht nichts, denn ich werde es sie spüren lassen. Gnadenloser und härter als jemals zuvor ...

Das Gewitter kam plötzlich und vollkommen unerwartet. Es war einer von diesen düsteren Tagen, die kalt und nass den Winter in New York willkommen hießen.

Jeremys Blick nach draußen verschwamm durch die beschlagene Scheibe, weshalb er sich von dem großen Fenster abwandte.

Zwei Monate war er bereits der neue CEO von Marshall-Enterprises und die Geschäfte liefen unglaublich gut. Wenn er an Joels Büro vorbeikam, welches nach dessen Tod ohne Namensschild und fest verschlossen, noch sein Dasein auf dieser Etage genoss, lief Jeremy ein Schauder über den Rücken.

Zehn lange Jahre hatte er mit diesem Mann Seite an Seite gearbeitet und dann kam das völlig Unerwartete.

Nun war jener weg, die Firma lief auf Hochtouren, und Jeremy hatte sogar einen neuen Vertrauten, zumindest, was die geschäftlichen Anliegen anging.

Eugene Douglas, der Speedy Gonzales, wenn es um lukrative Abkommen mit Gläubigern oder Schuldnern ging, zeigte sich bereits in seiner Anfangszeit bei Marshall-Enterprises, als wahnsinnig ehrgeizig und verbissen.

Jeremy erinnerte sich dadurch oft an seine eigenen Anfänge und dass auch er damals nicht mehr wollte, als sich einen festen Platz in der Finanzbranche zu sichern.

Und siehe da, sein Ehrgeiz hatte sich tatsächlich gelohnt. Heute sitzt er als leitender CEO in einem Großraumbüro, genießt den Respekt und das Ansehen der Mitarbeiter, und die internen Aktien steigen täglich.

Da die digitalen Uhren bereits 7.30 p.m. zeigten, beschloss Jeremy seinen PC herunterzufahren und Feierabend zu machen.

Im Gebäude selbst war alles ruhig.

Die meisten der Repo-Man hatten längst ihre Plätze verlassen, doch am Ende des langen Flurbereichs sah man aus einem der Büros noch grellen Lichtschein dringen.

Da die Tür nur leicht angelehnt worden war, betrat Jeremy den Raum ohne vorher anzuklopfen.

Seine Augen konnten Douglas ausmachen und wie dieser in eine Arbeit am Laptop vertieft war.

Beim Nähertreten wagte Jeremy einen flüchtigen Blick auf das Display.

Als er erkannte, dass Douglas Fotos einer Party ansah, beschloss Jeremy durch Räuspern auf sich und seine Anwesenheit aufmerksam zu machen.

Douglas hingegen erschrak als er seinen Boss direkt neben sich entdeckte.

Umgehend versuchte er den offenen Tab zu schließen, doch es tat sich partout nichts. Wieder und wieder tippte er mit dem Finger auf der Maus herum.

Der Laptop hatte sich durch die mehrfach hektischen Eingabe-Befehle aufgehangen und verweilte stur in seinem Freeze-Modus.

Jeremy grinste breit. „Lass mich raten, das sind gewiss die neuesten Aufträge, um die du dich kümmern wolltest."

Douglas schüttelte den Kopf und sog tief Luft ein. „Mr. Adams! Ich weiß, das mag jetzt komisch aussehen, aber ich wollte wirklich nur ganz kurz ..."

Jeremy klopfte ihm brüderlich auf die Schulter.

„Kein Problem. Es ist ohnehin schon spät und ich wollte eigentlich nur vorbeischauen, um dich zu fragen, ob Mrs. Douglas nicht längst auf dich wartet."

Jetzt verzog auch Douglas das Gesicht zu einem Lächeln. „Sie wissen doch, dass ich nur eine Freundin habe."

„Nur?", fragte Jeremy mit zusammengezogenen Augenbrauen. „Das ist klasse! Sollte es nicht funktionieren, erspart man sich den ganzen Stress um das leidige Thema Scheidung."

Douglas seufzte. „Da haben Sie vollkommen recht, Mr. Adams."

„Bitte Doug, wie oft muss ich dir noch sagen, dass du mich nicht mit meinem Nachnamen ansprechen musst. Jeremy reicht vollkommen."

Nickend und mit erhobenen Händen antwortete Douglas: „Sorry, Jeremy. Ich muss mich erst noch daran gewöhnen meinen Boss so freundschaftlich ansprechen zu dürfen."

„Tue das", gab Jeremy zurück und verschränkte die Arme.
„Willst du mir denn gar nicht erzählen, um wen es sich auf den Bildern handelt. Sieht nach einer wilden Party aus."
Douglas wandte den Blick wieder dem Laptop zu.
„Nun, das sind enge Freunde von mir. Mein bester Freund Jefferson, den wir hier in einem schicken Smoking vor der Cocktail-Bar sehen, hatte am Wochenende seinen Junggesellenabschied in der Blue Diamond VIP-Lounge gefeiert."
Jeremy sah auf das Display. „Blue Diamond? Ich habe schon viel von dem Laden gehört, war aber selbst noch nie dort gewesen. Lohnt es sich denn?"
Douglas scrollte weiter.
Er geriet auch umgehend in Erzähllaune. „Holy Shit, ja! Der Laden ist der absolute Hammer!"
„Holy Shit?", fragte Jeremy lachend.
„Pardon", entschuldigte sich Douglas für seine Wortwahl.
„Alles, was ich sagen will, ist, dass der Abend ein toller Erfolg gewesen ist."
Mit verschränkten Armen ließ sich Jeremy die Bilderreihe zeigen, während Douglas sich in seinen Erzählungen verlor. Es klang wirklich nach einem tollen Abend.
Das nächste Foto erschien auf dem Display, wurde jedoch mit nur einem Mausklick weitergeschoben.
Jeremy wunderte diese Handlung, weshalb er fragte: „Dazu gibt es keine nette Story?"
Douglas sah auf. „Zu diesem Bild? Doch, und zwar ..."
„Nein, zu dem davor", unterbrach Jeremy.
Per Mausklick sprang das Display einen Schritt zurück.
„Dieses meinst du?" Douglas lachte auf.
„Leider kann ich dir dazu nicht viel erzählen, denn die Damen hatten mit unserer Feier nichts zu tun. Ich ..."
Er stoppte.

Jeremys Augen weiteten sich und er wirkte wie in Trance.

Vorsichtig fragte Douglas: „Alles in Ordnung?"

Aus der Starre herausgerissen schüttelte Jeremy den Kopf, ehe er hastig antwortete: „Na klar! Alles bestens!"

Innerlich sah es in ihm jedoch vollkommen anders aus.

Nach den vergangenen zwei Monaten habe ich dich endlich gefunden, meine wilde Schönheit! Acht lange Wochen hat es gedauert und ich wollte die Suche bereits aufgeben.

Einen Menschen, der nicht gefunden werden will, in Weltmetropolen wie New York ausfindig zu machen, ist nicht schwierig, sondern nahezu unmöglich. Doch ich hab dich! Was tust du da schmutziges in einer Bar, wo sich notgeile Männer herumtreiben? Du feierst mit Frauen, die du mit hoher Wahrscheinlichkeit noch nicht einmal kennst. Doch du stichst deutlich aus ihnen heraus. Wie ein Reh, das sich unter Hasen verirrt hat. Warum nur, bist du von mir fortgelaufen?

Douglas atmete hörbar ein. „Soll ich weiterscrollen?"

Jeremys Augen leuchteten. „Doug, weißt du zufällig, was die Damen ins Blue Diamond verschlagen hat?"

Mit der Hand an seinem Drei-Tage-Bart grübelte Douglas. „Nein, das weiß ich leider nicht."

Plötzlich klatschte er sich an die Stirn. „Natürlich! Jetzt fällt es mir wieder ein. Es wurden mehrfach Birthday-Songs gesungen. Einmal hatten wir Männer uns sogar beteiligt und das klang gar nicht mal so schlecht."

„Danke Doug!"

Schnellen Schrittes verließ Jeremy das Büro.

„Schönen Abend", murmelte Douglas, denn er wusste beim besten Willen nicht, wie er das merkwürdige Verhalten seines Bosses einschätzen sollte.

In seinem Haus griff Jeremy zuallererst nach der Whiskyflasche.

Er hoffte, dass der Alkohol all die Gedanken an Emiliana mit einem einzigen Schluck verbannen würde.

Doch das klappte nicht.

Mit der Hand fest um den Flaschenhals, ließ er sich auf dem großen neuen Ledersofa nieder.

Das Haus wurde vollständig renoviert, sodass ihn nichts mehr an die Zeit mit Sara in diesen Wänden erinnerte.

Eigentlich diente es nicht nur ihm, sondern Emiliana hätte sich nach ihrem Einzug von Anfang an wohl und sicher fühlen sollen.

Sie hatte da allerdings, wie sich am Airport in einem Telefonat feststellte, ganz andere Pläne.

Jeremy lehnte den Kopf zurück und schloss die Augen. Nach einer Weile schoss er wie von einer Nadel gepiekt wieder in aufrechte Position.

Ein weiterer Schluck Whiskey rann seine Kehle hinab, ehe er die Flasche auf den Boden stellte und nach dem mobilen Haustelefon griff.

Eine freundliche Stimme ließ nicht lange auf sich warten.

„Willkommen bei der Auskunft. Mit wem dürfen wir Sie verbinden?"

„Bitte verbinden Sie mich mit der Blue Diamond VIP-Lounge."

„Sehr gerne. Einen Augenblick bitte ..."

Ein melodischer Sound drang an Jeremys Ohr.

Dann folgte ein Klicken und es wurde erneut gesprochen.

„Blue Diamond, the hottest place to celebrate your event! Ich bin Riccardo, was kann ich für Sie tun?"

„Ja, ähm ..., Riccardo, hier spricht Mr. Ada ..."

Jeremy räusperte sich. „Ich meine, Mr. Adalistor."

„Schönen guten Abend, Mr. Adalistor! Welch selten schöner Name."

„Ja, also ich hätte eine Frage zu einer Feier bei Ihnen am letzten Wochenende."

„Ich tue was ich kann, schießen Sie los."

„Ich weiß, das mag jetzt ein wenig seltsam klingen, doch wären Sie so freundlich und könnten mir den Namen der Dame verraten, die ihren Geburtstag gefeiert hat."

Riccardo seufzte. „Mr. Adalistor, das tut mir schrecklich leid, doch aus Datenschutzgründen …"

Jeremy unterbrach: „Das ist mir bewusst. Ich würde allerdings nicht fragen, wenn es nicht unheimlich wichtig wäre."

Kurze Stille.

„Wie gesagt, Mr. Adalistor. Ich kann da leider nichts tun."

Mit der Hand umfasste Jeremy den Hörer so fest, dass seine Knöchel weiß wurden.

Die Tonlage war ruhig, doch bedrohlich.

„Hör mir jetzt ganz genau zu, Riccardo. Ich möchte, dass du in deinen Computer siehst und mir diesen klitzekleinen Gefallen tust, okay? Ich meine, du willst sicherlich auch morgen noch in dem Laden arbeiten, und glaub mir, wenn ich sage, dass ich den nötigen Einfluss habe, um dich fristlos dort hinauszukatapultieren. Nicht nur aus dem Blue Diamond, wenn du verstehst."

Riccardo zeigte sich empört, doch zeitgleich schwang Unsicherheit in seinen Worten mit. „Sir, war das soeben eine Drohung?"

Jeremy lachte laut auf. „Nein, du spanischer Möchtegern-Torero. Das war ein Versprechen!"

Riccardo prustete Luft aus, doch Jeremy vernahm dessen Tippen auf einer Tastatur.

Flüsternd sprach Riccardo in den Hörer: „Die Dame heißt Patricia Moll."

„Danke."

Jeremy schrieb den Namen mit dem Füller auf ein weißes Stück Papier, dass noch in seinem Hemd steckte.

„Ich wünsche Ihnen einen schönen Abend, Mr. Ada …"

„Riccardo", unterbrach Jeremy forsch die Verabschiedung.

„Ja, Sir?"

„Ich brauche noch die Adresse."

Riccardo schnaubte nun tatsächlich wie ein wilder Stier.

„Ich sagte doch, dass ich das nicht tun kann!"

Jeremy blieb locker, doch streng. „Und ich wiederhole mich nicht gerne!"

„Fuck!"

„Das habe ich gehört", gab Jeremy lachend zurück.

Wieder hörte man Riccardo tippen.

„Die Adresse lautet: 74-81 162nd St, Fresh Meadows."

Jeremy schrieb.

Dann legte er auf.

Endlich komm ich der Sache näher. Dir näher, Lia! Gib von nun an Acht auf deine Schritte, denn ich werde den Deal einhalten! Koste es mich, was es wolle! Noch einmal werde ich dich nicht aus den Augen verlieren, da kannst du Gift drauf nehmen. Denn, dieses Mal habe ich dich fokussiert.

8…, 7…, 6…, 5…, 4…, 3…, 2…, 1…, 0!

Möge die Jagd beginnen!

Was für ein beschissener Wochenbeginn, dachte sich Emiliana, als sie aus der Dusche stieg.

Sie strich ihr langes Haar glatt, zwirbelte einen Turban darum, und wickelte ihren nassen Körper in ein weiches Handtuch.

An ihrem Spiegelbild hielt sie inne.

Die Wimperntusche war verlaufen und ihre Augenlider geschwollen.

Mit den Fingerkuppen versuchte sie die deutlichen Spuren ihrer Tränen zu entfernen, doch der Druck ließ die angegriffenen Hautstellen um einiges wunder aussehen.

„So ein verfluchter Mist", schimpfte sie leise vor sich hin, in der Hoffnung, Patricia würde sie nicht hören.

Fehlanzeige!

Die Badezimmertür wurde ohne ein vorheriges Klopfzeichen aufgerissen und die Hausherrin stand mit verschränkten Armen im Rahmen.

Ihre Augen funkelten böse. „War es gestern Nacht denn so schlimm?"

Emiliana bemühte sich um ein Lächeln.

Mit leichtem Biss auf die Unterlippe antwortete sie: „Schlimm? Nein, es war eher stressig."

Patricia rollte die Augen. „Süße, ich sagte dir doch, dass du mit den Mietzahlungen ohne Probleme warten kannst, bis du einen festen Job gefunden hast. Außerdem kann ich dir gar nicht oft genug sagen, wie froh ich bin, dass ich dieses Haus nicht mehr allein bewohnen muss."

Seufzend legte Emiliana das Handtuch ab. „Das ist lieb von dir, aber ich bin froh hier sein zu dürfen und da möchte ich meinen geschuldeten Teil auch beitragen. Ich weiß, der Job ist nur vorübergehend, aber ich werde bestimmt noch etwas anderes finden. Versprochen."

Emiliana dachte daran, als sie das erste Mal dieses Haus betreten hatte.

Es fühlte sich neu und ungewohnt, und doch vom ersten Moment sicher an.

Nachdem sie von Staten Island und den Fletchers überstürzt aufgebrochen war, wusste sie nicht, wohin sie gehen konnte.

Am liebsten wäre sie in das Haus ihrer Granny zurückgekehrt, doch sie wusste, dass sie es emotional nicht schaffen würde. Noch nicht.

Die Erinnerung an die schreckliche Nacht in Swan Lake, sitzen wie ein Trauma fest verankert vor ihrem geistigen Auge.

Sie sieht häufig, besonders kurz vor dem Einschlafen, wie Joel die Mündung der Waffe an die Schläfe ihrer geliebten Granny hält. Das Geräusch des Schusses hallt durch ihre Ohren, dann wird alles schwarz.

Die Cops hatten von der treusorgenden Nachbarin vor ungefähr einem Monat erfahren, dass von der alten Mrs. Brooks jede Spur fehlte.

Dies wurde jedoch lediglich als Vermisstenanzeige durch einen Beamten aufgenommen, da man nicht mehr offiziell nach ihrer Enkelin fahndete.

Mr. Adams hatte, laut System und sehr zum Ärgernis von Detective Samuel, die Anzeige zurückgezogen.

Oftmals denkt Emiliana daran, wie es wohl verlaufen wäre, wenn sie sich mit Jeremy am Flughafen, wie von ihm geplant, getroffen hätte.

Sicher hätte er mit ihr einen schönen Urlaub verbracht und wäre anschließend in sein altes Leben zurückgekehrt.

Dass er seit einigen Wochen der leitende CEO von Marshall-Enterprises ist, war nicht an ihr vorbeigegangen, doch weitere Recherchen wollte sie vorerst lieber sein lassen.

Erst einmal mussten ihre eigenen Füße wieder auf festem Boden stehen, doch das lag, wie man heute wieder unschwer erkennen konnte, noch in sehr weiter Ferne.

Als sie durch Zufall in einem Diner, einen Flyer neben dem Salz- und Pfefferstreuer vorfand, der ein zweistöckiges Haus im wunderschönen Queens bewarb, entschied sie sich auf gut Glück mit der Hausbesitzerin in Kontakt zu treten.

Patricia zeigte sich bereits bei ihrem ersten Telefonat als überaus freundlich und vor allen Dingen gesprächig.

Sie erzählte Emiliana fast eine Stunde lang, dass ihre Eltern Auswanderer wären und ihr das komplette Haus überlassen haben.

Auch aus Eigennutz selbstverständlich, denn sollte es Widererwarten in der Fremde nicht funktionieren, dann kann man jederzeit zurück in die Heimat kommen und steht dabei zumindest nicht vor dem Nichts.

Eigentlich sollte der Freund von Patricia dort einziehen, doch der teilte ihr kurz vor knapp mit, dass er seit mehreren Wochen eine Beziehung mit seinem besten Freund unterhielt und er leider vorher nicht bemerkt habe, dass darin seine sexuelle Orientierung und Erfüllung lag.

Als Emiliana ihr mitteilte, dass sie sofort einziehen könnte, da auch ihre Situation in Manhattan „kompliziert" ist, gab es für Patricia keine langen Überlegungen mehr.

Nun wohnte Emiliana mit ihr in diesem Haus und sie hat quasi das gesamte Obergeschoss und ein separates kleines Badezimmer für sich ganz allein.

Purer Luxus für eine Person, wären da nicht die quälenden Gedanken der Miete und Verpflegung.

Seit Wochen kaufte Patricia für zwei Personen ein, kochte leckeres Essen und verlangte dafür nicht einen Cent.

Einzig die Gespräche, um ihr Leben und natürlich die Sache mit ihrem jetzt schwulen Freund, muss sich Emiliana regelmäßig anhören.

Aber was ist das schon, wenn man ein Dach über dem Kopf hat und so liebevoll umsorgt wird?

Noch immer beschämend, schloss Emiliana ihre Gedankengänge ab.

Dabei zog sie am Knopf der hautengen Jeans und griff anschließend nach ihrem schwarzen Top.

Patricia zog die Augenbrauen nach oben. „Sehr löblich, aber versprich mir lieber, dass du dich heute Nacht vor Kerlen, die nur schlechtes mit einer liebreizenden Frau wie dir im Schilde führen, in Acht nehmen wirst. Wenn irgendetwas sein sollte, dann call me, oder sag es umgehend …"

„Deinem Cousin Miguel! Ich weiß", unterbrach Emiliana.

„Sorry Süße", gab Patricia leise zurück. „Ich möchte doch nur …"

Emiliana zog sie in ihre Arme. „Ich passe auf mich auf."

Eine halbe Stunde später verließ sie das Haus.

Patricia kehrte an den Esstisch zurück und umklammerte mit beiden Händen ihre Kaffeetasse.

Die Abende wurden merklich kühler und sie hoffte, sich keine Erkältung letztes Wochenende bei ihrer Feier im Blue Diamond zugezogen zu haben.

Ihre Finger tasteten nach der Fernbedienung, als es einmal kurz an der Haustür klingelte.

Auf den Zehenspitzen hüpfend gelangte sie in den Flur.

Dort prüfte sie ihren Look im Spiegel, denn schließlich würde man nie vorher wissen, wer so alles vor der Tür stehen konnte.

Ein heißer Nachbar, ein sexy Cop, ein muskulöser Firefighter, der mich in Sicherheit bringen möchte ...

Es klingelte erneut.

„Ich komme ja schon! Immer mit der Ruhe!"

Als Patricia die Tür aufzog stockte ihr der Atem.

Ein Mann in einem sichtlich teuren Anzug, einem markanten Gesicht, das zusätzlich mit den blauesten Augen, in die sie jemals gesehen hatte, ausgestattet war, stand vor ihr und lächelte sie obendrein auch noch verdammt sexy an.

Wie kann ein Mann nur so unverschämt gut aussehen?

Heute ist mein Glückstag, schoss es durch ihre Gedanken, während ihre Knie immer weicher wurden.

Willkürlich bewegten sich ihre Lippen. „Oh, mein Gott!"

Jeremys Grinsen wurde breit.

Er räusperte sich. „Nun, der bin ich nicht. Aber vielleicht können Sie mir weiterhelfen."

Dir helfe ich bei allem was du willst!

Patricia schaffte es trotz ihrer Gedanken etwas anderes auszusprechen. „Sicher. Worum geht es?'"

„Kennen Sie eine junge Frau, die auf den Namen Emiliana hört? Schwarzes Haar, vielleicht einen halben Kopf kleiner als Sie, und ...'"

„Emi", schoss es aus Patricia lautstark heraus.

Doch sie korrigierte ihre Aussage.

Ihr wurde plötzlich bewusst, dass sie ihre neue Freundin, doch nicht so einfach an einen Wildfremden verraten konnte, ohne zu wissen, was dieser von jener wollte.

Da war auch schon der zweite Punkt, warum Patricia um einiges gefasster plötzlich sprechen konnte, denn der

Mann, den ihr scheinbar der Himmel an diesem trostlosen Abend mitten in Queens gesandt hatte, fragte nicht nach ihr, sondern nach ihrer Mitbewohnerin.

„Emi ..., also Emiliana, sagten Sie?"

„Ja, das sagte ich."

„Noch nie gehört."

Jeremy zog die Brauen zusammen und rieb sich am Kinn.

„Noch nie gehört?"

Patricia schüttelte vehement mit dem Kopf. „Nie!"

„Verstehe."

Die Augen des Mannes leuchteten in einer Art, wie es nur der Teufel persönlich im Schein des lodernden Fegefeuers imstande war.

Patricia kroch die Röte den Hals empor und die Wangen flammten auf.

Ihre Stimme verlor sämtlichen Halt. „Wenn das alles war, dann wünsche ich Ihnen noch einen schönen Abend ..."

„Wo steckt sie?"

Patricia klappte die Kinnlade herunter. „Bitte was?"

„Hör auf, mich zum Narren zu halten. Wo ist, wie nennst du sie? ... Emi?"

„Verschwinden Sie!"

Mit diesen scharf ausgesprochenen Worten wollte Patricia die Tür zuknallen, doch Jeremy war schneller.

Er gab der jungen Frau einen Schubs ins Haus und drückte sie gegen die nächstgelegene Wand.

Tränen schossen ihr in die Augen, als sie seinen kräftigen Unterarm an ihrer Kehle spürte, der ihr gerade noch genügend Sauerstoff zum Atmen ließ.

Leise sprach er: „Hör zu, du siehst nicht nach Lias bester Freundin aus, mit der sie all ihre Geheimnisse teilt, oder mit der sie zur selben Zeit im Monat ihre Periode bekommt.

Allerdings warst du mit ihr im Blue Diamond, deinen Geburtstag feiern, richtig?"

Patricia versuchte zu nicken.

„Gut, das ist schon mal ein Anfang. Es bedeutet also, dass du sie kennst. Wenn ich gleich meinen Arm wegnehme, dann wirst du mir alles sagen, was du über das schwarzhaarige Biest weißt. Und wenn du schreien, oder auf dumme Gedanken kommen solltest, dann wird es dein letzter Geburtstag sein, den du feiern konntest."

Als Patricia im nächsten Augenblick wieder auf ihren Beinen stand, umklammerte sie schweratmend ein nebenstehendes Sideboard. „Verflucht! Ich schwöre ich kenne Emi auch erst seit Kurzem und falls sie irgendwelche Probleme aus der Vergangenheit haben sollte, dann weiß ich davon nichts. Ehrlich!"

Jeremy stützte die Hände in die Hüften. „Du spielst also die Unwissende. Nett. Wie kommt es, dass ihr euch überhaupt kennt? Ich meine, scheinbar bist du im Leben eher konservativ und unglaublich prüde. Du kommst mir nicht so vor, als würdest du wissen, wer Lia wirklich ist."

Das hatte gesessen.

Der Traum von einem Mann entpuppte sich als Psycho und obendrein beleidigten seine Worte nun auch noch ihr Dasein als weibliches Wesen.

Kein Wunder, dass mein Ex homosexuell geworden ist ..., wollte Patricia in Selbstmitleid verfallen, als sie wieder seine Stimme vernahm.

Jeremy schien zu verstehen.

Er erhob die Hand. „Entschuldige meine Worte. Das war gar nicht so übel gemeint, wie es klang. Es spiegelt eher mein eigenes Denken wieder. Du musst wissen, auch ich lebte vor gar nicht allzu langer Zeit ein langweiliges Leben. Nun ja, zumindest bis ich auf Lia traf."

Ein Lächeln umspielte Patricias Lippen. „Jetzt verstehe ich. Das alles ist einstudiert. Du bist der Typ von Marshall-Enterprises."

Jeremys Augen weiteten sich, denn er konnte nicht folgen. Patricia hingegen betätigte den Lichtschalter. „Also ich muss schon sagen, ich war auf alles gefasst, aber nicht darauf."

Sie ging zum Kühlschrank. „Wasser, Tee, oder Kaffee? Meine Güte, wenn ich das Emi erzähle ..."

„Woah! Stopp! Ich meine, was geht hier eigentlich vor? Woher weißt du von Marshall-Enterprises? Was hat Lia dir erzählt?"

„Psst! Das ist doch streng geheim!"

Ohne etwas entnommen zu haben flog die Kühlschranktür wieder zu.

Mit der Hand wedelte Patricia in Jeremys Richtung. „Ich hatte schon darauf gewettet, dass du gar nicht mehr kommen würdest. Es ist Wochen her, dass Emi mich vor dir gewarnt hatte. Allerdings habe ich mir in den Erzählungen immer einen langweiligen Banker vorgestellt mit einer Aktentasche unter dem Arm."

Jeremy verzog den Mundwinkel. „Patricia, und was ist ..."

„Könntest du das noch mal sagen?"

Verdutzt sah er in ihr strahlendes Gesicht. „Was, noch mal sagen?"

„Meinen Namen! Das klang so verrucht aus deinem Mund."

„Patricia ..."

„Oh, ich sterbe! Ja, Mr. Marshall-Enterprises?"

Jeremy holte tief Luft. „Wo ist Lia und was hat sie dir über mich erzählt."

Eine seltsame Stille breitete sich plötzlich im gesamten Haus aus.

Patricia blinzelte, so als wolle sie einen Schleier, der über ihren Pupillen lag, entfernen.

Dann sprach sie: „Ich kann dir nicht sagen, wo sie ist, aber ich weiß, dass ihr beide ein Spiel am Laufen habt."

„Ein Spiel? Oh, ja, das ist richtig", bestätigte Jeremy umgehend. „Und sonst?"

„Nicht sonderlich viel. Außer, dass wenn jemand wie du jemals nach ihr fragen sollte, dann ..."

Fuck, schoss es Patricia durch den Kopf.

Sie schnappte sich ihr Smartphone vom Tisch, tippte drei Ziffern ein, und hielt es Jeremy vor das Gesicht.

„Ich sollte die Cops rufen, weil du und deine korrupte Firma es dann aller Wahrscheinlichkeit nach auf das Haus meiner Eltern abgesehen habt. Aber nicht mit mir!"

In dem Moment, in dem Patricia die Wahltaste betätigen wollte, schlug Jeremy ihr das Smartphone aus der Hand. Es schlitterte hörbar über die Fliesen.

Patricia brach in irres Gelächter aus. „Dafür wirst du zahlen!"

Jeremy runzelte die Stirn, eher er wieder breit lächelte. „Kein Problem. Wie alt ist das Teil? Sind fünf Dollar angemessen?"

Mit dem Finger deutete Patricia wütend auf die Tür. „Raus! Sofort raus aus meinem Haus!"

Aufgebend erhob Jeremy die Hände. „Tut mir leid, aber das kann ich erst tun, wenn ich weiß, wo ich Lia finde. Außerdem wissen wir beide, dass du dich in gar keinem Fall an die Cops wendest, denn das würdest du deinem geliebten Dad nicht antun."

Wieder bekam Patricia große Augen.

Was redet dieser Mann? Ich muss dringend mit Emi sprechen und wissen was hier vor sich geht, doch zuerst muss ich ihn loswerden, bevor er mir noch gefährlicher werden kann.

Zögerlich fragte sie. „Was macht Sie so sicher und was hat mein Dad damit zu tun?"

Jeremy zog einen Kaugummi aus dem Jackett, öffnete die Packung, steckte den hellen Streifen in den Mund und während seine Zähne begannen darauf herumzukauen, sah er direkt in Patricias Gesicht.

Dann erklärte er siegessicher. „Dieses Haus gehört seit zwei Jahren der Bank. Nicht, dass es mich was angeht, denn ich komme erst, wenn die Bank es so will. Wenn meine Unterlagen mir allerdings zeigen, dass es sich hierbei um einen Fehler im System handelt, könnte ich Mr. Redvine ein Schreiben aufsetzen, in dem ich darauf hinweise …"

„NEIN! Bitte nicht …", schoss es wie aus der Pistole aus Patricias Mund.

Triumphierend verschränkte Jeremy die Arme. „Dachte ich mir."

Woher weiß dieser Bastard von der Sache mit Mr. Redvine?
Wieder ergriff Jeremy das Wort. „Hätte nicht gedacht, dass eine junge Frau, wie du, sich für ihre Eltern einem alten Gauner wie Redvine hingibt, nur um …"

„Ich hatte nichts mit ihm", schrie sie Jeremy ins Gesicht. Natürlich war das gelogen, doch sie würde eher sterben, als zuzugeben, dass sie für die Schulden ihres Dads bereit war, die Beine zu spreizen. Nur, damit ihre Mum weiterhin in dem Glauben ist, mit dem Haus und mit der Familie Moll ist alles in bester Ordnung.

„Wie sollte sich das vermeiden lassen? Ich meine ein Geschäftsmann wie Redvine lässt die Sache mit einem Haus, wie diesem, nicht so einfach auf sich beruhen, weil dein Dad ihm glaubhaft erklärt, dass er im Ausland an mehr Kohle rankommen möchte. Die Wahrheit ist doch, dass dein Dad geflüchtet ist, da er hohe Spielschulden bei nicht unbekannten Leuten dieser Stadt hat. Die fackeln bekanntlich nicht lange, wenn …"

„Ist ja schon gut." Patricia wurde das Thema zu viel.

Jeremy war in diesem Moment einmal mehr froh, im Vorfeld seine Hausaufgaben gemacht zu haben.

Das ersparte ihm in jedem Fall die Anzeige bei den Cops wegen Hausfriedensbruch.

Patricia fügte hinzu: „Ich treffe Mr. Redvine nur gelegentlich. Und was Emi angeht …"

„Ja?", Jeremy war plötzlich ganz Ohr.

„Nun, ich …, also, … sie ist arbeiten."

„Arbeiten?", kam es entsetzt aus Jeremys Mund.

„Emi wohnt seit geraumer Zeit bei mir und ich sagte ihr bereits, dass sie die Miete nicht …"

„Sie wohnt hier?"

Damit hatte Jeremy nicht gerechnet.

Er rieb sich mit der Hand über die Bartstoppeln am Kinn. „Wo arbeitet sie?"

Patricia schloss kurzzeitig die Augen. „Bitte, ich kann das wirklich nicht …"

„Patricia! Wo?"

Erschrocken über die Härte in der Tonlage, zuckte sie zusammen, ehe sie hastig antwortete: „Im Palms!"

Jeremys Gesicht glich plötzlich der weißen Farbe an den Wänden. „Dem Stripclub?"

Patricia nickte.

Schnellen Schrittes eilte Jeremy zur Tür.

Er schwang diese auf, dann wandte er sich noch einmal um. „In deinem eigenen, sowie im Interesse deiner Familie, bin ich heute nie hier gewesen."

Als die Tür ins Schloss fiel, setzte Patricias Herz einen Schlag lang aus.

Dann kroch sie auf allen Vieren zu ihrem Smartphone, wischte die 911 zur Seite, und öffnete die Kontaktliste. Nach weniger als zwei Sekunden hörte man das Freizeichen.

Mailbox!

Mit zitternder Stimme sprach Patricia nach dem Piepton: „Süße! Es tut mir so leid, aber du musst sofort aus dem Club verschwinden. Ruf mich zurück!"

An diesem Mittwochabend verließ Jeremy wütend sein Büro.

Ein Deal war soeben geplatzt und er hatte fürchterliche Kopfschmerzen.

Außerdem war er bereits seit zwei Tagen damit beschäftigt, dieses kleine Luder ausfindig zu machen.

Leider ohne Erfolg.

Dass Patricia ihn verpfiffen hatte hielt er nach seiner deutlichen Ansprache, und wegen dem Wissen über die korrupten Geschäfte ihres Vaters, für unwahrscheinlich. Dennoch wunderte ihn, als er gestern Abend noch einmal an dem Haus vorbeischaute, dass es stockfinster blieb. Niemand war anwesend.

Im Palm Beach konnte er sich selbstverständlich nicht wie ein Kunde an einen der Tische setzen und sich die Show der Stripperinnen ansehen, ohne dass Emiliana ihn sofort erkannt hätte, doch er konnte den Türsteher bestechen.

Als dieser mit einem entschuldigenden Kopfschütteln wieder nach draußen trat und meinte, dass weder eine Emiliana, noch eine Emi, noch eine Lia, im Club arbeitet, hätte Jeremy am liebsten selbst nachgesehen.

Das ging jedoch nicht, denn das Palms wurde für volle drei Tage von irgend so einem eingereisten Scheich gebucht.

Allein die Vorstellung, dass Emiliana sich vor solch einem, plus dessen Gefolge, das mit Sicherheit zu neunzig Prozent aus Männern in langen Gewändern besteht, entblößt und sich dabei die Dollarnoten in sämtliche Schlitze stecken lässt, machte ihn rasend vor Wut.

Meine wilde Schönheit, das Erste was ich tun werde, wenn ich dich erwische, ist, dir deinen nackten Hintern rot zu schlagen und dich so hart zu nehmen, dass du nicht mehr weißt, wo oben und unten oder ob es Tag oder Nacht ist. So viel steht fest!

Jeremy fühlte, wie sich sein Schwanz trotz der enormen Wut in seiner Hose aufrichtete.

Er wusste, dass er dringend nach Hause muss, um sich einen Drink zu genehmigen, der hoffentlich imstande war, seine Nerven zu beruhigen.

Dann würde er duschen.

Allein die Vorstellung, dass er zusammen mit Emiliana unter dem warmen dampfenden Wasserstrahl stünde, ihre harten Knospen und die triefendnassen Haare im Blick, die dunklen Augen, die ihm alle Sehnsüchte offenbarten, und dann die glattrasierte Spalte, die den Eingang zu einem Höhlensystem verdeckte, welches ihn jedes Mal sehr tief in seinen Bann zog, und aus dem er am liebsten nie wieder an die Oberfläche zurückkehren möchte, ließ ihn erste Tropfen der Lust verlieren.

An seinem Haus angekommen, parkte er den Wagen in der Garage.

Sein nächster Weg führte ihn zur Alarmanlage.

Welcome Home, Mr. Adams!

Das stand unmittelbar nach der Zahleneingabe deutlich sichtbar in dem kleinen Display.

Jeremy lächelte.

Dann steckte er den Schlüssel ins Schloss und drehte ihn herum. Einmal, zweimal, drei …

Doch so weit kam er nicht, denn die Tür sprang nach Innen auf.

Offen!

Im Flur war es zunächst stockfinster, doch nur ein weiterer Schritt von Jeremy und der Bewegungsmelder gab das Signal an die Deckenleuchten weiter.

Seine Augen schweiften im grellen Licht am großen Garderobenspiegel vorbei, bis hin in den Zugangsbereich zu Küche und Wohnzimmer.

Ganz langsam zog er sein Jackett aus und hängte es über einen Haken. Dann streifte er sich die Schuhe von den Füßen.

Plötzlich durchdrangen seine Worte die Stille. „Lia? Komm schon! Ich weiß, dass du da bist."

Keine Antwort.

„Ich sperre jeden Tag dreimal ab, aber das konntest du unmöglich wissen. Wie du allerdings an der Alarmanlage vorbeigekommen bist, ist mir ein Rätsel. Ich werde gleich morgen die Security-Firma anrufen und mich beschweren. Oder wie denkst du darüber?"

Jeremy stützte sich lässig an der Wand zwischen Flur und Wohnbereich ab, ehe er neben sich den Lichtschalter betätigte.

Gähnende Leere.

Dennoch hielt Jeremy den Atem an und lauschte.

Nichts.

So viel zu der Hoffnung, das kleine Biest hätte sich Zugang in mein Haus verschafft und …

Seine Gedanken stoppten als er das Geräusch von Flüssigkeit vernahm, die langsam in ein Glas gefüllt wurde.

Wieder blickte er sich um, ehe seine Augen an der Bar hängenblieben.

Im gedämmten Licht konnte er sie endlich ausmachen. Ihre roten Fingernägel umklammerten das Whiskyglas, genau wie auf Staten Island, und ihr Blick war mörderisch hinreißend.

Jeremy blinzelte, ehe er es wagte in den Raum zu treten.

„Lia, wie schön dich zu sehen. Hätte ich gewusst ..."

Ohne den Blick von ihm abzuwenden, unterbrach sie zischend: „ Nicht nötig. Ich bin bestens versorgt."

Jeremy sah ihr dabei zu, wie sie das Glas in einem Zug leerte.

Dann fragte er vorsichtig: „Darf ich?'"

Emiliana folgte seinem Fingerzeig. „Nur zu."

Breitlächelnd schnappte sich Jeremy die Kristallkaraffe, öffnete den Stopfen und goss sich seinen Drink ein.

Die Augen hielt er dabei konstant auf Emiliana gerichtet.

Im Schein des Abendlichtes gleicht sein Blick dem einer Schlange. Weit, vorsichtig, hypnotisierend – gefährlich!

Emilianas Gedanken wurden durch seine Stimme unterbrochen. „Was führt dich nach all der Zeit zu mir? Ich dachte, der Deal war, dass ich dich holen werde."

„Halt verdammt noch mal die Klappe, Jeremy!", schoss es scharf aus Emilianas Mund.

Auf diese Worte hin leerte er sein Glas und stellte es beiseite.

Sie sprach weiter: „Du hattest kein Recht Patricia so zu behandeln! Ich meine, was hat sie dir getan?"

Jeremy löste die Krawatte und zog sein Hemd aus der Hose.

„Sie hat mir nichts getan. Aber sagtest du nicht zu mir, dass ich kommen soll, um dich zu holen? Doch siehe da, es ist wahr. Katzen finden immer ihren Weg zurück."

Er trat näher, um die Distanz zwischen ihm und ihr zu verringern.

Der Duft ihrer Haut und ihres Haares drang in seine Nase und es fiel Jeremy nunmehr verdammt schwer, sich zurückzunehmen.

Eigentlich sagten ihm alle Sinne, dass er sie packen, ins Schlafzimmer zerren, und sie ordentlich ficken sollte.

Ihr süßer, nahezu unwiderstehlicher Mund verkündete ihm jedoch etwas völlig anderes.

Emilianas Worte waren streng, doch es lag auch ein Hauch von Sex darin.

O Honey! Wie sehr habe ich deine Stimme vermisst ...

Jeremy schweifte in Gedanken soweit ab, dass er erst das Ende ihres Satzes wieder voll in sich aufnehmen konnte.

„Ich schwöre dir, wenn du es nicht sein lässt, dann ..."

„Dann ..., was?", entfuhr es Jeremy derb.

Um sich vor einem Übergriff zu schützen, bewegte sich Emiliana blitzschnell um die Bar herum.

Anschließend brachte sie das große Sofa zwischen sie und ihn.

Mit funkelnden Augen sprach sie: „Dann werde ich dich so behandeln, wie es ein eingebildeter CEO verdient hat. Verstehst du das?"

„Ich verstehe. Aber, verstehst du, dass du dich gerade ziemlich lächerlich machst, und dein Eingreifen für deine neue Freundin vollkommen neben der Spur ist? Ich meine, du weißt, dass es mir einzig und allein um dich geht. Was sollte ich dieser Patricia also deiner Meinung nach antun? Es gibt keinen Grund. Außer sie hätte dir etwas getan, dann sieht die Sache natürlich anders aus."

Emilianas Finger krallten sich in den Stoff des Leders. „Lass mich ein für alle Mal in Ruhe! Leb dein verficktes …", weiter kam sie nicht, denn Jeremy erhob drohend den Finger.

Er wurde laut. „Ich warne dich! Sprich es nicht aus, denn mein Leben steht Kopf, seit du darin aufgetaucht bist. Schon vergessen?"

Emilianas Mund fühlte sich trocken an, obwohl sie doch eben erst einen Drink zu sich genommen hatte.

Ihre Augen füllten sich mit Tränen.

Wütend schrie sie: „Wie kannst du es wagen, so über mich zu sprechen? Du warst es, der in mein Leben getreten ist! Du kamst in das Haus meiner Großeltern, wolltest meiner Granny alles nehmen! Und am Ende hast du mir alles genommen! Sogar meine Granny!"

Jeremy holte tief Luft. „Das war, und ist, mein gottverdammter Job! Hätte ich gewusst, dass ich damit eine heuchlerische Schlampe auf den Plan rufe, die sogar den Cops etwas vormacht, dann hätte ich mir vielleicht überlegt ein Bäcker zu werden, um mir meine Brötchen zu verdienen! Und die Sache mit deiner Granny tut mir aufrichtig leid, aber das war nicht ich, sondern Joel!"

„Ja, das war er", bestätigte Emiliana schnell und Jeremy hätte fast schon kräftig ausgeatmet vor Erleichterung, wäre da nicht ein schneidender Satz hinterhergekommen.

„Joel und du hattet einen Deal! Du wolltest mich an ihn weitergeben."

Es folgte eine kurze Pause.

Ihre Stimme klang tränenerstickt. „Weißt du was? Ich wäre lieber in dem Haus gestorben als …"

Jeremy bewegte sich so schnell, dass Emiliana keine Zeit mehr blieb um reagieren zu können.

Er umschlang ihre Hüften und schleuderte sie mit seinem eigenen Körpergewicht gegen die nächstgelegene Wand. Seine Hand umfasste ihren Kiefer.

Dann zwang er sie ihm in die Augen zu sehen. „Hör mir jetzt ganz genau zu, denn ich werde das nur einmal sagen! Solange ein Herz in deiner Brust schlägt, wirst du solche Gedanken nie wieder in deinen Kopf lassen. Ist das klar? Ich sorge dafür, dass es dir wieder besser geht und ich ...“ Plötzlich sah Jeremy alles doppelt.

Er ließ von Emiliana ab und fasste sich an die Stirn. Um ihn herum tanzten tausende von funkelnden Lichtern. Ihre Worte konnte er nur noch aus weiter Ferne wahrnehmen. „Scht, ganz ruhig! Gib mir deine Hände und lass es Geschehen.“

Jeremy schluckte schwer, als er ihren festen Griff um seine Gelenke spürte.

Während er mit Handschellen auf dem Rücken gefesselt wurde, sprach sie: „Du könntest nahezu jede Frau auf diesem Planeten haben. Warum ausgerechnet ich? Ich meine, selbst Patricia war sofort schockverliebt. Und wo ist dein Frauchen, die liebe Sara? Ihr Auto stand nicht in der Auffahrt. Bete also, dass wir keinen unerwarteten Besuch bekommen. Wobei du solch eine Situation ja schon einmal riskiert hattest. Das war verdammt geil, dass muss ich dir lassen. Doch, wie fühlt es sich an, wenn man im eigenen Haus, keine Kontrolle mehr über die Ereignisse oder gar sich selbst hat?“

Emiliana zog Jeremy nah an sich heran.

Um ihren Standpunkt und ihre Macht zu verdeutlichen, leckte sie ihm provokant über seine nach Whiskey schmeckenden Lippen. Ihre Hand öffnete dabei langsam die Knöpfe seines Hemdes.

Ihre Zunge wanderte weiter über seine Wange bis an die empfindliche Stelle seines Ohres.

Daran begann sie mit den Zähnen leicht zu knabbern, was Jeremy umgehend ein Kribbeln am ganzen Körper bescherte.

Emilianas Finger glitten nach einer Weile sanft an seinem Schritt entlang.

Nur allzu deutlich konnte sie die Härte seiner Erregung durch den Stoff der Anzughose fühlen.

Himmel! Allein beim Gedanken daran, wie gnadenlos er es mir schon mit diesem Schwanz besorgt hatte, werde ich so feucht, dass sich meine Lust jeden Moment an der Jeans abzeichnen wird. Ich muss mich beherrschen, um die Kontrolle zu behalten.

„Lia?"

„Jeremy?"

Verwirrt, über die leidvolle Aussprache ihres Namens, nahm sie sein Gesicht zwischen ihre Hände.

Die Pupillen waren groß, was bei der Einwirkung von Alkohol nicht weiter verwunderlich war.

Allerdings wusste Emiliana, dass sie, nachdem sie sich ein Glas Whiskey eingefüllt hatte, die Karaffe um eine bewusstseinsverändernde Substanz erweitert hatte.

Nicht nur irgendeiner, sondern sie spritzte mithilfe einer Pipette eine relativ hohe Dosis Benzodiazepine in die Flüssigkeit.

Nach der Einnahme von Benzodiazepinen treten Müdigkeit, Schwindel, Benommenheit und ein eingeschränktes Reaktionsvermögen auf.

Emiliana kannte diese Beruhigungsmittel in- und auswendig.

Nicht nur aus dem Medizinstudium, sondern ihre Granny hatte diese nach dem Tod ihres Mannes eine lange Zeit zum Einschlafen gebraucht.

Zu allem Überfluss hatte sie selbst die ein oder andere Dosis in den vergangenen Wochen nötig gehabt, um überhaupt ein wenig zur Ruhe zu kommen.

Jetzt verhalf ihr das Medikament dazu, dass sie Jeremy unter Kontrolle halten konnte, ohne ihm hilflos ausgeliefert zu sein.

Zwar wird die Wirkung bei einem erwachsenen Mann nicht allzu lange anhalten, doch für die nächsten zwei bis drei Stunden sollte sein Körper eher zu geschwächten Reaktionen imstande sein.

Ein paralysiertes Gehirn, welches dennoch alles um sich herum in Echtzeit mitbekommt.

Emiliana küsste sanft seine Lippen, die ein wenig zu zittern begannen.

Er fühlte sich warm an, was ein gutes Zeichen in seinem Zustand war.

Als Emiliana jedoch bemerkte, dass sein Herz ziemlich schnell pumpte, beschloss sie ihn auf dem Fußboden vor dem Sofa abzulegen.

Da er mit den Händen auf dem Rücken gefesselt war, konnte sie leicht wie eine Feder auf ihn gleiten.

Die Lust, die sie dabei empfand, stieg ins Unermessliche.

Auf seiner Härte sitzend riss sie ihm das Hemd zu beiden Seiten auf, stülpte sich selbst das hautenge Top über den Kopf und öffnete hastig ihren BH. Diesen ließ sie neben ihm zu Boden fallen.

Anschließend strich sie mit den Fingernägeln über seine warme Brust, den Hals hinweg, immer näher an seinen Kiefer.

Die kratzigen Stoppeln auf dem Kinn piekten ihre weiche Haut, doch es fühlte sich fantastisch an.

Mit der Zunge umfuhr sie ihre Oberlippe, während sie sich mit einer Brust auf seinen Mund herabsenkte.

Sie flüsterte: „Komm schon. Sei ein braver Junge! Du willst es doch auch."

Jeremy öffnete die Lippen.

Als die Knospe seine Zunge berührte umkreiste er diese mit der Spitze, schloss den Mund und begann wie ein Baby an der kompletten Brust zu saugen.

Emiliana stöhnte auf.

Mehrmals, denn es war kein leichtes Saugen, sondern trotz der Ruhe, die Jeremys Körper aufwies, ein sehr intensives, beinahe qualvolles Einziehen der Knospe.

Diese Prozedur verstärkte allerdings die Reize in ihrem Körper so stark, dass sie ihm kurz darauf auch die andere Brust zum Saugen überließ.

Zusätzlich fuhr sich Emiliana mit der Hand in die Jeans, um sich die Spalte durch den mehr als feuchten Slip reiben zu können.

Sie kniff kurzzeitig die Augen zusammen, als die erste Welle der Erregung über sie hereinbrach.

Gnadenlos durchzuckte dieser erste Höhepunkt ihren Unterleib und der angeschwollene Kitzler zeichnete sich pochend vom Stoff des Höschens ab.

Schweratmend stand Emiliana von Jeremy auf.

Sie entledigte sich ihrer Jeans und des Slips, ehe sie sich rasch wieder auf ihn setzte.

Jeremy hingegen war noch immer schwindelig, doch er spürte, wie das Blut durch sein mehr als nur erregtes Glied pumpte und die tropfende Spitze dabei sogar mehrfach gegen den Stoff seiner Shorts hämmerte.

Seine Augen waren zu Schlitzen geformt um die nackte Frau, die, wie Cleopatra höchstpersönlich, auf ihm thronte, in all ihrer Schönheit ansehen zu können.

Plötzlich entkam seiner Kehle ein arrogantes Lachen. „Was wird meine Wildkatze jetzt tun?"

Emiliana zögerte keine Sekunde mit ihrer Antwort: „Ich werde dafür sorgen, dass du niemals vergisst, wie dieser reine Honig, der, dank dir, wie warme Lava aus mir fließt, schmeckt. Keine andere Frau wird dir jemals das geben können, wozu ich imstande bin. Verstehst du mich? Und jetzt heb deinen Kopf an!"

Für Jeremys mehr als stimulierten Verstand war in diesem Moment kein NEIN in seinem Kopf zu finden.

All seine Sinne machten sich bereit, den süßen Geschmack ihrer unteren Lippen, benetzt mit dem Saft, der all seine Träume wahrwerden ließ, in sich einzusaugen.

Nur Sekundenbruchteile später, war sie auch schon ganz nah mit ihrer Spalte an sein Gesicht herangerutscht. Jeremy öffnete die Lippen und küsste sie in ihrer intimsten Zone, als würde es sich hierbei um ihren Mund handeln.

Ein Aufstöhnen entfuhr ihr, als seine Zunge mühelos um den angeschwollenen Kitzler tanzte.

Emiliana lehnte sich während diesem Akt so weit zurück, bis sie mit den Händen Halt an seinen Oberschenkeln finden konnte.

Über ihre bebenden Brüste hinweg sah sie dabei zu, wie er es ihr besorgte.

Mittlerweile schob Jeremy seine Zunge immer wieder tief in sie hinein und wieder heraus.

Mit seinen Lippen schaffte er es ihr Loch sehr weit zu dehnen, was Emiliana nur noch mehr in lustvolle Höhen katapultierte.

Wie schafft es dieser Mann nur, dass ich mich jedes Mal am liebsten vollkommen vergessen würde? Chrystal Meth ist ein Scheiß gegen das, was er allein durch seine Berührungen imstande ist, in meine Blut- und Nervenbahnen zu injizieren. Wenn ich nicht aufpasse ...

Zu spät!

Jeremy verstärkte den Druck seines Mundes immens auf ihr gesamtes Lustzentrum.

Emiliana spürte, wie die Erregung unaufhaltsam aus ihr herausfloss und wie sein Saugen dabei alles in sich aufnahm.

Abwechselnd entwich ihr zwischen ungehemmtem Stöhnen ein Wimmern, denn allzu lange konnte sie dieser Prozedur beim besten Willen nicht mehr standhalten.

Während der Unterleib sich aufbäumte, um im nächsten Augenblick tief in ihrem Inneren zu verkrampfen, war es um Emiliana geschehen.

Der Höhepunkt durchfuhr sie bis in die Haarspitzen.

Allein ihre Nacktheit, ihr süßer unverfälschter Geschmack, und das hemmungslose Stöhnen, hätten Jeremy beinahe dazu genötigt, in seiner Hose abzuspritzen.

Doch dieses versuchte er mit aller Beherrschung, die er aufbringen konnte, zu verhindern. Erfolgreich!

Nicht nur das, sondern er zog seine Hände hinter dem Rücken hervor, packte grob Emilianas Hüften, stieß ihren schlanken Körper mithilfe des Beckens von sich, und kugelte sich auf sie.

Sein Gesicht war unheimlich nah und die Nasenspitzen konnten sich leicht berühren.

Heiße Blicke verschmolzen ineinander, als seine harten, doch lüsternen Worte, ihr Ohr erreichten. „Kleine Lia, ist dir bewusst, was ich jetzt mit dir machen werde?"

Da Emiliana keine andere Wahl blieb als sich fürs Erste unter seinem Körpergewicht geschlagen zu geben, zischte sie: „Wie ist das möglich?"

Jeremy lachte auf. „Die Sache mit den Handschellen?"
Schwerschluckend nickte sie.

Er fuhr sich mit der Zunge über die Lippen. „Du hast sie nicht bis zum Gelenk angezogen. Mächtig großer Fehler! Und was du nicht wissen kannst, ist, dass ich mir früher als kleiner Junge mal die Bänder, die das Gelenk in seiner Position halten, durch eine Verletzung stark überdehnt hatte oder sie waren sogar gerissen. Dadurch sind die Daumen nicht mehr so sehr in ihrer ursprünglichen Position fixiert und lassen sich derart überdehnen, dass es einem Ausrenken gleichkommt. Doch egal wie, ich habe jetzt die Kontrolle und als erstes möchte ich, dass du dich von mir auch willkommen geheißen fühlst."

Mit diesen Worten senkte er seine Lippen.

Seine Zunge fand stürmisch einen Weg in ihren Mund, und als sie sich auf seinen Kuss einließ, dachte Jeremy einen Moment lang, dass nicht er, sondern die gesamte Welt, den Atem angehalten hatte.

Er war regelrecht in einem rauschenden Bann von purer Leidenschaft gefangen.

Als er sich nach einer gefühlten Ewigkeit von ihren warmen Lippen lösen konnte, erklärte er ihr in rauem Ton: „Zweitens, möchte ich so etwas dummes wie vorhin, dass du lieber in dem Haus draufgegangen wärst, nie wieder aus deinem hübschen Mund hören. Verstanden?"

Emiliana sah ihn mit großen Augen an.

Jeremy wiederholte: „Hast du das verstanden oder muss ich deutlicher werden?"

Keine Reaktion.

„Alles klar! Du willst es nicht anders!" Mit diesen Worten erhob er sich.

Seine Hände umschlangen ihre Oberarme und rissen sie zu ihm nach oben. „Ich frage ein letztes Mal. Hast du es verstanden?"

Emiliana spürte, wie sich seine Finger tief in ihrer Haut vergruben. Fester und fester.

Sie stöhnte auf, doch ihr Blick sprühte böse Funken. „Nimm sofort deine Finger von mir!"

Ihr Körper hatte große Mühe sich gegen seine Macht zu wehren. Und Emiliana wusste, dass egal wie sehr sie auch zappelte, sie diesen Kampf bereits verloren hatte.

Mit Leichtigkeit konnte Jeremy sie mit sich bis an die Terrassentür zerren.

Automatisch griff sie mit der Hand an das kühle Glas, doch es gab ihr keinerlei Halt.

Draußen lagen die Temperaturen bei knapp sechs Grad über dem Gefrierpunkt, was Emiliana sofort an ihrem nackten Körper zu spüren bekam.

Der Schock als sie sah, worauf Jeremy zusteuerte, sorgte umgehend dafür, dass es ihr egal war.

Ihre Augen fokussierten den Pool, der von einer Unterwasserbeleuchtung in sanftes warmes Licht getaucht wurde.

Rauchiger Nebel stieg in Intervallen aus diesem empor, was bedeuten musste, dass das Wasser darin um einiges wärmer, als die Außenluft war.

Jeremy hatte bei der Renovierung keine Kosten gescheut und beschlossen, anstatt den Pool winterfest zu machen, lieber eine Wärmepumpe zu installieren.

Dies würde ihm und Emiliana sehr heiße Badeerlebnisse, insbesondere in der kalten Jahreszeit, ermöglichen.

Dass heute der Zeitpunkt der Einweihung mit ihr gekommen war, fühlte sich gigantisch an.

Zwar nicht wie geplant, doch allemal sehr effektiv.

Emiliana hingegen geriet in Panik.

Erstens konnte sie nicht schwimmen und zweitens hatte sie die Bekanntschaft mit tiefem Wasser in nicht allzu guter Erinnerung behalten.

Sie stemmte die Füße in den Boden und versuchte noch einmal sich loszureißen.

Zwecklos!

Jeremy lächelte sie herausfordernd an, ehe sich seine Hand in ihrem Haar zu einer Faust verdrehte.

Seine Augen glänzten im Schein des Wassers. „Sag es!"

Emiliana wusste sich nicht anders zu helfen.

Sie begann zu schreien.

Jeremy schlug ihr mit der freien flachen Hand einmal kräftig auf den Hintern, was sie zusammenzucken und auf der Stelle leise werden ließ.

Dann löste er langsam die Faust aus ihrem Haar und gab ihr an der Schulter einen Schubs.

„Jeremy! Nein, warte …!"

PLATSCH!

Emiliana landete im Pool.

Die Wärme des Wassers schmeichelte umgehend ihrem kühlen Körper, doch die Angst war allgegenwärtig.

Das Adrenalin jagte durch ihre Adern und sie begann sich mit letzter Kraft in ihren Armen wieder an die Oberfläche zu ziehen.

Am Rand des Pools entledigte sich Jeremy seiner Jeans. Nurmehr in hautenger Shorts bekleidet sprang er zu ihr ins Wasser.

Er packte sie und zog ihren Körper dicht an sich heran.

Ihre Fäuste hämmern auf meine Brust, die Atmung geht hektisch, aber das kleine Biest schafft es dennoch ihre wunderschönen Lippen zu öffnen, um mich zu beschimpfen. Unglaublich, diese Frau!

„Lass mich los! Bring mich hier raus! Ich schwöre dir …"
Jeremy drückte ihr leidenschaftlich einen Kuss auf.

Seine Stimme klang tief und streng. „Ich kann dir nicht verdenken, dass du geschockt, wenn nicht gar zerstört worden bist, durch Vorkommnisse in deinem Leben, die besser niemals hätten passieren dürfen. Doch scheinbar hatte jemand mit dir andere Pläne, als dass du in Joels Anwesen das Zeitliche segnest. Jemand, der es auch mit mir gut gemeint hat, denn ich hätte nach allem ebenso aufgeben können. Sieh uns an, Lia! Wir sind noch da! Das ist ein Zeichen, findest du nicht auch? Wenn du allerdings keinen Sinn mehr in deinem Dasein siehst, auch nicht in mir, dann wähle! Leben oder untergehen? Weiterspielen oder verlieren?"

O mein Gott, er ist vollkommen durchgeknallt, schoss es Emiliana durch den Kopf.

Mit festem Biss auf die Unterlippe wiederholte sie sich: „Ich habe bereits alles verloren, und du …"
Ihren Satz konnte sie nicht beenden, denn sie ging unfreiwillig auf Tauchstation.

Jeremy drückte ihren Kopf mit der flachen Hand unter Wasser.

Unzählige Luftblasen stiegen nach oben.

Er zählte bis fünf, dann zog er Emilianas Körper an den Schultern wieder nach oben.

Sie sog tief Luft ein. „Du verdammter Scheißkerl, ich …"
Wieder ging sie unter.

Dieses Mal zählte Jeremy bis sechs.

Da war sie wieder.

Ihre Brüste hoben und senkten sich wahnsinnig schnell und das Wasser rann über ihr hübsches Gesicht, welches in diesem Moment so aussah, wie das von Schneewittchen. Blass, mit blutroten Lippen, und die Konturen eingerahmt von nassen schwarzen Haaren.

Reizend! Voller Leidenschaft! Ein erotischer Cocktail, gemixt mit extra viel Sexappeal! Ich sollte trinken ...

Ihre Worte rissen Jeremy aus seinen Gedanken, doch die Lust, die er auf sie verspürte, wurde mit dem bösen Klang ihrer Stimme umso mehr gesteigert.

Emiliana hustete.

Dann zischte sie: „Fick dich! Du kannst mich mal!"

Abgetaucht!

Da Jeremy qualvoll langsam bis zehn zählte, war auch von den Luftblasen auf dem Wasser keine mehr sichtbar.

Als er sah, wie ihre Lider schwer wurden und sie den Kampf gegen ihn aufzugeben schien, zog er sie ruckartig zu sich nach oben.

Es dauerte einen kurzen Moment, doch der Körper reagierte für Emiliana.

Ihre Lungen füllten sich mit dem dringend benötigtem Sauerstoff und dieses Mal schwiegen ihre Lippen.

In der Ruhe nahm Emiliana jetzt auch etwas anderes wahr, was sie in all ihrer Panik nicht bemerkt hatte.

Jeremy stand bis über der Hüfte im Wasser.

Was wiederum bedeuten musste, dass auch sie an dieser Stelle festen Boden unter den Füßen spüren sollte.

So war es auch.

Emiliana stand nun vor Jeremy.

Das Wasser reichte ihr bis unter die Brüste, doch ihr Blick zeugte noch immer von hoher Verletzlichkeit in dieser für sie durchaus gefährlichen Situation.

Gleichzeitig lag darin so viel animalische Herausforderung, dass Jeremy einen elektrisierenden Schauder von seinen Lenden bis in die Spitze seines harten Glieds spüren konnte.

Verdammte Scheiße, gleich garantiere ich für nichts mehr!

„Wähle!"

Trotz der Kühle der Novemberluft brannten Emilianas Wangen heiß wie Feuer.

Als sie wieder seine Hand auf ihrem Kopf fühlte, krallte sie sich mit den Fingernägeln in seine Oberarme.

Jeremy zog die Brauen zusammen.

Es gefiel ihm.

„Rrr! Meine schöne Wildkatze fährt wieder die Krallen aus. Also los! Du hast noch immer die Wahl!"

Emiliana wollte diesem Wahnsinn ein Ende setzen, deshalb sprach sie kaum hörbar: „Weiterspielen."

Ein breites Lächeln zeichnete sich auf Jeremys Gesicht ab.

„Weiterspielen?"

„Ja."

„Mit Vergnügen, Honey."

Tauchstation!

Sie erneut unter Wasser zu drücken, ist gegen die Regeln, denn meine wilde Schönheit hatte sich Unterworfen und mir sogar die Antwort gegeben, die ich von ihr hören wollte. Allerdings steckt die animalische Gier ihres Blickes tief in mir. Ich fühle mich wie ein Wilder, der nur noch nach seinen niederen Instinkten handelt, um sich zu holen, was er am dringendsten nötig hat. Mein Blut kocht, die Lust fließt durch meine Adern, und mein Schwanz pumpt so stark, dass ich nicht mehr dagegen ankämpfen kann. Vergib mir, Lia! Deine Unterwerfung wird heute Nacht meine Erlösung sein.

Jeremy griff nach dem Bund seiner Shorts und drückte diesen herunter. Anschließend fasste er Emiliana unter Wasser in das lange Haar, um sie nahe an seine extreme Härte heranziehen zu können.

Er erwartete heftiges Strampeln oder wie zuvor jämmerliche Versuche um wieder an die Oberfläche zu gelangen, doch es kam vollkommen anders.

Aber was wunderte es ihn?

Schließlich war, seit er diese Frau kannte, alles anders.

Weil SIE anders war.

Er spürte, wie sich ihre zarten Hände fest an seine Oberschenkel klammerten.

Mit dem Mund umschloss sie die halbe Länge seines Schaftes, ehe sie von diesem ablassen und auftauchen musste.

Dieses Mal beschimpfte sie Jeremy nicht, sondern holte freiwillig tief Luft, ehe er sie wieder sachte mit dem Kopf unter Wasser drückte.

Ihre Hand umschloss den Schaft, um die volle Härte zwischen ihre Lippen einsaugen zu können.

Jeremy übte mit der flachen Hand Druck auf ihren Hinterkopf aus, sodass die Spitze beinahe schon an Emilianas Kehle anklopfte.

Hemmungsloses Stöhnen entfuhr Jeremy, als ihre Zähne leicht über die mehr als nur angespannte Haut kratzten.

Sie lieferte ihm einen Blowjob, der ihm sprichwörtlich alles abverlangte.

Ohne noch einmal Luft holen zu müssen, sog sie gierig an Jeremys Schwanz.

Wie ein kleines Mädchen, das zum allerersten Mal in ihrem Leben einen großen süßen Lolli zum Lecken bekam.

Das war eindeutig zu viel!

Jeremy keuchte immer lauter, während sein Glied stark juckte, heftig pumpte, und sich in einem gewaltigen Schwall voller Überdruck in ihrem Mund entlud.

Als sie anschließend die Lippen leicht öffnete, vermengte sich das Sperma umgehend mit dem Wasser.

Es glich dem rauchigen Nebel, der sich auf der Oberfläche des Pools stetig in die Nachtluft erhob.

Vor allem aber war es höchste Zeit sich selbst zu erheben.

Mit Leichtigkeit umschlang Jeremy ihre Hüften, drückte sie fest an seine Brust, und lauschte einen Augenblick lang ihrem unkontrolliertem Atem.

„Scht! Scht! Ganz ruhig", sprach er leise in ihre Haare.

Er kam gedanklich zu dem Schluss, dass Emiliana zwar immer die unnahbare Lady an den Tag legt, doch wenn man mit ihr umzugehen wusste, dann war sie nur noch eine zerbrechliche Sklavin.

Gefangen in den Händen eines großen Herrschers, der mit ihr tun und lassen konnte, was immer er wollte. Der ihr die Beine weit spreizte, nur um ihr Gehorsam einzuficken, und der mit sich selbst um Beherrschung rang, damit der Teufel und die Besessenheit tief in ihm, nicht übermächtig werden konnten.

Plötzlich löste sich Emiliana aus seiner Umklammerung. Mit dem Fingernagel stach sie ihm in die obere Brust, dorthin, wo sich ihre Initialen deutlich vom Rest seiner Haut abhoben.

Sie wetterte drauf los: „Warum tust du das?"

Verdutzt antwortete Jeremy: „Tue was?"

„Genau das!"

„Tut mir leid, ich verstehe nicht …"

Emiliana ging durch das Wasser bis hin zum Rand des Pools.

Schwungvoll und elegant zog sie ihren Körper aus dem Wasser. Sie verschränkte die Arme, doch das tat ihrer verwundbaren Situation wenig bis keinerlei Abbruch. Schließlich war sie der Kälte der Nacht ausgeliefert und sie war dabei vor allem eines – NACKT!

Ein Traum! Ich werde sie ins Schlafzimmer bringen, um dort weiterzumachen, was wir begonnen haben ...

Jeremy neigte den Kopf, als er sie sprechen hörte.

„Du gibst vor, mich haben zu wollen, mich zu beschützen. Zeitgleich benutzt du mich für deine Belange und zu deiner Befriedigung. Du wolltest aus mir ein Reiseaccessoire machen, um dich danach an die geilen Stunden erinnern zu können. Und jetzt wo deine Frau nach Wochen mal wieder nicht zu Hause ist, tauchst du bei Patricia auf und bedrohst sie. Dann komme ich, um dich in die Schranken zu weisen ..."

Jeremy lachte laut auf. „Mich in die Schranken zu weisen? Süße, du hast mir K.o.-Tropfen in den Whiskey getan. Zu dumm nur, dass ich vorher nicht einen, sondern gleich zwei Espresso getrunken hatte. Es scheint, als wäre die Wirkung dadurch abgeschwächt worden. Wer hier wen zu seiner Befriedigung braucht, das steht außer Frage. Du hast ..."

Jeremy stoppte, denn seine Augen erfassten, wie Emiliana das Kabel des Standgrills aus dem Gerät herausriss, es jedoch mit der Außensteckdose verbunden ließ.

Mit hochgehaltenem Arm drohte sie: „Bleib wo du bist!"

Jeremy zog wütend die Stirn in Falten.

Da haben wir es wieder! Lia, der psychotische Todesengel, vollgepumpt bis obenhin mit Crystal Meth!

„Was soll das werden? Willst du mich umbringen?"

„Wolltest du mich ertränken?", konterte Emiliana aufbrausend.

Verdammt! Sie sieht so hinreißend aus, wenn sie wütend ist. Dennoch wird sie, sobald ich hier rauskomme, die Tracht Prügel ihres Lebens auf ihren süßen Hintern von mir erhalten.

„Ich kann dir versichern, dass ich in dir nie so etwas wie ein billiges Reiseaccessoire gesehen habe. Eigentlich ist es sogar so, dass ich dich darum bitten wollte mit mir zu leben. Was selbstverständlich nicht geht, wenn du mich umbringen willst."

Das Augenzwinkern, das dieser Satz mit sich brachte, war zu viel für Emiliana.

Sie fühlte sich einmal mehr von einem Mann, noch dazu von Jeremy, dem sie nach der Sache mit Joel in gar keinem Fall trauen durfte, nach Strich und Faden verarscht.

Es folgte schweres Schlucken, dann betätigte sie den Schalter für die elektrische Poolabdeckung.

Unaufhaltsam trafen die zusammenhängenden Lamellen auf das Wasser.

Schnell kamen diese immer näher auf Jeremy, der sich stehend in der Mitte des Pools befand, zu.

„Lia, du bist krank! Weißt du das?"

„Sicher doch! Genau wie du. Deshalb ist es an der Zeit, dass du mal für eine Weile untertauchen solltest!"

Jeremy schloss die Augen.

Ich muss hier raus! Je länger ich ihren Wahnsinn mitspiele, umso mehr wird alles zu einer komplexen Normalität. Nie hätte ich gedacht, dass so etwas überhaupt möglich ist. Da ist jemand, der dich bedroht, dir sogar nach dem Leben trachtet. Und doch ist es genau dieser Mensch, der dich erst lebendig fühlen lässt. Der jeden Atemzug wert ist, und der deine Zeit auf Erden spürbar aufregender gestaltet. Was zum Teufel ist …

„Fahr zur Hölle, Jeremy!"

Die Lamellen hatten seinen Körper erreicht und wenn er nicht riskieren wollte, dass Emiliana ihn bei einem Fluchtversuch aus dem Pool mit Elektrizität vollpumpte, dann war das der Moment, in dem er untertauchen sollte. Er holte tief Luft.

Mit weit geöffneten Augen sah Emiliana dabei zu, wie sich das Rollo über den gesamten Pool ausdehnte.

Zeit zu gehen!

Sie lief durch die offene Terrassentür ins Innere des Hauses.

Im Wohnbereich schlüpfte sie rasch in ihre Kleidung, zog ihren langen Mantel von einem der Barhocker, und schlüpfte rasch in diesen hinein.

Mit wild klopfendem Herzen schnappte sie sich Jeremys Autoschlüssel von der Kommode im Flur.

Zum Glück stand der Wagen in der Auffahrt und nicht in der Garage. Somit konnte sie um einiges schneller vom Grundstück fliehen.

Die Eingangstür fiel hinter ihr ins Schloss.

Auf dem Display der Alarmanlage stand in großer Schrift:

DISARMED – Ready to ARM

Emiliana fackelte nicht lange, sondern drückte die aufblinkende längliche Taste.

SYSTEM ARMED!

Nachdem sie die Zentralverriegelung des Audi geöffnet hatte, sah sie sich noch einmal um.

Will ich wirklich, dass er in seinem Pool ...?

Weiter brauchte sie nicht zu denken, denn ihre Hände agierten bereits für sie.

Ein massiver Stein durchdrang klirrend die Scheibe eines der unteren Fenster des Hauses.

Der aufgeschreckte Nachbarshund bellte.

Als der ohrenbetäubende Lärm des Alarmsignals auf die Straßen drang, startete Emiliana den Wagen.

„Schön, dich gesehen zu haben, Mr. Loverboy!"

Mit diesen geflüsterten Worten schaltete sie in den nächsten Gang.

Der tiefschwarze Audi wurde eins mit der Nacht.

„Mr. Adams, Sie wollen mir allen Ernstes erzählen, dass sich der Mechanismus des Rollladens wie von Geisterhand eingeschaltet hat?"

„Ja, so muss es gewesen sein. Ich werde gleich morgen früh die Firma kontaktieren und ...", wollte Jeremy antworten, doch Detective Samuel feuerte weitere Indizien dazwischen.

Als er über Funk gehört hatte, dass der Alarm im Haus von keinem geringerem als seinem alten Freund, Mr. Adams, ausgelöst wurde, machte er sich umgehend auf den Weg.

Der Detektive kam nur wenige Minuten nach einem Streifenwagen des NYPD, der sich in unmittelbarer Nähe befand, bei Jeremy an.

Seitdem ist er und sein Übereifer, kaum noch zu bremsen.

Ich hasse diesen Kerl! Ich wünschte er würde suspendiert, oder baldmöglichst gefeuert werden, dachte Jeremy.

„Mr. Adams, meine Kollegen haben das Haus, sowie das Grundstück, genauestens unter die Lupe genommen. Kein Anzeichen eines Einbruchs. Nur ein Stein wurde als Beweismittel sichergestellt, doch das beläuft sich am Ende maximal auf Sachschaden und Hausfriedensbruch. Es sei denn, sie hätten eine Idee wer den Stein ..."

„Ich sagte doch, dass ich keine Ahnung habe, wer so etwas getan haben könnte."

„Ganz ruhig, Mr. Adams. Ich meine, zum Glück waren meine Kollegen schnell vor Ort. Andernfalls wären Sie wohl die ganze Nacht über in ihrem eigenen Pool festgesteckt."

Jeremy legte den Kopf in den Nacken. „Besten Dank! Darf ich mich dann endlich ankleiden?"

Detective Samuel zuckte mit den Achseln. „Nur zu. Ich warte solange hier unten auf Sie."

Nachdem Jeremy sich eine Jogginghose und ein Shirt übergezogen hatte, betrat er wieder den Wohnbereich.

Detective Samuel saß auf einem der Barhocker.

Mit dem Finger deutete er auf die zwei Gläser. „Noch Besuch gehabt?"

Jeremy lächelte. „Spielt das eine Rolle?"

„Nun ja, wenn daraus ein Streit hervorgegangen ist, oder dieser jemand sauer auf Sie ..."

„Nein, kein Streit."

Der Detective kratzte sich unzufrieden am Kinn. „Wenn ich diese beiden Gläser der Forensik übergeben würde, wen würde man dann wohl als Gast ausmachen können? Ich gehe doch schwer davon aus, dass eines der beiden Gläser ihres ist, Mr. Adams."

Jeremy sah Samuel tief in die Augen. „Der Besuch war ein Geschäftspartner. Zufrieden?"

Samuel schüttelte den Kopf.

Dann kramte er Handschuhe aus seiner Jackentasche, zog diese an, und drehte eines der Gläser um hundertachtzig Grad. „Ihr Geschäftspartner ..., er trägt Lippenstift?"

Fuck! Verdammte Scheiße! Lia! Sieh nur, was du angerichtet hast. Jetzt sind wir beide fällig.
Jeremy versuchte, trotz der sich überschlagenden Gedanken, die Fassung zu wahren.
Er räusperte sich. „Detective, bei allem Respekt, aber es geht hier doch nicht um mich, sondern um einen Stein, der bei mir eingeworfen wurde und der die Alarmanlage ausgelöst hat. Was haben meine persönlichen Utensilien oder gar meine Gäste mit dieser Sache zu tun?"
Samuel resignierte. „Da haben Sie vollkommen recht. Meine Kollegen gehen noch mal das gesamte Haus ab, damit Sie sich vollkommen sicher fühlen können."
Am liebsten hätte Jeremy diesem Dreckssack von Schnüffler eine Faust in die süffisante Visage geschlagen, doch das würde ihm nichts als weiteren Ärger einbringen, und das konnte er jetzt in gar keinem Fall gebrauchen.
„Danke, für all Ihre Bemühungen."
„Dafür nicht, denn das ist unser Job. Aber sagen Sie, Mr. Adams, haben Sie zufällig noch einmal von Miss Emiliana Brooks gehört oder sie vielleicht sogar gesehen?"
Oder sie an meinem Schwanz lutschen lassen ..., schoss es Jeremy willkürlich durch den Kopf.
Die Antwort lautete jedoch: „Nein, ich habe von der Dame nichts gehört und nichts gesehen. Und das ist auch das Beste."
Samuel nickte.
Dann legte er nach: „Wissen Sie, was mich gewundert hat, als ich neulich in den Computer gesehen habe?"
„Nein, aber Sie werden es mir sicherlich gleich mitteilen", gab Jeremy grinsend zurück.
„Was hat Sie nach all den Strapazen dazu bewogen, die Anzeige gegen Miss Brooks fallen zu lassen?"

Jeremy steckte die Hände lässig in die Hosentaschen. „Nun, Detective Samuel, nachdem ich das Szenario auf Mr. Tales Anwesen, wohlgemerkt als Einziger, nur sehr knapp überlebt habe, wird man nachdenklich. Ich beschloss, mit altem Ballast abzuschließen und auch Miss Brooks die Chance auf ein gutes Leben zu ermöglichen. Ist das denn strafbar?"

Samuel lächelte plötzlich so breit, dass die perlweißen Backenzähne zum Vorschein kamen. „Strafbar? Nein, das klingt nach einer guten Tat. Allerdings hätte die Anzeige mir bei den Ermittlungen sehr geholfen, denn ich müsste dringend Miss Brooks finden, um mit ihr ein paar Takte über ihre Granny reden zu können."

„Ist denn irgendetwas nicht in Ordnung?", fragte Jeremy mit gespielt unwissendem Blick.

„Das könnte man so sagen", erklärte Samuel. „Die gute Frau wird seit mehreren Wochen vermisst. Die Nachbarin meinte, dass Mrs. Brooks niemals das Haus so lange Zeit verlassen hätte, ohne ihr vorher Bescheid zu geben. Sei es zwecks einer Reise oder eines längeren Kuraufenthaltes."

Aufmerksam und interessiert hörte Jeremy zu.

Mit geschürzten Lippen sagte er: „Das tut mir leid zu hören. Ich hoffe, dass die alte Dame schnell gefunden wird, oder sie im besten Fall von ganz allein nach Hause zurückkehrt."

Ihm wurde bei dieser Aussage flau im Magen.

Hatte er doch sofort das Bild vor Augen, wie Joel der armen alten Frau skrupellos eine Kugel in den Kopf gejagt hatte.

„Das hoffe ich auch", kam es leise von Samuel zurück.

Die beiden Cops, die sich in der Zwischenzeit überall umgesehen hatten, traten in den Wohnbereich.

Der große bärtige ergriff das Wort: „Alles sicher. Wir konnten nichts ungewöhnliches entdecken. Wegen des

Steines kommen Sie morgen Nachmittag aufs Revier und wir nehmen ihre Anzeige ins Protokoll auf. Sollten Sie feststellen, dass etwas entwendet wurde, oder Sie noch irgendwelche Fragen haben, dann rufen Sie uns an. Wir wünschen eine geruhsame Nacht, Mr. Adams."

„Gute Nacht."

Detective Samuel nickte den Kollegen der Streife zu, ehe er sich von dem Barhocker erhob. „Darf ich offen sprechen, Mr. Adams?"

Jeremy bedeutete mit der offenen Handfläche einen Freiraum. „Nur zu, tun Sie sich keinen Zwang an."

Samuels Blick wurde durchdringend. „Ich denke, dass Sie genau wissen, wo sich Miss Emiliana Brooks, oder vielleicht sogar die alte Mrs. Brooks, aufhalten. Ich gehe sogar so weit, zu behaupten, dass Erste möglicherweise heute Abend bei Ihnen gewesen ist. Sie gerieten in einen Streit und dann hat sie Sie unter dem Rollo des Pools eingesperrt. Ich denke, dass diese Dame Sie mit ihrer temperamentvollen Art maßlos überfordert, denn Sie sind es gewohnt, dass die Frauen in ihrem gelackten Business-Leben sicherlich alles tun, um Ihnen zu imponieren. Doch hier scheint es so, als ob Sie das kranke Spiel von Staten Island in eine Art Bann gezogen hätte. Ein Katz-und-Maus-Spiel, das seinen Höhepunkt noch lange nicht erreicht hat. Sie, Mr. Adams, gehören in die penible weiße Welt, doch die schwarze hält so viel mehr Faszination und Anziehung für Sie bereit, nicht wahr?"

Einen Moment lang überlegte Jeremy was er antworten konnte, oder ob er überhaupt darauf eingehen sollte.

Die Worte schossen allerdings wie von selbst über seine Lippen. „Darf ich offen eine Frage stellen, Detective?"

Einmaliges Kopfnicken von Samuel.

Jeremy trat nahe auf ihn zu. „Wie hat es sich angefühlt, nachdem Sie auf dem Boot gründlich nachgesehen hatten?"

Samuel leckte sich wohlwissend über die Oberlippe.

Seine nächsten Schritte führten ihn an die Eingangstür.

Draußen wandte er sich noch einmal zu Jeremy um. „Männer können gefährlich sein. Vor allem, wenn es um ein Weibchen geht. Da mutieren diese oftmals vom lieben Schmusekater zu einer grausamen Bestie. Sie sollten das am besten wissen, Mr. Adams. Gute Nacht."

Der Detective stieg in seinen Wagen.

Als Jeremy ihn auf die Hauptstraße abbiegen sah, schlug er die Tür mit einem lauten Knall zu.

Zurück an der Bar schnappte er sich die beiden Gläser und zerschmetterte diese auf dem hellen Parkettboden.

Die Karaffe, in der sich Reste des Beruhigungsmittels befanden, flog kraftvoll gegen den Erker des Raumes.

Mit jeder Bewegung wuchs seine Wut.

Plötzlich wurde seine Haltung starr und sein Mund klappte weit auf.

Wie zur Hölle konnte der Detective und die Cops genau in der Auffahrt parken, wenn dort mein ...

„Nein. Nein. Nein. Lia, wenn du das getan hast ..."

Jeremy riss noch einmal die Tür nach draußen auf.

Nichts.

Zur Bestätigung fiel sein Blick auf die Kommode im Flur.

Der Schlüssel!

Nicht da!

Fassungslos sackte Jeremy im Türrahmen auf die Knie.

Dafür werde ich dich bestrafen, meine wilde Schönheit! Nicht einmal, nicht zweimal, sondern tausendfach! Und wenn ich damit fertig bin, gleich noch mal von vorne. Das war das letzte Mal, dass du mich gefickt hast! Ich schwöre bei Gott, dass ich dich das nächste Mal so hart rannehmen werde, dass du nie wieder auf solch dumme Gedanken kommst. Du wirst mich noch um meine Gnade anflehen! Dabei werden dir zahlreiche Tränen zwischen nicht zu verachtenden Schmerzen und unbändigen Orgasmen über dein Porzellangesicht laufen, mein Püppchen!

Der Sonntag kam schnell.

Zu schnell.

Und Jeremy hatte das Gefühl, als verfolge ihn eine Krise nach der anderen.

Die letzten zwei Arbeitstage hatte er sich in seinem Büro verschanzt und bis auf unumgängliche Telefonate wollte er von keinem etwas hören oder sehen.

Douglas brachte ihm jeden Mittag verlässlich das Essen, doch es schmeckte alles nach dieser gottverdammten Industrie.

Jeremy wusste genau, dass er lediglich seinem Ärger Luft machen musste. Es war ihm egal, wen, oder in diesem Fall was, er dafür beschimpfte oder verantwortlich machte. Hauptsache es fühlte sich für wenige Minuten besser an.

Seit Freitagabend hatte er seinen Audi zurück.

Das Ticket für unerlaubtes Dauerparken vor einem renommierten Discounter in Queens, wohlgemerkt auf dem deutlich beschilderten Behinderten-Parkplatz, gab es als Gratisgeschenk von Emiliana dazu.

Als der Cop einer Routinestreife sich bei ihm meldete, mit der dringenden Bitte, dass er den Wagen umgehend von dort entfernen müsse, war Jeremy erleichtert.

Seinem geliebten Wägelchen wurde nicht ein Kratzer zugefügt. Lediglich ihn hatte sie vorgeführt als potenziell dreisten Falschparker.

Nach seiner Aktion mit Emilianas Wagen in Swan Lake, hatte er den Audi in Gedanken über einer Schrottpresse baumeln sehen und diesen daraufhin abgeschrieben.

Emiliana hätte das Auto auch auf dem illegalen Markt verschachern können, doch so war sie nicht.

Meine wilde Schönheit ist nicht an Geld interessiert. Dafür umso mehr daran, wie sie meine Nerven strapaziert, oder mich kaputtmachen kann. Damit geht sie nicht sparsam um. Den Autoschlüssel fand ich durch Zufall im Handschuhfach vor. Sie pokert hoch, doch sie vergisst dabei, dass jede Hand einmal der Gewinner, und beim nächsten Mal wieder der Verlierer ist.

Jeremy stieg aus der Dusche.

Nachdem er sich schick angezogen und einen Martini zu sich genommen hatte, verließ er das Haus.

Am Palms angekommen, wurde ihm von einem jungen Mann die Fahrertür geöffnet.

Dieser deutete einladend auf den prunkvoll verzierten Eingang des durchaus noblen Striplokals.

Man hört in den Medien oder von den Leuten nur Gutes über diesen Club, doch allein der Gedanke, dass sich Emiliana in genau dieser Sekunde splitterfasernackt vor anderen Männeraugen präsentiert, ließ Jeremys Herz vor Wut mehrere Takte schneller schlagen.

Monoton lauschte er den Worten des jungen Mannes.

„Willkommen, Sir. Darf ich ihren Wagen parken?"

Jeremy stieg aus.

Wie Bruce Wayne persönlich zog er sofort die Blicke einiger umstehender Damen auf sich und auch die Männer, die sich zum Rauchen nach draußen begeben hatten, nickten anerkennend mit dem Kopf.

Ein älterer Herr, mit einer dicken Havanna-Zigarre an den Lippen, rief: „Ladys! Wenn der elegante Herr noch zu haben ist, dann schlagt lieber schnell zu, bevor es eine andere tut!"

Nachdem Jeremy mit größter Mühe sein aufgesetztes Businesslächeln aufblitzen ließ, überreichte er dem jungen Mann den Wagenschlüssel.

Dafür nahm er eine Karte mit einer Nummer entgegen.

Als sein Audi um die nächste Ecke gebogen war, holte er noch einmal tief Luft.

Mit Blick auf das Palms begann Jeremy leise das verstörende, doch absolut mitreißende Lied, der Band Oomph vor sich hinzusummen.

In Gedanken liefen sogar die Lyrics, inklusive ein paar selbst hinzugedichteter Wörter, mit.

Eckstein, Eckstein, alles muss versteckt sein!

Eckstein, Eckstein, alles muss versteckt sein!

Wieder lieg ich auf der Lauer, denn wir spielen UNSER Spiel.

Augen auf, mein Püppchen!

Ich komme!

Es überraschte ihn beinahe nicht mehr, dass ihm dieser Jäger-und-Gejagte-Modus so langsam immer mehr Spaß bereitete.

Die wachsamen Blicke, der Triumph, der Verlust, der Moment der Überraschung, die ängstlichen Augen, der Zorn, die Leidenschaft, die Besessenheit und diese unbeschreibliche Gier, die immer mächtiger und größer wurde, zogen ihn unaufhaltsam in einen teuflischen Bann, aus dem es kein Entkommen gab.

Niemals zuvor war er solch einer willensstarken und temperamentvollen Frau wie Emiliana begegnet.

Heute Nacht wird er ihren Willen brechen und ihr Temperament zügeln.

Selbst, wenn das bedeutete, dass er ihren schlanken Körper in schwere Eisenketten legen, und sie dann nach allen Regeln der Kunst ordentlich durchficken müsste.

Es war ihm egal. Hauptsache, sie war bei ihm und nicht irgendwo in diesen Straßen, in irgendeinem Club, oder im schlimmsten Fall in irgendeinem anderen Bett.

Jeremy steckte die Karte in sein Jackett und betrat den Club.

Stirnrunzelnd sah er über die vielen Tische hinweg, die vorwiegend männliche Besucher aufzuweisen hatten.

Sie saßen vereinzelt, zu zweit, oder auch mal in einer Gruppe zusammen. Tranken Wein, Bier und Champagner.

Und taten vor allem eines - GAFFEN!

Auf die Frauen auf drei Stegen, sowie einer kleinen Bühne.

Je mehr Jeremy seine Augen über das Szenario schweifen ließ, umso klarer wurde ihm, warum er in gar keinem Fall wollte, dass Emiliana solch einem Beruf nachging.

Als er sah, wie eine durchaus attraktive Brünette vor zwei Männern weit ihre Schenkel spreizte, damit jene die Dollarnoten tief in ihre Spalte klemmen konnten, stockte ihm für Sekunden der Atem.

Nicht etwa, weil er selbst hineingesehen hatte, sondern weil ihm bewusst wurde, dass er Emiliana nicht nur hier nicht mehr arbeiten lassen würde, sondern sie bräuchte nie wieder in ihrem Leben auch nur einen Handstrich verrichten.

Frauenrechte und Emanzipation hin oder her! Das kann und werde ich nicht ertragen.

Mit jedem Schritt, den er näher an die tanzenden Frauen kam, wuchs seine Wut.

Meine wilde Schönheit ist vollkommen ungeschützt in diesem Etablissement. Und jeder dieser Aasgeier an den Tischen wartet nur darauf, dass sie Feierabend macht. Die Drecksäcke sind geil darauf sie mit Gewalt zu nehmen, wenn es nötig wäre ...

Eine Stimme holte ihn aus seinen grausamen Gedanken.

„Willkommen im Palms. Ich bin Miguel, der leitende Servicemitarbeiter für Ihr Wohl. Wo darf ich Ihnen einen Platz anbieten? An der Bühne? Oder etwas diskreter auf einer unserer beheizbaren Ledercouchen, mit der Möglichkeit eine leckere Mahlzeit während den Shows genießen zu können."

Jeremy rieb sich die Hände.

Dann räusperte er sich. „Ich denke, dass eine Ledercouch eine sehr bequeme Alternative zu den harten Stühlen darstellt."

Am liebsten hätte er sich nach dieser Aussprache selbst geohrfeigt.

Wie doof ist das bitte, in solch einem Laden über verschiedene Härtegrade zu sprechen?

Miguel hingegen schien an diesem Satz nichts ungewöhnliches zu empfinden.

Er lachte nicht, was bedeutete, dass er die Zweideutigkeit darin schlichtweg nicht verstanden hatte. Oder aber, er war Profi und ging aus Gründen des Respektes nicht weiter darauf ein.

Sicherlich war letztes der Fall.

Nach eineinhalb Stunden, zwei Bier, und einem Kaffee, dachte Jeremy darüber nach, ob Emiliana heute überhaupt arbeitete.

Unter den Tänzerinnen hatte er sie bislang noch nicht ausmachen können, und das obwohl er genauestens auf die Bühnen geachtet hatte.

Er hätte sie selbst mit Perücke und dem schrägsten Outfit, welches sie hätte wählen können, sofort von den anderen Damen herausgefiltert. Da brauchten ihre Füße noch nicht einmal die Bretter der Bühne zu betreten.

Was aber werde ich tun, wenn sie sich zu erkennen gibt?

Darüber hatte sich Jeremy bis jetzt genauso wenig Gedanken gemacht, wie um Emilianas Arbeitszeiten.

Nach der prekären Lage bei ihm zu Hause, wollte er lieber nicht bei dieser Patricia auftauchen und diese zwecks weiterer Details ausquetschen.

Zumindest noch nicht.

Emiliana schnappte sich an diesem Dienstagabend ihren langen schwarzen Mantel und verließ eilig das Haus.

Da sie das Wochenende mit Patricia bei deren Tante in Brooklyn verbracht hatte, und ihr Wagen plötzlich streikte, konnten die beiden Damen erst am Montag gegen spätabends zurück nach Queens fahren.

Der Plan war simple.

Wenn ich Jeremys Wagen losgeworden bin, dann werde ich die Einladung annehmen und mit nach Brooklyn kommen. Eine abgelegene Farm bringt Ruhe mit sich und Jeremy kann nach mir suchen so viel er will. Er wird mich nicht finden. Wenn wir zurückkommen, dann hatte er es im besten Fall aufgegeben, und wenn nicht, dann wird mir da auch noch etwas passendes einfallen.

Die Tatsache, dass Patricias Wagen in die Werkstatt musste, kostete Emiliana sowohl ihre Schicht am Sonntag-, wie auch am Montagabend.

Roger, der Inhaber des Palms, war über ihren entschuldigenden Anruf nicht amüsiert.

Für was zum Teufel hatte er eine Aushilfe engagiert, wenn diese, statt die fehlende Arbeitskraft zu ersetzen, selbst nicht anwesend ist.

Ende vom Lied - kein Geld für die letzten zwei Abende.

Patricia lachte lautstark darüber, doch Emiliana wollte noch immer die Beteiligung an der Miete aufbringen.

Auf der Arbeit angekommen, stellte sie fest, dass es heute um einiges ruhiger zuging, als sie es die vergangene Woche erlebt hatte.

Dieser stinkreiche Scheich aus Dubai, hatte ordentlich auf dicke Hose gemacht, und es sich und seinem Gefolge rundum gutgehen lassen.

Da hat man einmal mehr gesehen, was man sich alles mit Geld erlauben kann. Sogar ein angesehener Club, kann dann zu einer sehr privaten Session werden.

In der Umkleide begrüßte Emiliana ihre Kollegin, die damit beschäftigt war, ihr Make-Up in einem der Spiegel zu überprüfen.

Das Outfit war für solch einen Laden recht einfach gehalten. Schwarzes Kleid, oder wie Mia es heute trug, langer Faltenrock und einen kurzen Bolero darüber.

Sehr konservativ gekleidet, doch auch Emiliana bevorzugte es, das Kleid bis zu den Knien zu tragen, da es ansonsten vorkam, dass einer der Männer grundsätzlich meinte, sie von den halterlosen Strümpfen, bis nach oben in ihren Schritt anfassen zu müssen.

Vergangene Woche hatte Miguel deswegen gleich drei Kerle auf einmal aus dem Laden verwiesen.

Einer von ihnen, bekam sogar für seine asoziale Wortwahl und für die Bereitschaft sich zu prügeln, während des Hinausbegleitens lebenslanges Hausverbot erteilt.

So waren nun mal die Regeln.

Als Emiliana sich die langen Haare zu einem strengen Zopf band, lugte Roger mit dem Kopf herein.

Ungeduldig zog er an einer Zigarette, dann sprach er mitten in den ausgepusteten Nebel: „Los, meine Damen! Die Gäste sitzen nicht gerne auf dem Trockenen."

Mia konterte mit aufgesetztem Lächeln: „Roger, wir sind keine Maschinen. Und den Gästen werden wohl genug Feuchtgebiete über den gesamten Abend verteilt eröffnet."

Grinsend senkte Emiliana den Kopf.

Auch Roger musste über die kecke Aussage schmunzeln. Noch einmal sah er zu den beiden Damen.

Dabei versuchte er die strenge *Ich-bin-hier-der-Boss*-Miene beizubehalten. „Na los! Raus jetzt!"

Jeremy wurde bereits am Eingang wie ein Stammgast behandelt, denn schließlich besuchte er das Palms zum dritten Mal in Folge an diesem Abend.

Irgendwann müsste er es aufgeben, dort nach ihr zu suchen, doch irgendetwas in ihm sagte unaufhörlich, dass er genau an der richtigen Stelle nach diesem kleinen Luder Ausschau hielt.

Mit jedem Schritt, den er auf die Ledercouch zuging, wuchsen die Gedanken daran, wie er sie das nächste Mal verführen würde.

Was heißt verführen? Das braucht es nicht, denn die Lust lag einzig und allein im Moment der Überraschung, und wenn ich mein Püppchen erst überwältigt habe, werde ich sie gnadenlos ...

Jeremys Körper wurde unsanft angerempelt, was ihn aus seinen Gedanken zurück ins Hier und Jetzt holte.

Da war sie - die besagte Überraschung! Wieder einmal hatte es ihn eiskalt erwischt.

Emiliana drehte sich langsam herum, um sich für ihre Unachtsamkeit zu entschuldigen.

„Sir, es tut mir sehr leid! Das war keine Absicht. Ich ..."

Ihre dunklen Augen weiteten sich im Schein des Lichtes.

„Jeremy, was zum Teufel machst du hier?"

Ohne auf ihre Frage einzugehen, trat er ganz dicht vor sie.

„Dasselbe könnte ich dich fragen, meine wilde Schönheit." Frustriert umklammerte Emiliana das runde Tablett unter ihrem Arm.

Jeremy schloss kurzzeitig die Augen, als er erfasste, dass sie keineswegs zu den Tänzerinnen auf der Bühne zählte, sondern lediglich als Aushilfskellnerin agierte.

Die Erleichterung hielt allerdings nur sehr kurz an, denn seine Ohren vernahmen wieder ihre harten Worte.

„Dank einem gewissen Jemand, habe ich kein zu Hause und keine Verwandten mehr. Ich muss mich um mich selbst kümmern, wenn ich leben will. Wenn du mich also entschuldigst, ich muss ..."

Jeremy schnappte ihren Kiefer und neigte ihren Kopf weit zurück. „Einen Scheiß musst du! Außer deine Sachen holen und mit mir zusammen den Laden verlassen."

Emiliana suchte mit den Augen nach Miguel, doch dieser war an der Bar in ein Gespräch mit Roger vertieft.

Sie befreite sich ruckartig, ehe sie wild schnaubte: „Verpiss dich, Jeremy!"

Er schnappte sich ihren Oberarm und sein Blick wurde mit jeder Sekunde bedrohlicher.

Als Jeremy seinen Mund zum Reden öffnen wollte, spürte er einen festen Druck um sein Handgelenk.

Miguel war das Szenario doch nicht entgangen.

Mit fester, doch höflicher Stimme sagte er: „Sir! Ich muss Sie auffordern die Dame umgehend loszulassen!"

Sicher doch, du elender Wichser! Aber nur, um dir mit beiden Händen den Hals umdrehen zu können. Niemand, schon gar nicht du, sagt mir, wann ich von Lia was auch immer nehmen soll!

Die Gedanken rasten, doch Jeremy tat es.

Auch seine Antwort fiel taktisch um einiges klüger aus.

„Tut mir leid. Ich hatte die Dame mit jemanden verwechselt."

Miguel sah zu Emiliana.

Als diese nickte, ließ er von Jeremys Gelenk ab.

„Sir, dennoch muss ich Sie bitten, keinen Menschen hier in diesem Club oder generell im Leben auf diese Art anzufassen. Ob bekannt oder nicht. Verstanden?"

„Klar und deutlich. Wie gesagt, tut mir leid."

Jeremy setzte sich auf seinen Platz.

Bedient wurde er an diesem Abend allerdings ausschließlich von Mia.

Amüsant empfand er Emiliana beim Arbeiten zuzusehen. Manchmal wäre er am liebsten aufgesprungen, immer dann, wenn sie sich mit ihrem Dekolleté viel zu weit über die Tische beugte, sodass die Männer bestimmt nicht mehr ihre gereichten Drinks im Auge hatten.

Sollte einer es wagen, Hand an sie zu legen, war dieser ein toter Mann! Miguel hin oder her!

Mit diesem Gedanken sah Jeremy, dass Emiliana in der Damentoilette verschwand.

Dort ließ sie ihre Hände langsam unter das fließende Wasser gleiten.

Er macht mich nervös. Vielleicht sollte ich ihn rauswerfen lassen, doch dazu gibt es keinen plausiblen Grund. Wahrscheinlich würde Roger eher mich schmeißen, wenn er zu Ohren bekommt, dass Jeremy der leitende CEO von der namhaften Firma Marshall-Enterprises ist. Verdammt! Was soll ich nur tun? Am besten Patricia anrufen, damit sie mich abholen kommt. Oder in einem günstigen Augenblick durch die Hintertür verschwinden. Genau, das mache ich.

Mit den Fingerspitzen beträufelte sich Emiliana ihre Stirn und die Wangen.

Die Röte kroch ihr erneut über den Hals empor, wenn sie an seine wilden Augen und den festen Griff um ihren Arm dachte. Noch dazu sah er heute wieder einmal mehr als nur umwerfend in seinem Anzug aus.

Emiliana öffnete eine der Kabinen.

Auch wenn sie gewiss nur wenige Tropfen urinieren konnte, musste sie die Feuchtigkeit, die sich in ihrer pochenden Spalte bei diesen Gedanken sammelte, unbedingt wegwischen, ehe ihr Höschen damit benetzt werden konnte.

Verzweifelt versuchte sie dabei den starken Drang zu unterdrücken, sich nicht mit den Fingern über die angeschwollene Perle zu reiben.

Dies würde letztendlich nur dazu führen, dass sie es sich heftig besorgen müsste, da sie anders nicht weiterarbeiten könnte.

Ein Orgasmus würde mich, und all diese pulsierenden Empfindungen, fürs Erste beruhigen können, auch wenn ich weiß, dass ich nur bei IHM die wahre Erlösung erfahre. Aber nicht hier! Nicht heute! Nicht, wenn er es so will!

Emiliana blieb standhaft.

Sie wischte sich den Beweis ihrer Erregung mit einem schnellen Wisch weg und betätigte die Spülung. Nach dem Händewaschen zog sie die Tür auf.

Ihr erster Blick fiel ungewollt in Richtung der Ledercouch, wo Jeremy sich niedergelassen hatte.

Leer!

In dem Moment als Emiliana sich Gedanken darüber machen wollte, hörte sie Roger rufen: „Hey, little Miss Sunshine! Tisch sieben hatte vor einer halben Stunde Essen geordert."

„Verstanden."

Mit rollenden Augen machte sich Emiliana auf den Weg in die Küche.

Es dampfte und in den Pfannen schmorrte rotes Fleisch. Der Koch schien jedoch kein Auge darauf haben zu können, denn der mühte sich mit einem großen Abfallsack an der Hintertür ab.

Scheinbar gab es keinen greifbaren Türstopper, der diese daran gehindert hätte jeden Augenblick zuzufallen.

Wenn sie zufällt, würde das bedeuten, dass der Koch nicht mehr in die Küche käme. Zumindest nicht auf diesem Weg.

Dann müsste er das Palms vom Haupteingang betreten, und das sähe für die Gäste gewiss ein wenig komisch aus. Emiliana stellte das Tablett ab.

Dann eilte sie zu dem Mann, griff nach der Klinke, und drückte solange die Tür nach außen, bis der Durchgang, selbst mit einem Müllsack in den Händen, mühelos passierbar war.

Der Koch hingegen sah weiterhin auf den Boden und versuchte sich dabei sehr langsam zu bewegen.

Emiliana schlussfolgerte, dass der Inhalt mit Sicherheit ein ziemliches Gewicht aufwies.

Kühle Nachtluft strömte unaufhaltsam herein und in den Lichtern der Laternen begannen die ersten Schneeflocken in diesem Jahr wild durcheinander zu tänzeln.

„Wird es denn gehen?", fragte Emiliana fröstelnd.

„Ganz sicher wird es das."

Die Stimme ließ Emiliana von der Klinke abrutschen, doch ein Fuß verhinderte das Zufallen.

Der vermeintliche Koch erhob sein Gesicht.

Emiliana zog ihren Körper ein Stück weit zurück, doch sein Arm hinderte sie an einem Fluchtversuch.

Mit hochgezogenen Augenbrauen zischte Emiliana: „Jeremy! Was soll das werden? Wo ist der Koch?"

Es war eine durchaus berechtigte Frage, die Jeremy auch gerne bereit war zu beantworten.

Grinsend sah er in Richtung des Vorratsschrankes.

„Du hast ihn eingesperrt?", schoss es ungläubig aus Emilianas Mund.

„Ja, das habe ich", gab Jeremy lässig zur Antwort. „Allerdings erst, nachdem ich ihn, na ja, du weißt schon …, schlafen geschickt habe."

„Du hast ihn betäubt?"

„Wo denkst du hin? Sehe ich so aus, als hätte ich die guten Pillen oder Tropfen immer griffbereit bei mir, so wie du?"

Sie runzelte wütend die Stirn. „Du hast ihn …"

„Genau! Die Sache mit der eisernen Guss-Pfanne funktioniert tatsächlich wie im Film."

„Himmel Jeremy! Was willst du?"

„Dich!"

„Du hast alles, was man sich nur wünschen kann."

„Das genügt mir nicht!"

Kopfschüttelnd versuchte Emiliana an seinem Arm vorbeizukommen.

„Lass diese Spielchen, Jeremy."

„Ich habe noch gar nicht angefangen!"

Emiliana stieß empört Luft aus. „Gut, dann werde ich …"

„Ist das dein verdammter Ernst?"

„Was?"

Jeremy sah ihr eindringlich in die weit geöffneten Augen.

„Dass du mir nach allem so eine Szene machst."

„Jeremy, das ist nicht in Ordnung."

Er grinste breit. „Nichts war jemals in Ordnung, Honey. Aber das können wir auch woanders besprechen."

Wieder schüttelte Emiliana den Kopf.

Dabei löste sich der streng sitzende Pferdeschwanz.

Am liebsten hätte Jeremy ihr den Gummi aus den Haaren gerissen, damit sich das Volumen und die Länge ihrer pechschwarzen Mähne wieder vollends entfalten konnte.

Doch stattdessen packte er erneut ihr Kinn.

Als sie sah, was er in der anderen Hand parat hielt, wurde ihr Ausdruck starr.

„Das wagst du nicht!"

Doch er wagte es.

Zurück auf seinem Platz, zeigte er Mia an, dass er bezahlen wollte.

Sie lächelte breit bei dem durchaus großzügigen Trinkgeld.

Vor dem Palms zog Jeremy den Kragen seines Mantels fest zusammen, denn die Temperaturen hielten sich in dieser Nacht bei zwei Grad über dem Gefrierpunkt.

Es dauerte nicht lange, da kam auch schon der eifrige Parking-Boy mit dem Audi um die Ecke gefahren.

„Bitte Sir, Ihr Wagen."

Jeremys Augen verengten sich. „Danke."

„Ist etwas nicht in Ordnung?"

Mit blassem Gesichtsausdruck wartete der junge Mann auf eine Antwort.

Jeremy zog einen Zehndollarschein aus dem Portemonnaie und überreichte diesen lächelnd. „Alles bestens."

Verbeugend trat der junge Mann zur Seite und als Jeremy eingestiegen war, verschloss er sachte die Fahrertür.

Der Motor wurde gestartet.

Als Jeremy den Gang einlegte konnte er lautes Klopfen aus dem hinteren Bereich wahrnehmen.

Das Grinsen reichte ihm nunmehr bis zu den Ohren, auch wenn seine Aktion ziemlich gewagt, und wie man jetzt zusätzlich hören konnte, sogar sehr knapp gewesen ist.

Mit Frischhaltefolie, die Jeremy in der Küche auf der Anrichte ausmachen konnte, umwickelte er Emilianas Kopf um den Mund- und Nasenbereich.

Die angsterfüllten Augen erbarmten sein Herz, doch mit dieser Frau funktionierte es nicht anders.

Als ihr der Sauerstoff ausging und Emiliana ohnmächtig wurde, fing er ihren Körper in seinen Armen auf.

Er beschloss sie so schnell wie möglich nach draußen zu tragen, ehe noch jemand anderes ungebeten die Küche betrat und ihn auf frischer Tat sozusagen ertappte.

Auf dem großen Parkplatz direkt hinter dem Palms konnte er seinen Audi umgehend ausfindig machen.

Zwar hatte das Palms den Schlüssel einbehalten, doch dieser Wagen war nun mal eines der neuesten Modelle auf dem Markt und wies somit selbstverständlich auch alle Vorteile des Audi-Connect-Systems auf.

Jeremys Smartphone übernahm somit für ihn die Funktion des herkömmlichen Schlüssels.

Öffnen. Schließen. Sogar das Starten des Motors.

Durch das mittige Halten nahe am Griff der Fahrertür, blinkten die Lichter taghell auf und der Wagen war offen.

Nervös sah sich Jeremy nach allen Richtungen um, doch scheinbar hatte es niemand in der Umgebung registriert.

Durch einen weiteren Knopfdruck entriegelte sich der Kofferraum.

Jeremy musste jetzt nur noch seinen Fuß unter einen Sensor halten und schon fuhr die Klappe wie von Zauberhand nach oben.

Er war dankbar darüber, dass er nichts weiter im Kofferraum transportierte als den Verbandskasten und einen Regenschirm.

Somit war der gesamte Platz darin frei für Emiliana.

Die Folie um ihre Nase lockerte Jeremy vorsichtshalber, auch wenn ihm das Beschlagen deutlich zeigte, dass sie darunter atmen konnte. Nicht sonderlich viel, doch ausreichend.

Jetzt hoffte er inständig, dass sie noch ein paar Minuten länger in diesem Ohnmachtszustand ausharrte, denn schließlich musste er im Palms den Eindruck hinterlassen, das alles ganz normal und wie an den vorherigen Abenden bei ihm ablief.

Es hatte funktioniert.

Wer auch immer später den Koch in der Kammer findet, niemand würde ihn damit in Verbindung bringen. Gesehen wurde er nicht, denn Jeremy hatte sich heimlich in die Küche geschlichen, dem Koch von hinten, im wahrsten Sinne des Wortes, eine Ordentliche übergebraten, und jenen anschließend in die Speisekammer gezerrt.

Die weiße Schürze, sowie dessen Haube, konnte er sich rasch überziehen.

Dann klingelte er nach den Bedienungen.

Einige Minuten zuvor hatte er von seinem Platz aus mitbekommen, dass Tisch sieben Essen orderte.

Blieb nur zu hoffen, dass jeden Moment auch die richtige Kellnerin zu ihm gesandt wurde.

Wäre es Mia gewesen, wäre sein Plan nicht aufgegangen, doch durch seine Show mit dem Müllsack, hätte diese auch nicht weiter nach ihm gesehen, sondern er hätte der Guten mit abgewandtem Gesicht erklärt, dass das Essen leider noch ein paar Minuten länger brauchte.

Doch wie das Schicksal eben oft spielt - man sandte ihm Emiliana.

Nachdem er den Kofferraum und anschließend den Wagen wieder mithilfe des Smartphones verschlossen hatte, rannte er zurück zum Hintereingang des Palms.

Die Schürze und die Haube warf er samt dem Müll in den angrenzenden Container.

Der schwere Sack hatte zum Glück für ihn als Türhalter fungiert, und da keiner in der Zwischenzeit in die Küche gekommen war, konnte er ohne Probleme durch diese hindurch wieder an seinen Platz gelangen.

Ein Wink, dass er Zahlen möchte, unauffälliges Aufstehen, sich höflich verabschieden, den Parking-Boy gebührend entlohnen, einsteigen, Motor starten und immer lächeln.

Ende der Show!

Nach wenigen Minuten hörte Jeremy nicht nur ein Klopfen aus dem Kofferraum, sondern er vernahm auch deutlich Emilianas hysterische Hilfeschreie.

Das kleine Luder hat es also geschafft, sich die Folie vom Kopf zu reißen und nun benimmt sie sich wie ein wildes Tier, dass dem Jäger unfreiwillig in die Falle getappt ist.

Was glaubt sie, wer sie mitten in der Nacht auf den Straßen von Queens hören konnte, noch dazu aus dem Inneren eines Hightech-Kofferraums?

Jeremy riss das Lenkrad herum und bog scharf nach rechts ab.

Dabei stieß sich Emiliana die Schulter am harten Metall. Tränen, gemischt mit Wut und Angst, liefen über ihre Wangen.

Sie wurde leise.

Da Jeremy nach einigen Minuten der Stille mulmig zumute wurde, und er sich fragte, ob nicht doch vielleicht der Sauerstoff in einem Kofferraum ausgehen konnte, brachte er den Wagen in der nächsten Seitenstraße zum Stillstand.

Er sah sich um.

Außer einer überschaubaren Grünfläche, die ziemlich schwach von umliegenden Laternen beleuchtet wurde, und einem dahinterliegenden alten Gebäude, schien es hier nicht viel zu geben.

Keine unmittelbaren Wohnblöcke, die dicht an dicht lagen, und in denen man immer irgendjemand auf der Straße antrifft.

Hier war es seltsam friedlich, beinahe ehrfürchtig.

Langsam stieg Jeremy aus dem Wagen.

Vor dem Kofferraum hielt er den Atem an und lauschte.

Nichts.

Sein Körper verkrampfte, ehe er mit dem Fuß den Sensor unterhalb der Stoßstange auslöste.

Ganz langsam öffnete sich der Deckel.

Emiliana zog am Saum ihres hautengen schwarzen Kleides, um es sich zumindest über die halterlosen Strümpfe ziehen zu können.

Dann atmete sie die kühle Luft, die von außen zu ihr hereindrang, tief in ihre Lungen ein.

Als der Deckel vollends geöffnet war, blinzelte sie mehrmals um etwas im schwachen Laternenlicht sehen zu können.

Von Jeremy konnte sie nur die schattenhaften Umrisse ausmachen, doch sein Bild wurde um einiges klarer, als er sie an den Armen aus dem Kofferraum zog.

Die Folie lag zwar noch darin, doch darum würde er sich später kümmern.

Die Augen hielt er fokussiert auf seine Wildkatze gerichtet.

Gewiss würde es nicht allzu lange dauern, bis ihr die niederen Instinkte mitteilten, dass sie soeben neuen Raum zum Kämpfen oder gar zur Flucht erhalten hatte.

Jeremy konnte trotz der Dunkelheit sehen, dass ihre Hände zitterten.

Ob es nun an der Kälte der Nacht oder an ihrer Wut lag, dass er sie erneut entführt hatte, noch dazu sehr unkomfortabel in einem Kofferraum, das vermochte er nicht zu beurteilen.

Instinktiv zog Jeremy seinen Mantel aus und legte ihn ihr sanft über die Schultern.

Meine Güte, so wie sie vor mir steht, könnte man beinahe ein schlechtes Gewissen bekommen. Die glasigen Augen, das leicht verwischte Make-up, der sinnliche Mund, die Brüste, die sich im V-Ausschnitt des Kleides heben und senken, der zitternde Körper, und das nervöse Tippeln ihrer Füße auf dem Asphalt. Doch ich weiß es verdammt noch mal besser! Sie ist gefährlich! Mit allen Wassern gewaschen ...

Plötzlich flogen ihre Augenlider auf und die Haltung versteifte sich.

Jeremy stellte sich umgehend breiter hin, wie ein Boxer, der sein Gewicht stabilisiert, um einem unerwarteten Schlag standhalten zu können.

Emiliana trat näher.

Ihre zierlichen Finger umklammerten beidseitig das Revers seines Anzugs. „Was zum Teufel denkst du, wer du bist?"

Jeremy sah ihr unbeirrt in die Augen.

Sie kämpft und doch ist sie das hilfloseste Geschöpf auf Erden. Meine wilde Schönheit braucht dringend jemanden, der sie in dieser grausamen Welt beschützt. Und ich werde dieser jemand sein, ob sie es will oder nicht. Ich könnte mehrere Leben mit dieser Frau verbringen und doch würde ich niemals müde werden in dieses Gesicht, dass aus purem Porzellan gefertigt scheint, zu sehen.

Wieder ertönte ihre Stimme: „Lieber Gott, das ist krank!"

Belustigt erhob Jeremy die Hände.

„Nun, da du es selbst aussprichst, hast du deine Antwort, was ich zum Teufel denke, wer ich bin. Zumindest für dich, mein Püppchen!"

Emiliana ließ von ihm ab, denn ihr Körper sträubte sich gegen diesen Ausdruck.

Er denkt, er ist GOTT und ich bin seine persönliche Puppe, die er sich zum Spielen geschöpft hatte. Für gewisse Stunden, um diese danach in die Ecke zu werfen ...

Weiter kam sie nicht, denn ihr Mund übernahm für sie.

„Gutes Ficken bedeutet nicht, dass du Gott über einen Menschen bist. Klar, denkst du das. Vor allem seit du der neue CEO von Marshall-Enterprises bist. Denkst, du stehst über allem. Aber ich sage dir, du bist nichts weiter als ein erbärmlicher kleiner Junge, der sich in den Kopf gesetzt hat, nicht nur mit seinem Auto, sondern auch mit Puppen zu spielen. Im wahren Leben kommst du nicht eine Sekunde ohne deine To-do-Liste klar, und wenn ein Deal platzt, dann wird erstmal eine Runde sich die Augen ausgeheult. Und eins noch ...."

Jeremy packte Emilianas Hüften und zog sie fest an sich. Diese simple Bewegung führte dazu, dass sie verstummte. Das Kleid rutschte ihr über die Schenkel nach oben, sodass sich die halterlosen Strümpfe darunter zeigten. Seine Mitte war fest an die ihre gepresst.

Emiliana versuchte sich zu winden, doch er ließ ihr dazu keinerlei Freiraum.

Während er die volle Härte seines Schwanzes nun gegen ihren Venushügel presste, sprach er: „Wenn ich mich recht erinnere, dann war es so viel mehr als nur gutes Ficken!"

Jeremy fühlte, wie sehr die Selbstbeherrschung in ihm schwand.

Ihm wurde verdammt heiß, bei dem Bewusstsein, dass ihn nurmehr ein hauchdünner Seidenslip von ihrer honigsüßen Spalte abhielt.

Noch einmal versuchte Emiliana sich aus seiner Umklammerung zu befreien.

Jeremy packte um ihren Hals. „Du glaubst nicht, dass ich dein Gott bin? Dann will ich es dir beweisen oder besser gesagt ..., mich dir offenbaren!"

Jetzt ging alles wahnsinnig schnell.

Er ließ von ihr ab, entriss den Mantel von ihren Schultern, warf diesen in den Kofferraum, und knallte den Deckel zu.

Anschließend schulterte Jeremy Emiliana mit einer Leichtigkeit, die ihr den Mund aufklappen ließ.

Und das alles nur, um sie in Richtung des alten Gebäudes tragen zu können.

Das Zappeln und die ausgestoßenen Flüche ignorierte er.

Alles was Emiliana hören konnte, war, dass eine schwere Tür aufgestoßen wurde.

Sofort umgab sie ein seltsamer Geruch.

Ein Gemisch aus altem Holz, Kerzen und ... Weihrauch.

Als ihre Augen die Bänke erfassten, an denen sie von Jeremy vorbei getragen wurde, bestätigte sich ihre Vermutung.

Eine Kirche!

Nachdem Jeremy sie von der Schulter gehoben und Emiliana wieder festen Boden unter den Füßen hatte, sah sie sich um.

Dunstiges Kerzenlicht erhellte den Altar, auf dem ein Kreuz, eine Bibel, und andere Gegenstände für den Gottesdienst auf weißen Tüchern drapiert worden waren.

Hinter diesem befand sich ein riesiges Fenster, in dem aus tausenden von leuchtenden Mosaiksteinen das Altarbild gefertigt wurde.

Es zeigte jedoch keine Geschichte, wie zum Beispiel das Abendmahl oder die Kreuzigung, sondern dieses hier lobpreiste die heilige Maria mit dem Jesuskind.

Schützend hielt sie es in ihren Armen, sodass keine Macht dieser Welt ihm etwas anhaben konnte.

Alles was tagsüber friedlich und beruhigend auf die Menschen wirkte, konnte man des nachts auch als unheimlich und bedrohlich empfinden.

So wurde aus der Himmelspforte schnell das Tor zur Hölle.

„Weißt du was das ist?"

Emiliana sah mit großen Augen zu Jeremy, der auf den Altar deutete.

Will er mich verarschen oder ist die Frage ernst gemeint?

„Jeremy, ich weiß was das ist, doch ich ..."

„Du weißt was das ist? Ganz sicher?"

Sie runzelte die Stirn.

Jeremy hingegen trat auf die andere Seite des Altars.

Mit seltener Gelassenheit entledigte er sich des Jacketts.

Dann krempelte er die Ärmel seines Hemdes nach oben.

Sein Blick wirkte im Schein der flackernden Kerzen hypnotisierend.

Die Worte, die über seine Lippen kamen, raubten Emiliana nicht nur den Atem, sondern regelrecht den Verstand.

„Das, mein Püppchen, ist, wie du weißt, der Altar. Doch viel wichtiger ist, dass es sich hierbei um einen Tisch für Gott handelt. Da ich dieser laut deiner eigenen Aussage für dich bin, nehme ich mir heute Nacht das Recht heraus, diesen für meine Zwecke zu benutzen. So auch dich!"

Emiliana strich sich sanft eine Haarsträhne hinters Ohr.

Dann antwortete sie leise. „Einen Scheiß wirst du!"

Jeremy leckte sich erwartungsvoll über die Lippen.

„Vertrau mir, Süße. Ich werde! Dann kannst du um Gnade betteln, so viel wie du willst. Keiner wird dich erhören."

Als Emiliana den Blick von ihm abwandte, wusste Jeremy bereits was folgen würde.

Flucht!

Mit einem schnellen Satz kam er hinter dem Altar hervor. Da war sie bereits auf der Hälfte des Ganges in Richtung Ausgang unterwegs.

Erst jetzt fiel Jeremy auf, dass er kein Geräusch über den steinigen Boden der Kirche hallen hörte.

Das lag daran, dass Emiliana weder Stiefel noch Pumps an diesem Abend trug, sondern dünne schwarze Ballerina. Beim Kellnern nützte ihr das ungemein, denn man hatte danach in keinem Fall Blasen oder schmerzende Füße. Und auch jetzt halfen ihr ausgerechnet diese Schuhe, um eventuell schnell und sicher aus der Kirche zu gelangen. Jeremy schüttelte den Kopf, dann begann er zu rennen. Kurz vor dem Erreichen der massiven Tür, bekam er ihren wippenden Zopf zu fassen.

Ruckartig zog er sie zu sich zurück.

Als nächstes entriss Jeremy ihr den Haargummi und vergrub das Gesicht von hinten in ihren langen Haaren.

Emilianas Herz pumpte wie wild, doch sie wusste nicht, ob es am Laufen lag oder an der Tatsache, dass er sie so leicht für sich einnehmen konnte.

„Was willst du jetzt tun?", fragte sie keuchend.

„Wonach sieht es denn aus?"

Während dieser Gegenfrage umschloss er mit den Händen ihre Taille und hob sie erneut hoch.

Dann ging er die wenigen Meter zurück zum Altar, um seine eigene Opfergabe mittig darauf ablegen zu können. Emiliana stemmte sich mit den Füßen gegen Jeremys Bauchbereich und versuchte schweratmend rückwärts über den heiligen Tisch zu krabbeln.

Vergebens, denn er umschloss ihre Knöchel und zog sie zurück in die ursprüngliche Position.

Dann presste er ihr den Zeigefinger rückhaltlos auf die Lippen. „Scht! Ich verstehe dich zu gut. Es ist nicht leicht seine Angst zu zügeln, wenn sich der persönliche Gott offenbart. Allerdings solltest du ihm Gehorsam und bedingungsloses Vertrauen schenken. Kannst du das?"

Emiliana verfolgte Jeremys Hand, mit der er nach dem Reißverschluss seiner Anzughose griff.

Behände drückte er die Shorts nach unten und zog seinen mehr als nur harten Schwanz aus dieser heraus.

Ein gleichmäßiges Rauschen ertönte in Emilianas Ohren, während der Schein der vielen Kerzen um sie herum ihre Augen weitete.

Der Geruch von Jeremys Aftershave drang in ihre Nase und sie wusste, dass er jeden Moment all ihre Sinne überwältigt hatte.

Emiliana spürte das Ziehen in ihren Haaren, welches ihren Kopf bis auf die seidenen Tücher des Altars hinabzwang.

Jeremys Lippen beanspruchten die ihren.

Schnell, leidenschaftlich und fordernd, drang seine Zunge in ihren Mund ein.

Mit der Hand fuhr er unter ihren Rücken, um sie näher an ihn zu pressen.

Plötzlich waren seine Berührungen überall.

Emiliana stöhnte auf, denn sie fühlte, wie ihr Körper das Kämpfen aufgab, auch wenn ihr der Verstand unaufhörlich zurief: „Wehr dich! Lass es nicht geschehen!"

Sekunden später lag sie ohne das Kleid, nur mit ihrem schwarzen Höschen und den Halterlosen Strümpfen, auf dem Altar.

„Das nenne ich einen wahren Anblick für Götter", flüsterte Jeremy während er sich das Hemd aufknöpfte und nach hinten von den Armen streifte.

Ihr Mund öffnete sich stöhnend, doch ihr Verstand kämpfte weiter. „Jeremy, das kannst du nicht tun. Nicht hier. Nicht so!"

Jeremy schüttelte den Kopf.

Dann fragte er: „Wäre es dir lieber am Tage, wenn die Bänke mit Gläubigen gefüllt sind? Möchtest du, dass sie sehen, wie ein Gott das handhabt, wenn eine Seele wie deine bereits dem Teufel verschrieben wurde? Sieh es ein, Lia! Ich kann deine Rettung sein."

Das war zu viel!

Was glaubt dieser Kerl? Dass er tun und lassen kann, was er will, nur weil ich kein geordnetes vorzeige Leben wie seine Sara führe?

„Du bist nicht mein Retter, sondern der Teufel in Person! Ein egoistischer, selbstverliebter Bastard ..."

Wieder presste Jeremy den Finger hart auf ihre Lippen.

„Spar dir die Mühe, den Satz auszusprechen, denn wir wissen beide, dass du und dein süßer Mund so viel mehr als diese dreckigen Beschimpfungen für mich übrig habt."

Emiliana wendete den Blick ab.

Jeremy schob den dünnen Slip zur Seite und fuhr mit dem Finger langsam durch ihre Spalte.

„Wusste ich es doch."

„Was?", fauchte Emiliana ihm entgegen.

„Du hast sehr viel für mich übrig."

Mit diesen Worten steckte Jeremy zwei seiner Finger tief in sie. *Heilige Maria, sie ist verdammt eng.*

Beim Herausziehen waren sie nass und klebrig von ihrem honigsüßen Saft getränkt.

Jeremy beugte sich über ihren Körper, sah ihr tief in die dunklen Augen, ehe er ihr das Symbol das heiligen Kreuzes auf die Stirn zeichnete.

„Im Namen des Vaters!"

Währenddessen pochte und pulsierte die Spitze seines harten Schwanzes auf ihrem glattrasierten Venushügel.

Er konnte die unersättliche Gier, diese sündige Dämonin hier und jetzt auf dem heiligen Tisch zu ficken, kaum mehr bändigen.

Emiliana startete einen letzten Versuch sich strampelnd zu befreien. „Bitte Jeremy, das kannst du nicht machen!"

„Oh doch, ich mache es dir!"

Zwar war ihr Mund noch immer leicht geöffnet, doch er hatte sie mit der Härte in seiner Aussage scheinbar sprachlos gemacht.

Erneut glitten seine Finger durch ihre Schamlippen.

Beim Eindringen wölbte sich ihm ihr Rücken entgegen und sie musste aufstöhnen. „O Gott!"

„Ja, Honey?", flüsterte Jeremy, der über sie gebeugt war. Dabei umfasste er ihren Hinterkopf, damit er seine Zunge in ihren Mund schieben konnte, um sie zu küssen.

Sein Schwanz rieb währenddessen zwischen ihren Schamlippen, um den pochenden Schmerz der Lust zumindest ein klein wenig lindern zu können.

Als er von ihr abließ zeigte er ihr lächelnd den Saft auf seinen Fingern, ehe er damit ein Kreuz zwischen ihren nackten Brüsten zeichnete. „Im Namen des Sohnes!"

Emiliana sah durch ihre schwarzen verführerischen Wimpern zu ihm hoch.

Ihre Lippen zitterten und ihrem leisen gleichmäßigem Stöhnen entfuhr hin und wieder ein sanftes Wimmern.

Berauscht von dieser Wahrnehmung, steckte Jeremy den Finger zurück in ihr mittlerweile vor Geilheit zuckendes Loch.

Dieses Mal zog er sie nicht gleich wieder heraus, sondern bewegte diese vor und zurück, um sie zu stimulieren.

Erst als sich Emilianas Körper spürbar entspannte, küsste Jeremy ihre Oberschenkel entlang der halterlosen Strümpfe.

Dabei glitten seine Finger ganz langsam aus ihr heraus.

Man könnte meinen, er atmete dabei den süßen Duft ihres Körpers tief in sich ein.

Es herrschte Stille, dann lächelte Jeremy. „Bist du bereit?"

Die Geschwindigkeit, mit der sich Emilianas Gedanken bei dieser Frage überschlugen, war schwindelerregend.

Himmel! Dieser Mann sieht wirklich aus wie ein Gott! Doch ich habe mir geschworen, dass ich nie wieder …

Weiter kam sie nicht, denn jetzt spürte sie die Zeichnung des Kreuzes deutlich auf ihrer Mitte.

Im Kerzenlicht leuchteten seine hellblauen Augen, als hätte ihm der Himmel selbst etwas von seiner ureigenen Farbe verliehen.

„Und des Heiligen Geistes!"

Emiliana konnte nicht mehr klar denken.

Alles was sie spürte, war, wie er ihren Hintern bis an die Kante des Tisches zog.

Jeremy schob seine stark angeschwollene Eichel vor ihren nassen Eingang.

Noch einmal versuchte Emiliana ihn anzuflehen. „Bitte, Jeremy. Wir können das nicht tun. Nicht hier …"

Doch seine Hände umfassten ihre Hüften und er stieß ruckartig nach vorne.

Emiliana schrie auf.

Da sein kompletter Schwanz schneller und härter als jemals zuvor, und obendrein verdammt tief, in sie eingedrungen war.

Jeremy zog sich ein Stück weit zurück, dann stieß er erneut zu.

Willig öffnete Emiliana die Schenkel, in der Hoffnung den Widerstand, den ihr enger Muskelring leistete, lösen zu können.

Der Druck seiner Finger um meine Hüften wird gewiss blaue Flecken hinterlassen, doch was kümmert ihn das? Er ist viel zu grob ...

„Brave kleine Emiliana!"

Sie hasste diese Verniedlichungen und das wusste er.

Seltsamerweise klang ihr vollständiger Name aus seinem Mund in dieser Sekunde wie ein Gebet.

Zum ersten Mal konnte sie das verruchte Lied „Like a Prayer" von Madonna, welches ihr schon immer gut gefallen hatte, voll und ganz nachempfinden.

Wie in einem rauschähnlichen Zustand lauschte sie seinen weiteren Worten.

„Mein Vater war ein sehr gläubiger Mann, sollst du wissen. Und von einigen Predigten weiß ich, dass in einem Bibelvers steht, dass Gott uns alle Sünden vergeben und uns von allem Übel reinigen wird, wenn wir bekennen. Das bedeutet, er wird die schmutzigen Stellen an uns abwaschen und im neuen Glanz erstrahlen lassen. Was vergeben ist, ist immer auch vergessen. Doch all das, besonders du, meine wilde Schönheit, hat sich unvergesslich in meiner Welt, meinen Gedanken, und letztendlich tief in meinem Herzen verankert. Jeder Versuch die schmutzigen Sünden zu entfernen schmerzt höllisch. Die pure Lust und die animalische Gier zu leugnen ist nahezu unmöglich, und dich von mir zu entreißen bedeutete den sicheren Tod. Wir haben keine andere Wahl, Lia! So nehmen wir sie hier und heute an, all die Sünden, die wir begangen haben und solche, die wir noch begehen werden. Amen!"

Emiliana spürte, wie Jeremys heftige Stöße in einen schnellen Rhythmus übergingen.

Tief in ihrem Inneren baute er damit eine solch exorbitante Spannung auf, dass sie hätte meinen können, die Lust würde ihren Körper in wenigen Sekunden vollends auseinanderreißen.

Auch Jeremy keuchte immer lauter, denn ihre Position erlaubte es ihm ungeheuer tief in sie vorzudringen.

„O Gott! Nein, das tut weh!"

„Dann entspann dich! Lass es geschehen."

Mit der flachen Hand schlug er ihr einmal kräftig auf die Pobacke. „Ich weiß, dass es viel verlangt ist, meine wilde Schönheit. Viel zu viel, doch bis du dich mir vollkommen hingibst und dich mir nie wieder entziehen willst, werde ich deinen Körper erobern, dich zähmen, und wenn es sein muss, deine Spalte bis zur vollständigen Unterwerfung rotficken. Sieh nach oben!"

Mit der Hand um ihren Kiefer zwang er ihren Kopf zurück. Emiliana sah von ihrer Position aus genau auf das Mosaikbild.

Während sich Jeremys Hoden verkrampften, da er sein wildes Treiben dafür unterbrechen musste, raunte er: „Man sagt, diese heilige Frau habe die Frucht in ihrem Leib durch den heiligen Geist empfangen. Holy Shit! Und du liegst hier mit gespreizten Beinen und gehörst mir ganz allein. Weißt du, wie geil dieses Gefühl für mich ist? Du wünscht mich zur Hölle und doch ficke ich dich gnadenlos in den siebten Himmel der Lust!"

Wieder drang er vollends in ihre Spalte.

Als er spürte, dass ihr enges Loch um einiges nässer geworden war, ließ er der Spannung in seinem Schaft freien Lauf.

Wenn Jeremy daran dachte, wie oft er dieses kleine Biest unter ihm noch auf diese Weise hart rannehmen wollte, würde es ihn nicht wundern, wenn sie noch vor dem Jahreswechsel sein Kind unter dem Herzen tragen würde. Wieder stieß er mehrere Male hintereinander in sie.

Die Krümmung ihres Rückens, sowie das Stöhnen, das aus ihrer Kehle drang, ließen ihn kaum mehr an sich halten. So sehr er es auch wollte, Jeremy war nicht mehr in der Lage aufzuhören.

Immer und immer wieder drückte er sich bis zum Anschlag in sie.

Die Bibel, ein Kelch, und eine Kerze fielen vom Altar, als Emiliana sich dem darauffolgenden Orgasmus willenlos ausliefern musste.

Jeremy hatte in diesem Augenblick das Gefühl, als würde sein Verstand schwinden. Alle Konzentration lag nurmehr auf seinem pumpenden Schaft, aus dem sein heißer Samen wie pure Lava in ihr Inneres schoss.

Schweratmend drückte er sich noch einmal komplett in sie, damit jeder noch so kleine Tropfen nicht die geringste Chance mehr bekam aus ihrem Körper zu entkommen. Nach mehreren Nachbeben ließ Jeremy ihre Schenkel los. Emilianas Mitte öffnete sich, um ihn herauszulassen. Dabei sog sie noch immer leicht stöhnend die Luft in ihre Lungenflügel.

Im Schein der Kerzen glänzte das weißliche Gemisch der Liebessäfte cremig auf ihrer warmen Haut.

Für Jeremy war es ein engelsgleicher Anblick sie so zu sehen und er hoffte, dass er sie irgendwann jede Nacht in diesen Zustand treiben konnte.

Doch er wusste, dass er davon noch Meilenweit entfernt war. Zumindest solange, bis sie ihm ihr volles Vertrauen schenkte oder nicht mehr von ihm weglief.

An den Handgelenken zog er Emiliana zu sich nach oben und drückte sie fest an seine Brust.

Sie wandte sich umgehend in seiner Umarmung, doch Jeremy ignorierte es und beanspruchte stattdessen ihre Lippen.

Ihre Zartheit schmeckt so viel besser, als der süßeste Wein es vermag.

Dann ließ er von ihr ab.

Mit einem einzigen Zug hatte er die Hose geschlossen. Fehlte nur noch das Hemd und das Jackett.

Auch Emiliana griff hastig nach ihrem am Boden liegenden Stretch-Kleid. Sie schüttelte es aus und schlüpfte hinein.

„Ich muss gehen!"

„Ich weiß", gab Jeremy seufzend zurück.

Verdutzt erhob sie eine Augenbraue. „Du weißt?"

Er legte einen Finger unter ihr Kinn. „Deine Schicht ist laut meiner Rechnung erst in einer guten Stunde vorbei. Außerdem wird man dich im Palms schon schrecklich vermissen."

Das ging für Emiliana in eine komplett falsche Richtung.

Erst kidnapped er mich aus dem Laden, dann fickt er mich auf einem Altar in einer heiligen Kirche, und zu guter Letzt bringt er mich wieder zurück an meinen vorübergehenden Arbeitsplatz, damit ich so tun kann, als wäre nie etwas gewesen? Bei Gott, wenn es dich gibt, sende mir eine Anleitung, wie man diesen Mann verstehen oder am besten immer einen Schritt voraus sein kann. Fakt ist, und bleibt, dass wir beide viel zu unterschiedlich sind und das Leben sich nicht auf uns als ein Paar einstellen kann.
Ende.

In Jeremys Wagen war Emiliana dankbar über die laufende Sitzheizung. Er hatte sie ihr wunderbar warm eingestellt, damit sie nicht eine Sekunde frieren musste.

Sie blinzelte zu ihm herüber und bewunderte genau wie in Swan Lake, wie verdammt sexy dieser Mann hinter dem Steuer aussah.

Die Vorstellung, sie würde mit ihm in sein Haus fahren, sich neben ihn ins Bett legen, und nur darauf warten, dass er sie in seine schützenden Arme zog, überrannte ihre Gedanken.

Als sie jedoch weiter an ihre Pläne für die Zukunft dachte, gehörte ein *Katz-und-Maus*-Spiel, mit einem verheirateten Workaholic definitiv nicht dazu.

Wütend über diese Erkenntnis wandte sie den Blick von ihm ab und sah stattdessen unbeirrt aus dem Fenster. Wenige Meter vor dem Eingang des Palms, stieg sie aus.

„Lia, ich wollte dir noch sagen …"

RUMS!

Die Autotür war zu.

„Das ist verdammt noch mal kein Panzer!", schrie Jeremy ihr nach, doch er wusste, dass seine Worte sie nicht mehr erreichten.

Er sah, wie Emiliana die Glastür aufriss und darin verschwand.

Eigentlich wollte er warten, bis sie wieder herauskam, doch als er wenige Augenblicke später zwei Cops und ein altbekanntes Gesicht in das Palms gehen sah, änderte Jeremy abrupt sein Vorhaben.

Er startete den Motor.

Bald schon sehen wir uns wieder, meine wilde Schönheit.

„Sie muss sich rausgeschlichen haben, während der Koch überwältigt wurde. Oder wer immer das getan hatte, hat sie entführt. Lieber Gott, ich weiß es doch auch nicht!"
Roger war in eine Unterhaltung mit einem der Officers vertieft, als Emiliana sich neben ihn stellte.
Sie tat so, als wäre es das Normalste der Welt, denn anders wusste sie sich in diesem Moment nicht zu helfen.
Verwirrt sah der Inhaber des Palms auf seine Angestellte. „Wo zum Teufel warst du?"
„Ich war auf der Toilette", log Emiliana lächelnd.
„Und diese Dame ist ...?", fragte der Officer mit prüfendem Blick.
Roger schnaubte Luft durch die Nase aus, ehe er erklärte: „Das ist Little Miss Sunshine, besser bekannt als Miss Brooks, die ich eben als eventuell entführte Person angab."
Der Officer wandte sich an Emiliana. „Miss Brooks, haben Sie von den Vorkommnissen in der Küche etwas mitbekommen?"
Kopfschüttelnd sah sie zu ihrem Vorgesetzten. Dieser wartete gespannt ab, was sie zu berichten hatte.
Zögerlich fragte sie: „In der Küche?"
Roger erhob die Hände in die Luft. „Mädchen, ich bitte dich! Du solltest doch das Essen für Tisch sieben holen. Schon vergessen? Das war vor knapp zwei Stunden. Allerdings fanden wir kurz darauf weder dich, noch unseren Koch des heutigen Abends wieder. Und weißt du, wo der gesteckt hat? In der Speisekammer! Als ich die Tür aufriss blutete der Gute am Hinterkopf und er kann sich an nichts erinnern. Du warst die letzte in der Küche ..."

„Stopp! Willst du damit sagen, ich hätte dem Koch eine übergebraten?", fragte Emiliana empört.

„Ich sage gar nichts! Aber sag du mir, wo du gewesen bist." Der Officer wedelte mit der Hand und unterbrach somit die hitzige Diskussion. „Mam, ich muss Sie darauf hinweisen, dass Sie nichts aussagen müssen, das Sie einer Straftat belasten würde. Wenn Sie es dennoch tun, kann und wird alles vor Gericht gegen Sie verwendet werden."

Emiliana schluckte schwer.

In ruhigem Ton sagte sie: „Ich bin momentan nervlich sehr angeschlagen und kann nachts nicht schlafen. Das hat private Gründe und ist keine Entschuldigung, ich weiß. Roger, die Wahrheit ist, dass ich auf der Toilette ein beruhigendes Medikament zu mir genommen habe und eingeschlafen bin. Tut mir sehr leid."

Anstatt Mitleid zu empfinden, stemmte Roger die Hände in die Hüften. „Süße, warum tischst du Märchen auf? Mia war selbstverständlich auf der Damentoilette nachsehen, oder denkst du, wir rufen die Cops nur zum Spaß. Es hätte dir wer weiß was zugestoßen sein können. Vor allem nachdem der Koch ..."

„Ich war auf der Toilette."

„Emiliana, ich bitte dich!"

Der Officer sah sich um. „Wo befinden sich die besagten Örtlichkeiten?"

Roger deutete in den hinteren Bereich des Clubs, während Emilianas Finger links neben den Officer zeigte.

Zeitgleich wurde gesprochen:

„Die Personaltoiletten sind am Ende der Laufstege."

„Gleich neben der Bar."

Roger klappte der Mund auf. „Du warst auf der Gästetoilette?"

„Hatten Sie dort auch gründlich nachgesehen?", wollte der Officer wissen.

Roger schüttelte den Kopf. „Soweit ich weiß, nein. Sie müssen wissen, dass die Damentoilette so gut wie unbenutzt bleibt, da es, wie Sie sehen, nahezu nur männliches Publikum in unseren Club verschlägt."

„Alles klar, ich nehme es so auf."

Während der Officer auf einem kleinen Block alles notierte, wandte sich Roger flüsternd an Emiliana: „Binde dir gefälligst die Haare ordentlich zusammen! Wir sprechen uns später."

Im Hinterhof fischte ein anderer Officer die Schürze und die Haube des Kochs aus dem Müllcontainer.

Detective Samuel sah diesem voller Erwartung dabei zu.

Eigentlich wäre er für Queens nicht zuständig, doch als der Computer ihm mitteilte, dass der aktuelle Notruf nicht nur einen verletzten Koch, sondern auch eine eventuell entführte Frau, die auf den Namen Emiliana Brooks registriert ist, beinhaltet, schnappte er sich seine Jacke und trat aufs Gas.

Nach zwanzig Minuten hatte er sein Ziel erreicht.

Somit konnte er zeitgleich mit der hiesigen Streife am Ort des Geschehens sein.

Der zweite Officer trat nach draußen. „Mitch, wenn du soweit bist, können wir los. Die Anzeige des Kochs nehmen wir erst auf, wenn er sich im Hospital gründlich hat durchchecken lassen. Feierabend für heute!"

Samuel verzog die Augenbrauen. „Bitte? Das verstehe ich nicht. Ich meine, ohne euch Jungs in die Arbeit zu pfuschen, aber wenn in Manhattan oder Staten Island eine Frau vermisst wird, dann ist noch lange nicht Schicht."

Der Officer lächelte den Vorwurf beiseite. „Ja, das ist mir bewusst. Zu unserem Glück ist Miss Brooks vor wenigen Minuten wieder aufgetaucht. Alles bestens."

„Miss Brooks ist anwesend?"

„Ja, sie ist …"

Doch der Detective hatte den Officer schroff zur Seite geschoben, um durch die Küche hindurch den Club wieder zu betreten.

Emiliana, die neben Mia stand, um sich auch dieser zu erklären, stockte für mehrere Sekunden der Atem, als sie erkannte, wer da geradewegs auf sie zugeschossen kam. „O Gott, bitte nicht."

Mia stutzte. „Ist alles in Ordnung? Was meinst du mit …"

Samuel stand jetzt genau vor den Damen.

Seine Augen waren geweitet, so als habe er einen großen Triumph erlangt. „Miss Brooks, wie schön, dass ich Sie hier antreffe. Ich dachte schon, Sie wären vom Erdboden verschluckt worden."

Hättest du wohl gerne, blöder Schnüffler! Jeremy hätte, statt dem Koch, lieber dir auf dem Boot eine verbraten und dich im Anschluss elendig absaufen lassen sollen!

„Mr. …? Entschuldigung, ich habe ihren Namen vergessen."

„Samuel. Detective Samuel. Wir kennen uns vom Revier auf Staten Island."

„Ja …, na klar", bedeutete Emiliana mit falscher Begeisterung.

Breitlächelnd wandte sich Samuel an Mia. „Würde es Ihnen etwas ausmachen, mich und Miss Brooks unter vier Augen sprechen zu lassen?"

Mia drehte verlegen an einer Haarsträhne. „Sicher. Kein Problem, Detective.

Weg war sie.

„Dass wir uns auf diese Weise wiedersehen, ist ein gutes Omen, finden Sie nicht?"

„Ich hoffe es", antwortete Emiliana kleinlaut.

Samuel trat näher, sodass ihn möglichst niemand hören konnte. „Ich muss schon sagen, Miss Brooks, die Aktion gegen Mr. Adams war ein starkes Stück, das Sie sich geleistet haben. Wenn es nach mir gegangen wäre, hätte ich Ihnen den Prozess dafür gemacht. Scheinbar hat Mr. Adams da allerdings eine andere Auffassung oder ein zu großes Herz. Wie auch immer. Passend zu dieser Jahreszeit würde ich sagen: Schnee von gestern."

Emiliana sah den Detective mit unsicherem Blick an. „Sagen Sie mir einfach, was Sie von mir wollen?"

„Wann haben Sie das letzte Mal Mr. Adams gesehen?", schoss es impulsiv aus Samuel heraus.

„Am Tag der Gerichtsverhandlung."

„Lüge!"

„Ich lüge nicht!"

Samuel versuchte sein Temperament zu zügeln und professionell zu bleiben. „Miss Brooks, Sie können Mr. Adams am Tag seiner Verhandlung unmöglich das letzte Mal gesehen haben, da Sie selbst nicht im Gericht anwesend waren. Oder meinen Sie danach?"

Emiliana schüttelte den Kopf. „Ich meine im Fernsehen."

Süffisant lächelnd fragte Samuel: „Ansonsten nie wieder?"

Sie holte tief Luft. „Ich weiß zwar nicht, was Sie das angeht, aber wenn es Sie glücklich macht. Nein, ansonsten nie wieder."

„Wissen Sie was, Miss Brooks. Mir wird übel bei so vielen Lügen."

Mit verschränkten Armen antwortete Emiliana: „Frische Luft soll da bekanntlich sehr gut helfen."

Wieder lächelte Samuel. „War das eine Aufforderung zu gehen?"

„Wie Sie es auffassen möchten, überlasse ich ganz Ihnen." Samuel nickte.

Bevor er sich jedoch abwandte fragte er: „Wie geht es Ihrer Granny, Miss Brooks?"

Touché!

Das hatte gesessen.

Emilianas Magen verkrampfte und die wachsende Trauer in ihrem Herzen drohte ihr Gesicht jeden Moment mit einem Sturzbach aus Tränen zu überfluten.

Mit fest geballter Faust, nahe an ihrem Körper, zwang sie ihre Lippen zu einem Grinsen. „Es geht ihr gut."

Samuels Augen blitzten auf. „Wirklich? Das freut mich. Dann richten Sie ihr doch bitte die besten Wünsche aus. Ich erwarte sie morgen im Laufe des Nachmittags auf dem Revier in Manhattan. Hier ist meine Karte."

Mit ausgestrecktem Arm hielt er Emiliana das Stück Papier hin.

Zögerlich nahm sie es entgegen.

Der Detective fuhr fort: „Sie machen mir den Eindruck, als verstünden Sie nicht, warum das Notwendig ist. Nun, ich will es kurz erklären. Mrs. Brooks wurde vor ungefähr zwei Wochen von ihrer Nachbarin und langjährigen Freundin, als vermisst gemeldet. Das Haus steht einsam und verlassen da. Die letzten beiden Stromzahlungen blieben aus. Ich bin von daher sehr froh, dass Sie soeben bestätigt haben, dass es ihrer Granny gut geht und die Dame wohlauf ist. Für die Unterlagen, muss Sie sich allerdings persönlich bei uns vorstellen, damit wir die Sache ad acta legen können."

„Ich werde es ihr ausrichten", entgegnete Emiliana schnell.

Nachdem der Detective und die beiden Officers gegangen waren, stand Emiliana vor Roger in dessen Büro.

„Setz dich doch", bot er an, doch sie verneinte kopfschüttelnd.

„Gut, es wird ohnehin nicht lange dauern. Alles was ich dir nach deiner Fehlzeit am Wochenende und zum heutigen Abend sagen kann, ist, dass ich dich leider in meinen Club als Kellnerin nicht gebrauchen kann. Schon gar nicht, als Aushilfe, die sich irgendwelche Pillen einwirft und im Anschluss ihre Schicht auf der Toilette verpennt."

„Das war keine Absicht ...", wollte Emiliana sich erklären, wurde jedoch von Roger schroff unterbrochen.

„Absicht hin oder her. Es zählen die Fakten! Little Miss Sunshine, es tut mir leid, doch du bist gefeuert!"

Ohne ein weiteres Wort riss sie die Türklinke auf und verließ das Büro.

Nie wieder würde Emiliana in diesen Laden zurückkehren.

Für Jeremy vergingen die Tage schleppend.

Zwar konnte er die geschäftlichen Termine einhalten, doch die Gedanken an Emiliana, die Kirche, und alles was danach wohl noch im Palms passiert war, raubten ihm langsam, aber sicher die letzten Nerven.

Es gab für ihn schon immer gefühlt nichts schlimmeres als Unwissenheit.

Dabei sagt man doch immer so schön: *Was man nicht weiß, macht einen nicht heiß!*

Bei Emiliana wurde ihm allerdings auf jede erdenkliche Art und Weise heiß, was die momentane Lage, in der er sich befand, umso mehr erschwerte.

Morgen war es genau eine Woche her, dass er sie intensiv spüren durfte, und seither ist sie erneut nicht ausfindig zu machen.

Patricia behauptete Stein und Bein, dass sie sich nicht im Haus befindet und im Palms erfuhr Jeremy auf seine Nachfrage lediglich, dass die kleine Schwarzhaarige nur eine Aushilfe war.

In seinem Kopf konnte er sich allerdings eins und eins zusammenreimen, dass sie noch am selben Abend, als er sie dorthin zurückbrachte, gekündigt wurde.

Eine Schuld mehr, die er beim nächsten Mal mit Sicherheit in ihren wilden dunklen Augen deutlich ablesen konnte.

Scheißegal! Verfluche mich, jage mich durch die Hölle, doch bitte komm und zeig dich mir.

Jeremy lockerte die Schultern. *Jetzt bete ich auch noch um Offenbarung.*

Das wurde immer bizarrer.

Ein gefährliches Spiel, ohne Regeln, ohne Vernunft, und wie es schien, auch ohne jeglichen Verstand.

Ein Dreh mit dem Handgelenk und Jeremy konnte auf die Uhr blicken. Solch ein teures Schmuckstück und doch verhieß es ihm heute nichts Gutes.

7.30 p.m.!

In einer halben Stunde hatte er eine Verabredung zum Abendessen mit Miss Chandler.

Douglas fragte aus purer Neugier, wie es zu dem spontanen Date mit ihr kam, denn scheinbar war das ihr Gesprächsthema Nummer eins in der Mittagspause.

Jeremy erklärte, dass er das nur tat, um sich für ihre Arbeit erkenntlich zu zeigen.

Das Schmunzeln darüber auf Douglas Gesicht war ihm nicht entgangen.

War es wirklich ein Date, wenn die Dame hereinplatzt, drohend mit dem Finger auf einen zeigt, und eine sofortige Verabredung wie die Queen persönlich verlangt?

Als Jeremy sie der Tür verweisen wollte, lächelte Miss Chandler seine Worte weg und erklärte ihm stattdessen in aller Ruhe, dass die Cops gewiss brennend interessieren wird, dass Mr. Tale sie vor einiger Zeit zu einer Falschaussage genötigt hatte.

Mr. Todd und Jeremy waren in dieser Sache die Mitwisser. Da nur Jeremy übriggeblieben war, müsse er dann wohl oder übel als Einziger mit einer Strafe rechnen.

Eigentlich würde Jeremy diese Drohung am Allerwertesten vorbeigehen, doch sein Verstand meldete sich umgehend zu Wort, dass somit auch Emiliana wieder ins Visier der Cops rückte.

Schließlich müsste Miss Chandler zuerst die Story mit dem Spiegel erzählen, und im Anschluss, warum Mr. Tale ihr diesbezüglich den Mund verboten hatte.

Um Emiliana zu schützen fragte Jeremy, was er tun könne, um die Dame umzustimmen.

Miss Chandler lächelte breit. „Ein Abendessen im Napoli."

Jeremy nickte.

Kein billiger Italiener, und doch war diese Forderung eine durchaus geringe Investition, wenn man die Situation als Ganzes betrachtete.

Meine Schuld wird in wenigen Stunden passé sein, dachte er.

Doch es kam, wie es kommen musste.

Um Punkt acht saß Jeremy mit Miss Chandler, die ihm seit wenigen Minuten als Elisabeth bekannt war, in einem italienischen Restaurant der Extraklasse.

Wie schön wäre es mit Lia hier zu sein. Tief in ihre rehbraunen Augen zu sehen, während die blutroten Lippen am Weinglas nippen. Wenn das Essen und die Gespräche vorüber waren, würde ich ihr in den Mantel helfen, sie nach

Hause fahren, und dort nach allen Regeln der Kunst verwöhnen. Heißes Bad, wärmender Kamin, und unsere nackten Körper im Schein der Flammen. Immer wilder und härter würde ich in sie stoßen ...

„Jeremy?"

Er blinzelte, um die Bilder aus seinem Kopf zu verbannen.

„Miss Chandler ..., ich meine, Elisabeth, tut mir leid."

„Schon in Ordnung. Will ich denn wissen, woran du gedacht hast?", fragte sie ihn erwartungsvoll.

Ohne darauf einzugehen winkte Jeremy dem Kellner.

Dieser kam im Laufschritt.

Vor dem Tisch nahm er Haltung an. „Buonasera e benvenuto. Hai scelto il cibo?"

„Sì ce l'abbiamo."

Miss Chandler errötete. „Jeremy, ich wusste gar nicht, dass du italienisch sprichst.

Er winkte lächelnd ab. „Nur das Notwendige."

Wieder ertönte die Stimme des Kellners: „Cosa vorresti ordinare?"

Jeremy dachte, dass er nicht zu fragen brauchte, was Miss Chandler gerne Essen wollte.

Der einnehmende Blick und das lüsterne Verhalten verrieten ihm, dass auf ihrer gedanklichen Karte er selbst als Hauptspeise aufgelistet wurde.

„Prendiamo lo stile della casa dei carciofi, per favore."

Der Kellner schrieb.

Dann fragte er: „ Posso portarti qualcos'altro?"

Kopfschüttelnd gab Jeremy zurück: „No grazie. Forse più tardi."

„Come vuoi."

Elegant entfernte sich der Italiener.

Miss Chandler griff nach ihrem Weinglas.

„Jeremy, ich möchte, dass du weißt, dass all meine Wut nicht dir, sondern noch immer Mr. Tale gilt. Ich verstehe nicht, warum ich vor wenigen Wochen diese Schlampe nicht anzeigen durfte. Ich meine, eine Praktikantin, die sich so etwas erlauben darf ist wohl ein schlechter Witz. Dass Tale sie zum Vögeln brauchte war mir sofort klar, doch ich verstand nicht, warum du mit ihr zusammen die Firma verlassen hast."

Jeremy nahm einen Schluck vom Wein.

Dann sprach er leise: „Erstens, ist diese Dame keine Schlampe, und zweitens, weiß ich nicht, was auf der Örtlichkeit zwischen dir und ihr vorgefallen ist. Was Joel dazu im Nachhinein beigetragen hat, ist mir auch nicht bekannt, denn ..."

Miss Chandler unterbrach. „Lass es! Das steht dir nicht!"

„Was meinst du?"

„Das Lügen! Vor allem wegen diesem verfluchten Mr. Tale."

Jeremy lehnte sich seufzend in seinem Stuhl zurück.

„Elisabeth, was ist es, das du von mir möchtest? Eine höhere Position? Ein größeres Büro? Mehr Gehalt? Oder eine einmalige Sonderzahlung ..."

„Jeremy! Das ist demütigend. Ich meine, sieh mich an!"

Seine Augen scannten ihr Gesicht.

An einer Hälfte war es mit Make-up zugekleistert worden, um die Schnitte und Narben des Spiegels zu überdecken.

Ein dicker Einschnitt an der Oberlippe, der diese immer geschwollen wirken ließ, war dagegen nicht so leicht zu retuschieren.

Wenn Jeremy ehrlich war, dann sah die Dame vor ihm wie Quasimodo, nur in weiblicher Form aus.

Das würde er ihr jedoch aus Gründen des menschlichen Respektes niemals sagen.

Jeremy bemühte sich um ein Lächeln. „Ich sehe dich an. Frage dich aber zeitgleich, was du von mir erwartest."

Miss Chandler umklammerte das leere Glas. „Ich will ..." Ihre Augen füllten sich mit Tränen. „Ich will, dass du mich liebst."

Jeremy schoss in aufrechte Position. „Das ist ein Scherz!" Mit schmollenden Lippen und ernstem Gesichtsausdruck schüttelte sie vehement den Kopf.

Tief einatmend gestikulierte Jeremy mit den Händen in der Luft herum. „Ich möchte dich nicht verletzen, aber denkst du nicht auch, dass zu Liebe etwas mehr gehört als nur der geäußerte Wunsch, gepaart mit Drohung oder dem Versuch einer offensichtlichen Erpressung?"

Jetzt war es Miss Chandler, die sich weit über den Tisch lehnte. „Was ist los, Mr. CEO? Es ist ein gutes Angebot. Jeder in der Firma weiß, dass du deine Frau verlassen hast und die Scheidung so gut wie unter Dach und Fach ist. Du wohnst ganz allein in einem riesengroßen Haus und steckst das meiste deiner Zeit in die Firma. Wäre es da nicht schön nach Hause zu kommen, wo jemand auf einen wartet. Jemand, der die Härte des Jobs versteht und der dich gebührend umsorgt? Wenn eine Frau all deine Bedürfnisse kennt, dann ja wohl ich. Ich bin würdig!"

Alles klar! Die Alte hat nicht nur ihre Haut, sondern auch ihren Verstand in den Scherben des Spiegels verloren. Ich muss sie umgehend zur Vernunft bringen ...

Wieder drangen ihre Worte an seine Ohren. „Entweder ich werde die neue Mrs. Adams an deiner Seite oder ein Anruf genügt und diese dreckige Bitch segnet das Zeitliche."

Mit weit aufgerissenen Augen sah sich Jeremy im Restaurant um.

Hatte diese Worte jemand vernommen?

Er hoffte es nicht.

Miss Chandler hingegen schien sich erst so richtig für das Thema aufzuwärmen.

Sie fauchte: „Wie kann es sein, dass ein Mann wie du immer an solche Schlampen gerät?"

„Die Unterhaltung ist beendet", stellte Jeremy klar und wollte aufstehen.

Ihre Finger krallten sich jedoch fest um sein Handgelenk.

„Hast du mir nicht zugehört?"

„Was willst du?", zischte Jeremy durch die Zähne.

„Setz dich und ich erkläre es dir."

Jeremy tat es.

„Sehr gut! Jetzt hör mir genau zu. Wir werden einen schönen Abend zusammen verbringen und im Anschluss wirst du mich mit zu dir nehmen, damit ich mein zukünftiges Haus kennenlernen kann, oder besser gesagt: DICH! Solltest du noch einmal meine Gefühle verletzen oder mit mir in eine Diskussion oder gar Streit geraten, wird mein Bruder ihr die Kehle aufschlitzen. Verstanden?"

Mit entsetztem Ausdruck griff Jeremy nach dem Wein.

Wahrscheinlich ist das alles nur erstunken und erlogen, denn Lia ist nicht leicht zu schnappen. Woher hatte diese Frau die Information, dass da mehr läuft, als dass sie nur eine Praktikantin gewesen ist? Liebe Zeit, jetzt dämmert es mir. Joel, du miese Ratte! Würdest du nicht schon im Fegefeuer schmoren, würde ich dich persönlich dorthin befördern, so viel steht fest!

„Ich habe verstanden. Allerdings werde ich mich erst auf dich und den Abend einlassen können, wenn auch du dazu bereit bist, ein wenig den Druck von mir zu nehmen. Verstehst du das, Elisabeth?"

Miss Chandler grübelte über die Worte, dann verstand sie.

„Willst du mir damit sagen, du bekommst keinen hoch?"

„So könnte man es ausdrücken."

Sie legte die Finger um ihr Glas und lächelte amüsiert.
„Jeremy, ich muss schon sagen, damit habe ich jetzt nicht gerechnet."
Er verstummte.
Als sie wieder sprach, klang ihre Stimme etwas weicher.
„Ich finde es süß, dass sie dir so viel wert ist, dass du sie in Sicherheit wissen willst."
Jeremy zuckte mit den Schultern und in seinem Magen rumorte es.
Die Angst, dass irgend so ein Irrer, der die Blutslinie von Miss-Komplett-Durchgeknallt in sich trägt, seine wilde Schönheit in den dreckigen Griffeln hatte, ließ Jeremys Blut kochen.
Miss Chandler strich mit dem Finger ihre Haare beiseite.
„Eine Affäre wäre mir das nicht wert."
Affäre? Jeremy riss die Augen auf.
„Du denkst ich hätte mit dieser Frau eine Affäre?"
Schnaubend schnappte sich Miss Chandler die vor ihr liegende Gabel und gestikulierte damit in der Luft herum.
„Ist es nicht so? Ich meine, Sara hatte bei der letzten Weihnachtsfeier viel von deinen Überstunden erzählt, hatte es jedoch entschuldigt, dass man sich nun mal für die hohen Raten des Hauses zusammenreißen müsse. Ja, mein lieber Jeremy. Ich habe, was dich betrifft, meine Hausaufgaben gemacht."
Das wird immer besser! Diese kranke Frau hat mich also schon länger im Visier. Doch was bildet sich Miss Chandler ein, wie es weitergehen soll? Selbst wenn sie mich heute erpressen kann, was ist morgen oder übermorgen? Ihr Bruder kann schließlich nicht die ganze Zeit über bei Lia ... Moment!
„Und dein Bruder ist in diesem Augenblick bei meiner angeblichen Affäre?"

Ein lautes Lachen drang aus Miss Chandlers Kehle. „Warum fragst du? Ist sie dir denn so wichtig? Oder macht sie nur willig die Beine für dich breit und melkt somit den angestauten Druck des Tages aus dir heraus?"

Der Muskel in Jeremys Wange begann unkontrolliert zu zucken. Dies passierte meist, wenn er unter extremem Stress stand.

Das Essen wurde serviert.

Der Kellner neigte den Kopf zu Jeremys Seite, um sich zu vergewissern, dass alles in Ordnung war.

Als dieser nickte, zog er sich umgehend vom Tisch zurück. Jeremy sah Miss Chandler dabei zu, wie sie eine Artischocke zwischen ihre entstellte Lippe schob.

Kauend sagte sie: „Das ist köstlich. Weißt du, Jeremy, Familie ist etwas wunderbares. Man kann sich blind auf den anderen verlassen. Mein Bruder, musst du wissen, hatte schon immer dieses Verhalten an sich, seine kleine Schwester zu beschützen. Er brach anderen Kindern die Nase, oder Arme und Beine. Später erschlug er meinen Ex! Dafür ist er derzeit noch auf Bewährung, denn man konnte ihm keine Absicht, sondern lediglich Gegenwehr im Zweikampf nachweisen. Ich weiß, wo deine Gespielin lebt und wenn das noch eine Weile so bleiben soll, ist es das Beste, wenn ich ihn jede Stunde kurz darüber informiere, dass ich mich rundum wohlfühle. Andernfalls fährt er zu der Adresse ..."

„Schon in Ordnung. Ich habe verstanden."

Er konnte sich mittlerweile denken, dass Miss Chandler ihm nach Feierabend mehrere Male gefolgt war.

So auch nach Queens.

Jeremys Blick aus verengten Augen war wie eingefroren. Dann lächelte er: „Elisabeth, wie gefällt es dir hier?"

In seinem Haus angekommen bedeutete er, dass sie es sich auf der Couch bequem machen konnte.

Miss Chandler kam aus dem Staunen gar nicht mehr heraus. „Jeremy, ich hatte mir dein Haus immer luxuriös vorgestellt, doch die Wahrheit ist, es gleicht einem Palast."

„Danke", war alles, was er darauf erwidern konnte.

Nachdem er neuen Wein entkorkt, und das Feuer wie von ihr während der Herfahrt gewünscht geschürt hatte, stellte er die Gläser auf dem Couchtisch ab und wartete.

Ihre Stimme wurde plötzlich um einiges leiser. „Setz dich."

Jeremy schluckte mehrmals, um das Gefühl sich übergeben zu müssen, unter Kontrolle halten zu können. Sie hingegen streckte die Hand erwartungsvoll nach ihm aus.

„Solltest du nicht deinem Bruder schreiben?", fragte er.

„Habe ich."

Mit diesen Worten zog Miss Chandler Jeremy neben sich. Ihr Bein umschlang seinen Schoß und ihre Hände begannen sein Hemd aufzuknöpfen.

Die Atmung ging schnell, denn sie war mehr als erregt. Jeremy hingegen stellte sich innerlich bereits auf die nächste Diskussion mit dieser verrückten Frau ein.

Wenn ihre Hand an meinem Schritt angekommen ist, dann wird sie merken, dass tote Hose herrscht. Und genau das wird mir zum Verhängnis werden.

DING DONG!

Die Klingel.

Jeremy wurde heiß, und auch Miss Chandler begab sich umgehend in aufrechte Position. „Wer ist das?"

„Woher soll ich das wissen?", gab Jeremy schnell zurück.

„Dein Bruder vielleicht?"

„Quatsch, der sitzt in meinem Auto und kommt nur, wenn ich es ihm sage."

Jeremy erhob sich von der Couch. „Ich werde nachsehen."
Miss Chandler blieb trotz der unerwarteten Situation
gefährlich ruhig. „Schick die Person weg und komm sofort
zurück."
Er nickte.
Im Flur drehte er sein Handgelenk und sah auf die Uhr.
11.20 p.m.
Verdammt spät für egal welche Art von Besuch.
Jeremy öffnete die Tür.
Schock!
Doch er hielt den Blick konstant auf die vor ihm stehende
Person gerichtet, während sich seine Atmung nahezu ins
Unermessliche steigerte.
„Tut mir leid, ist wohl kein guter Zeitpunkt. Allerdings
habe ich nur dein Auto in der Auffahrt gesehen und da
dachte ich du wärst allein. Es ist mir wirklich
unangenehm, doch ich wusste nicht, an wen ich mich
sonst wenden könnte."
Mit hilflosem Ausdruck schüttelte Jeremy den Kopf.
„Leider ist heute wirklich kein guter Zeitpunkt."
Emilianas Augenlider zuckten.
Verdammt! Was habe ich mir nur dabei gedacht,
ausgerechnet bei ihm Hilfe zu suchen? Mir hätte klar sein
sollen, dass es kein Mann dieser Welt ernst meint, wenn er
so etwas wie: „Ich bin immer für dich da", sagt. Dabei geht
es nicht um Vertrauen, sondern um Sex. Großartig!
„Dann entschuldige bitte die späte Störung, ich wusste
nicht, dass Sara ..."
Mit der Hand fuhr er nervös über seine Stirn. „Sara ist
nicht da."
Emiliana stockte der Atem.
Sie ist nicht da? Hatte ich mich also nicht getäuscht, dass
wenn ihr Wagen nicht in der Auffahrt steht, sie auch nicht

zu Hause ist? Wenn es nicht um sie ging, dann hat er sich folglich in den vergangenen Tagen eine neue Gespielin angelacht. Und das nach allem, was er mit mir ...

Sie presste die Lippen fest zusammen, denn dass diese Erkenntnis so schmerzhaft sein würde, darauf war Emiliana nicht vorbereitet gewesen.

Jeremy hielt die Augen weiterhin auf ihr Gesicht gerichtet, als man von drinnen eine Stimme rufen hörte: „Schatz? Wer ist das? Ist alles in Ordnung?"

Diese verkorkste Tonlage war Emiliana sofort geläufig.

Es handelte sich um diese Bürotusse, die sie vor einiger Zeit mit deren Spiegelbild hatte eins werden lassen.

Flüsternd zischte sie: „Echt jetzt?"

Jeremy leckte sich hektisch über die Unterlippe. „Nein, es ist nicht wonach es aussieht."

Dieser Satz, wie man es aus einem schlechten Hollywood-Streifen kannte, ließ Emiliana komplett den Boden unter den Füßen verlieren.

„Fick dich! Ich wusste, dass ich dir nicht vertrauen kann!"

Sie spürte seine Hand auf ihrem Mund. „Psst! Nicht so laut!"

Natürlich, damit die Gute nicht hören konnte, dass sie ...

Seine Stimme unterbrach ihre Gedanken, während er die Hand langsam von ihren Lippen löste.

Ein prüfender Blick vom Flur in Richtung Wohnbereich. Natürlich war es zu viel, zu hoffen, dass Emiliana einfach gehen würde.

Mit dem Wissen, dass irgendwo ganz in der Nähe dieser Brutalo herumlungerte und nur auf die Anweisung einer auf seiner Couch sitzenden Psychopathin wartete, musste er reagieren.

Gewollt oder nicht. Jeremy blieb keine andere Wahl.

„Verflucht! Ich will dich hier nicht sehen! Verschwinde!"

Er umfasste ihre Schultern und gab ihr einen Schubs. Emilianas schlanke Gestalt taumelte einige Schritte vom Eingang zurück.

Wut stieg ihr unaufhaltsam die Kehle empor. „Jeremy, ich brauche dringend deine Hilfe ..., weil ...“

„Was verstehst du nicht? Zisch ab! Und lies lieber mal die Times! Stellenanzeigen findest du im Business-Teil!“

Das war zu viel!

Noch ehe sichtbare Tränen über ihre Wangen rannen, wendete sich Emiliana ab und begann die Auffahrt entlang in Richtung Straße zu laufen.

Ihr Mantel, sowie das pechschwarze Haar, schimmerten feucht im Schein der Straßenlaternen.

Zwischenzeitlich hatte Miss Chandler ihrem Bruder, der nur zwei Häuser weiter in ihrem Wagen ein Nickerchen hielt, eine Textmessage zukommen lassen.

„Kane, was geht da am Eingang vor sich?“

Das Piepen des Smartphones riss ihn umgehend in aufrechte Position.

Augenreibend tippte er: „Eine Frau in einem schwarzen Mantel steht davor. Der dreckige Hund hat ihr etwas überreicht. Soll ich ihn mir vorknöpfen?“

Es dauerte nicht lange, da blinkte das Display erneut auf.

„NEIN! Wenn einer ein dreckiger Hund ist, dann du, Kane! Warte auf weitere Anweisungen!“

In exakt diesem Moment fiel die Tür krachend ins Schloss.

„Wer war das? Und was zum Teufel wollte die Bitch?“

Jeremy fröstelte, als die scharfe Stimme, einer ansonsten überfreundlichen Miss Chandler, den Raum erfüllte.

Der Schein des lodernden Kaminfeuers beleuchtete schattenhaft ihr entstelltes Gesicht, sodass man hätte meinen können, man befände sich nicht in einem Wohnzimmer, sondern im Gruselkabinett.

Jeremy entschied, anstatt zur Couch zurückzukehren, sich lieber einen Whiskey zu genehmigen.

Während die Flüssigkeit das Glas befüllte, antwortete er: „Das war eine Bettlerin. Ich habe ihr geraten sich einen Job zu suchen."

Miss Chandler beugte ihren Körper ein Stück nach vorne. „Mein Bruder, Kane, meinte soeben, dass du dieser Bettlerin, wie du sagst, etwas gegeben hättest."

Kane! Wie der Wrestler? Der Bruder vom Undertaker? Alles klar! Zumindest habe ich jetzt einen Namen für seinen Grabstein, falls er es wagen sollte, Hand an Lia zu legen.

„Das habe ich."

Jeremy nahm einen langen Schluck.

Dann ergänzte er seinen Satz um: „Die New York Times."

Miss Chandlers Lippe verzog sich zu einem schiefen Lächeln. „Klingt plausibel. Das Helfersyndrom liegt dir im Blut, stimmts? Doch deine Nettigkeiten sind mir heute Nacht vollkommen egal. Zeig mir das Tier in dir!"

Mit diesen Worten stand sie auf und kam auf Jeremy zu. Eine Hand betatschte seine warme Brust durch die offenen Hemdknöpfe hindurch, während die andere Hand ihm das Glas abnahm und beiseitestellte.

Obwohl es seinen moralischen Überzeugungen widersprach, dachte Jeremy kurzzeitig darüber nach dieser schrecklichen Frau einen Schlag zu verpassen.

Nur, was dann?

„Elisabeth, das hat wirklich keinen Sinn ..."

KLOPF! KLOPF!

Die Terrassentür.

Jeremy warf einen schnellen Blick über die Schulter.

Eine Schattengestalt!

KLOPF! KLOPF! KLOPF!

„Lissy, mach die beschissene Tür auf!"

„Kane?" Miss Chandler riss den Griff ruckartig zur Seite. Offen.

Ihre Augen weiteten sich, als sie ihrem Bruder ins Gesicht sah.

Blut! Überall war Blut.

Von dessen Stirn lief es gradlinig bis hinunter zum Hals.

Erschrocken trat Miss Chandler einen Schritt zurück.

„Kane? Was ist passiert? Wer ...?"

Mit der Rückhand versuchte dieser sich das laufende Blut abzuwischen.

Jeremys Augen erfassten die Person hinter dem Koloss. Mit kaum mehr als ein Meter zweiundsechzig, reichte Emiliana diesem Kerl gerade mal bis an die Schulter.

Er bräuchte nur mit dem Ellenbogen nach hinten ausholen und schon wäre es um das zierliche Püppchen geschehen, dachte Jeremy, ehe er ihre Stimme vernahm.

„Miss Mirror! Schön, Sie wiederzusehen."

„Du blöde Schlampe, ich bringe dich um!"

Doch Miss Chandler stoppte mitten in ihrer Bewegung, als sie die zerbrochene Scherbe einer Flasche, die einem großen Messer glich, an der Halsschlagader ihres Bruders aufblitzen sah.

„Was geht hier vor?", fragte Emiliana zischend.

„Das geht dich nichts an!", gab Miss Chandler forsch zu verstehen. „Verpiss dich in das Loch zurück, aus dem du gekrochen kamst. Bei Marshall-Enterprises oder Jeremy hast du nämlich nichts zu suchen. Er gehört mir!"

Ein weiterer unerwarteter Stich der Eifersucht hatte Emiliana überrascht.

Sie sah zu Jeremy.

Sein Hemd ist offen und er wirkt alkoholisiert. Himmel! Was wäre gewesen, wenn ich nicht in die Zeitung gesehen hätte?

Kane griff in seine Jackentasche und holte einen goldenen Flachmann hervor.

„Cheers", lauteten seine Worte, ehe er davon trank. „Heute ist definitiv nicht mein Tag."

„Das kannst du laut sagen", feuerte Miss Chandler ihm aufbrausend entgegen.

An Emiliana gewandt fragte sie: „Wie kann es sein, dass du dir meinen Bruder aus dem Auto schnappen konntest? Und woher wusstest du, dass …"

„Hier drinnen etwas absolut oberfaul ist? Am meisten du? Nun, man sollte eben hin und wieder die Zeitung lesen."

Miss Chandler griff nach der Times, die Kane unter dem Arm trug.

Da sie sich umgehend an Jeremys Worte erinnerte, dass er der vermeintlichen Bettlerin geraten hatte, sich lieber einen Job zu suchen, schlug sie den Business-Teil auf. Eine fette Überschrift fiel ihr klar und deutlich ins Auge:

„VORSICHT! Die leitenden Stellen haben das Steuer nicht mehr fest in der Hand. Rette sich wer kann!"

Alles weitere war nur noch finanzielles Fachchinesisch. Emiliana hatte kurz zuvor exakt dieselbe Stelle aufgeschlagen, und den Text nach Jeremys merkwürdigem Verhalten sofort als Hilferuf eingestuft. Auch wenn er mit den versteckten Worten in der Times wohl eher auf den Hinweis, dass sie sich retten und schleunigst in Sicherheit bringen sollte, hinaus wollte.

Als ihre Augen beim Umblicken schließlich diesen großen Mann in einem weißen Lady-Mobil entdeckten, welches an der Frontscheibe eine Merchandise-Parkscheibe mit dem Logo von Marshall-Enterprises aufwies, klingelten bei ihr alle Alarmglocken.

Nachdem der Mann ohnehin ihren Blick erwidert hatte, kam sie leichtfüßig auf ihn zugeschlendert.

Kane steckte das Handy weg und öffnete die Seitenscheibe.

„Kann ich Ihnen helfen, Lady?"

„Das können Sie tatsächlich. Und zwar bin ich auf der Suche nach Sprit. Halten Sie die mal bitte kurz."

Emiliana reichte ihm die Tageszeitung.

Dann zog sie ihr Smartphone aus der Manteltasche.

„Können Sie mir sagen, wo ich die nächste Tankstelle finde. Der unfreundliche Herr aus Hausnummer 48 war nicht sehr amüsiert über meine späte Störung. Dabei dachte ich er könnte mir helfen."

Kane stieg aus dem Wagen. „Lady, ich verstehe. Wo steht denn ihre Karre?"

Da Miss Chandler ihrem Bruder lediglich eine Adresse in Queens gegeben hatte, mit der spärlichen Beschreibung einer braunblonden jungen Dame, Anfang dreißig, konnte die schwarzhaarige Lady jetzt keinerlei Gefahr darstellen. Kombinierte dieser zumindest, doch falsch gedacht!

In genau dem Augenblick als Kane den Kofferraum öffnete, um den Reservekanister herauszuholen, klirrte Glas. Höllische Schmerzen durchzuckten seinen Kopf- und Nackenbereich und vor seinen Augen tanzten die Sterne. Mehrmaliges Kopfschütteln verhalf ihm jedoch schnell wieder zu seiner Orientierung zurück.

Er fauchte: „Du miese kleine Schlampe, dir werde ich …"

Doch er hob die Hände aufgebend in die Luft.

Die Spitze einer Glasscherbe schnitt ihm in die dünne Haut seines Halses und wenn sie tiefer ging, wusste Kane, dass er innerhalb kürzester Zeit jämmerlich verbluten würde. Es blieb ihm nichts anderes übrig, als ihren Anweisungen Folge zu leisten.

Emiliana hingegen war über das Trinkverhalten dieses Mannes sehr froh gewesen, und dass es sich neben dem Fahrersitz in einer unscheinbaren braunen Papiertüte nicht um Backwaren, sondern um eine Bierflasche handelte, war ihr sofort klar.

Eigentlich sollte der Mann, wie in unzähligen Filmen gesehen, bewusstlos zu Boden gehen, doch sein fester Schädelknochen wehrte den Schlag mit Leichtigkeit ab. Von einem möglichen Aufschlitzen des Halses hielt der Koloss allerdings wenig bis gar nichts.

So kam es, dass sie allesamt in Jeremys Wohnbereich standen und sich gegenseitig mit Argusaugen beobachteten.

„Kannst du zur Abwechslung auch einmal auf mich hören? Ich meine, du hättest längst von hier verschwunden sein können", schoss es vorwurfsvoll aus Jeremy heraus.

Emiliana zögerte.

Was ist falsch mit ihm? Da kommt man zurück, ist behilflich, und das ist der Dank?

„Das würde dir so passen! Sei doch zur Abwechslung einfach mal froh, dass ich meist dazu neige, das genaue Gegenteil zu tun. Es sieht momentan nicht sonderlich gut für dich aus."

Verdammt! Das kleine Luder hatte selbstverständlich recht. Aber die Genugtuung ihr das zu sagen, gönne ich ihr in diesem unheilvollen Augenblick nicht. Moment, was ist das?

„Lia, pass auf!"

Zu spät.

Kane warf den Flachmann zu Boden und griff mit der Hand um sich. Er schlug ihr die Glasscherbe aus den Fingern. Anschließend vergrub sich seine Faust in ihren langen Haaren, um sie vor seinen Körper ziehen zu können.

Miss Chandler schaute ihrem Bruder grinsend dabei zu. Sie ahnte bereits, dass dieser sich schon sehr bald zur Wehr setzen würde.

Ich hätte es besser wissen müssen, dachte Jeremy, während pures Adrenalin durch jede nur denkbare Pore seines Körpers schoss.

Miss Chandler presste sich einen Finger auf die Lippen. „Ganz ruhig, mein lieber Jeremy! Gleich sind wir wieder ungestört. Kane, bring die Schlampe in unsere Hütte. Ich komme nach, sobald ich kann. Töte sie nicht, denn das übernehme ich selbst. Schließlich soll mir und meinem zukünftigen Mann kein dahergelaufenes Schneeflittchen jemals mehr im Wege stehen können. Spielen darfst du!"

Der Koloss nahm Emiliana schroff in den Würgegriff.

Seine Wange presste er an die porzellangleiche Haut ihrer Stirn. „Du bist so unglaublich zart. Mal sehen, wie du mit meinem Schwanz klarkommen wirst, du geiles Fickding!"

Geiles Fickding?

Jeremy verlor die Kontrolle. „Was hast du soeben gesagt?" Ganz langsam krempelte er sich die Ärmel seines Hemdes nach oben.

Der finstere Blick glich dem eines Dämons, der soeben erweckt worden war.

Dann schoss er ohne Rücksicht auf Verluste nach vorne. Miss Chandler sprang erschrocken aus dem Weg.

Kane, der zuerst den Griff um Emilianas Hals verstärkte, entschied sich in letzter Sekunde dazu, seine Geisel von sich zu stoßen. Dies schien ihm die einzige Möglichkeit, um sich gegen den wutentbrannten Mann des Hauses zur Wehr setzen zu können.

Als Jeremy im Augenwinkel sah, dass Emilianas Körper sehr unsanft auf dem Parkettboden landete, gab es für ihn kein Halten mehr.

Er holte mit dem rechten Arm weit aus, um dem Arschloch vor seinen Augen mit der Faust einen Haken unter dem Kinn zu verpassen.

Kane verlor das Gleichgewicht.

Diesen Moment nutzte Jeremy um ihn nach hinten gegen die Wand zu pressen.

Immer und immer wieder schlug er mit den Fäusten auf den kolossalen Körper ein.

Als zu guter Letzt Jeremys Faust mit voller Wucht mitten in Kanes Gesicht traf, konnte man unverkennbar den Wangenknochen brechen hören. Blut strömte aus dessen Nase und der Kerl sackte keuchend auf die Knie.

Ein gezielter Tritt in den Magen und Kane stockte für mehrere Sekunden komplett der Atem.

Jeremy wandte sich schreiend an Miss Chandler. „Ist es das, was du wolltest?"

Sie zitterte am ganzen Körper.

Ungestüm kam er immer näher, solange bis er diesem Monster von einer Frau tief in die Augen sehen konnte.

„Nimm deinen Bruder und lass dich nie wieder in meinem Leben blicken! Geh zu den Cops und ich schwöre dir, dass ich dich finden und ganz langsam aufschlitzen werde. Ach, ich denke zwar nicht, dass ich es extra sagen muss, doch der Ordnung halber: Miss Chandler, Sie sind fristlos entlassen!"

Als ihre Augen immer größer wurden, vernahmen auch seine Ohren hinter sich schweres Atmen.

Emiliana, die sich soeben ein Stück weit aufrappeln konnte, schrie: „Jeremy, runter!"

Er vertraute ihrer Stimme blind.

Sein Körper ging in Deckung, während Kanes Arm weit ausschwang, um ihn mit einer bleiernen Ritterstatue aus einem nebenstehenden Regal angreifen zu können.

„Kane! Nicht! Du wirst ..." Das waren die letzten Worte, die über ihre Lippen kamen.

Der eigene Bruder hatte ihr soeben aus dem Affekt heraus, den Schädel eingeschlagen.

Jeremy nutzte den Moment der Verwirrung, um nach Emiliana sehen zu können.

Mit nur einem Griff unter ihre Arme konnte er sie vom Boden zu sich nach oben ziehen.

Seine Hände umklammerten ihren Kiefer, um ihr den Kopf nach allen Seiten drehen, und sich dabei vergewissern zu können, dass sie keine schwerwiegende Verletzung abbekommen hatte.

Als Kane sich mit starrem ausdruckslosem Blick umwandte, schnappte sich Jeremy den spitzen Brieföffner neben dem Haustelefon.

Er schob Emiliana hinter sich und genoss dabei sogar, wie ihre Finger sich fest in sein Hemd krallten.

Sie braucht Schutz! Sie bekommt welchen.

„Einen Schritt näher und ich schwöre beim Grab meines Vaters, dass du deiner Schwester in die Hölle folgen wirst!"

Kane erhob aufgebend die Hände.

Ein langer Seufzer entfuhr seiner Kehle. „Bitte, ich bin sehr müde. Ich möchte das alles nicht mehr. Ich weiß, das mag jetzt schwer nachvollziehbar sein, doch ich bin soeben erlöst worden. Jahrelange Anweisungen, Drohungen, Morde und Demütigungen haben ein Ende gefunden. Ich danke euch."

Behände hob er den schlaffen Körper seiner Schwester vom Boden auf und legte diesen wie einen Sack Kohle über die Schulter.

An der Terrassentür wandte er sich noch einmal um. „Sieh die Sache als erledigt an."

Jeremy nickte.

Als er kurz darauf beobachten konnte, dass Kane, samt der Leiche, über den Rasen hinweg tief in die Dunkelheit der kalten Nacht verschwand, schloss er die Tür.

Emiliana zuckte unwillkürlich zusammen, denn der Blick mit dem Jeremy sie bedachte verhieß nichts Gutes.

Würden hinter ihm die Fegefeuer der Hölle heiß auflodern, wüsste sie, dass der Teufel persönlich soeben die Kontrolle übernommen hatte.

Mit leicht geneigtem Kopf fiel ihr Blick in den Flur.

Wenn ich schnell genug bin ...

„Das schaffst du nicht! Nicht heute Nacht!"

Mit diesen Worten umkreiste er sie wie ein Löwe eine Antilope.

Jeremy fühlte, wie das Blut durch seine Adern jagte und wie die Nervenenden in seinem pochenden Glied immer empfindlicher wurden.

Er war vorbereitet.

Wenn es sein musste, dann auch auf einen Kampf mit dem kleinen Luder, da sie ihm all das eingebrockt hatte.

Logik, Disziplin und rationales Denken waren bis vor einigen Monaten noch seine steten Begleiter gewesen, doch wie es schien, hatten diese Lebensgrundsätze ihn bei seiner Ankunft in Staten Island verlassen.

Genauer gesagt, als er ihr das erste Mal begegnete.

Emiliana warf die Hände in die Luft. „Was ist los mit dir? Ich habe dir geholfen und du ..."

„Sei still!", forderte Jeremy zischend.

Ihm war bewusst, dass sie alles, nur nicht ruhig sein würde.

„Jeremy, ich bin nicht dein Eigentum!"

„Nein, das bist du nicht. Allerdings bist du mein honigsüßes Püppchen, dass in wenigen Minuten gnadenlos hart von mir gefickt wird."

Emilianas Augen weiteten sich bei diesen Worten. Dennoch nahm sie allen Mut zusammen und kickte mit dem Fuß einen der massiven Barhocker in seine Richtung. Anschließend rannte sie in den Flur.

Den Stuhl mit Leichtigkeit abwehrend, sah Jeremy ihr nach, ehe er seufzend sein Smartphone zur Hand nahm. Ein Klick auf die Security-App.

DOORS CLOSED!

Erledigt!

Im Flur ignorierte er Emilianas Fluchen, als sie vergeblich versuchte die Tür aufzureißen.

Stattdessen packte er sie grob am Nacken, um sie dazu zu zwingen, sich wieder in den Wohnbereich zu begeben.

„Fick dich, Jeremy! Aua! Lass mich los! Du tust mir weh!"

Wie eine Wilde versuchte Emiliana sich ihm zu entziehen.

„Lass diese Ausdrücke! Das steht dir nicht."

Mit diesen Worten schupste er ihren Körper auf die Couch.

Dieses Biest ist alles andere als das verletzte kleine Mädchen, das sich nach dem Schutz ihres Daddys sehnt. Doch ausgerechnet heute Nacht wandte sie sich mit der nahezu banalen Bitte um Hilfe an mich. Es ging mit Sicherheit um diesen Detective, ihre Granny, oder generell um die Sache in Swan Lake. Schließlich bin ich darin der Einzige, an den sie sich wenden kann. Ob mein Püppchen es sich nun eingestehen will oder nicht, sie braucht mich! Dann soll sie, nach allem was geschehen ist, gefälligst darum betteln ...

Emiliana rappelte sich auf und verschränkte die Arme.

„Ich habe nichts Falsches getan. Im Gegenteil! Warum tust du mir das an?"

Jeremy schwieg.

Plötzlich bewegte er sich unglaublich schnell auf sie zu. Seine Hände brachen die abwehrende Haltung ihrer Arme. Emiliana wagte es in diesem Augenblick nicht zu atmen, denn sie fühlte, wie sich die langsam aufsteigende Panik vor seiner Dominanz, in den Vordergrund drängte.

Mit den Beinen begann sie nach ihm auszuschlagen.

„Jeremy, lass es …"

„Lia!"

Jetzt packte er ihre Handgelenke und sicherte diese in seinen Händen.

Dann legte Jeremy sein eigenes Körpergewicht auf ihren schlanken Körper.

Kein Entkommen mehr!

Als er Emilianas Hände über den Kopf streckte, sah er ihr tief in die dunklen Augen. „Du liebst es zu wiedersprechen und immer wieder aufs Neue die Dämonin in dir hervorzurufen, nicht wahr? Gut, dann lernst du jetzt eine weitere Lektion des Teufels kennen."

Sein mehr als harter Schwanz pochte dabei zuckend gegen ihren Bauch.

Die Hände ließ er los, um sie an ihrem Kiefer zu packen.

Der folgende Kuss war bestialisch.

Jeremy nahm so brutal ihre weichen Lippen in Anspruch, dass sich winzige bläuliche Blutergüsse darauf bildeten.

Je mehr Emiliana versuchte ihre Lippen geschlossen zu halten, desto mehr drückte er ihr die Finger in die Wangen.

Erst als er selbst zu Atem kommen musste, unterbrach er den Kuss.

Keuchend stellte er klar: „Lia, bei Gott, ich werde dich jetzt so rannehmen, wie du es verdient hast. Und du wirst mich nie wieder mit diesen wunderschönen Lippen beleidigen. Geht das in dein süßes Köpfchen?"

Emiliana wandte den Blick von ihm ab.

Jeremy biss sich auf die Unterlippe, dann schlug er mit der Faust neben sie auf das kühle Leder. „Antworte mir!"
Keine Reaktion.
Er griff in ihre Haare und zwang erneut seine Zunge an ihren Lippen vorbei.
Sie schmeckt so liebreizend, so zart.
Mit dem Bein fuhr er ungeniert zwischen ihre Schenkel, um sein Knie an ihrer Mitte reiben zu können.
Das Gefühl ihrer langen Fingernägel an seiner nackten Brust, die sich voller Gegenwehr tief in die Haut gruben, machte ihn nur noch wilder und erregter.
Gleich würde er sie nicht mehr vor seinen animalischen Trieben schützen können, und er hatte das Gefühl, dass dieses kleine Luder unter ihm das ganz genau wusste.
Es war, als wollte sie regelrecht, dass er sie in die Schranken wies - sie zähmte.
Jeremy war der festen Überzeugung hier und jetzt ihren Widerstand zu brechen und dieses Biest zu unterwerfen.
Da Emiliana noch ihren Mantel trug, begann Jeremy die Knöpfe zu öffnen, um ihn ihr auszuziehen.
Das hauchdünne Top zerriss er mit Leichtigkeit und für den BH nahm er erneut den Brieföffner zur Hand.
Damit schnitt er die dünne Verbindung zwischen den Brüsten entzwei, damit auch dieser zu den Seiten von ihrem Körper abfallen konnte.
Durch die anhaltenden Abwehrversuche wippten ihre nackten Brüste im Schein des Feuers auf und ab.
Obwohl Jeremy in diesem Moment die harten Knospen fokussierte, wusste er, dass ihre Augen starr auf sein Gesicht gerichtet waren.
Er erhob den Oberkörper und streifte sich das Hemd von den Schultern. Anschließend öffnete er den Knopf seiner Hose, ehe er langsam den Reißverschluss senkte.

Durch die enge Shorts hindurch, rieb Jeremy über seinen harten schmerzenden Schwanz.

„Zieh deine Leggings aus!"

Nervös biss sich Emiliana auf die strapazierten Lippen.

„Jeremy ..."

„Tue es!", forderte er ungeduldig, während er die Hand fest gegen seine Erektion presste.

Starr vor Schreck taten ihre Hände, was er soeben von ihr verlangte.

Jetzt lag sie nur noch in ihrem seidenen Höschen vor ihm.

„Dreh dich um!"

„Was?", schoss es nervös aus Emilianas Mund.

Dass sie allen Grund zur Nervosität hatte, wollte Jeremy ihr lieber nicht sagen.

Stattdessen wiederholte er: „Umdrehen!"

Zuzusehen, wie sie sich langsam auf der Couch erhob, um ihm den Rücken zu kehren, trieb Jeremy in den blanken Wahnsinn.

Er musste unbedingt verhindern, dass sein Schwanz beim bloßen Gedanken daran, was er gleich versautes mit ihr anstellen würde, nicht vorzeitig ejakulierte.

Seit Jeremy Emilianas schmutzige Seite kennengelernt hatte, musste er es sich schon wer weiß wie oft so heftig besorgen, dass er dachte, die Härte, der Schmerz und die unendliche Lust würden nie abflachen.

Sie sah aus dem großen Fenster neben der Terrassentür.

Was wird mich erwarten? Was hat er vor? Will er ...

Ihre Gedanken stoppten, als sie seine Hände um ihre Hüften spürte.

Im Haus war es still.

Bis auf das Feuer, das im Kamin knisterte, konnte man nur die erregte Atmung von Emiliana und Jeremy vernehmen.

Mit der flachen Hand auf ihrem Rücken drückte er sie an die Lehne der Couch, während sich ihre Knie im Leder der Sitzfläche vergruben.

Sie neigte ihren Kopf zur Seite um ihn ansehen zu können, doch Jeremy zog sie umgehend an den Haaren in gerade Position zurück.

Seine Lippen streiften ihr Ohr. „Du wirst jetzt eine brave Wildkatze sein, und das tun, was ich dir sage!"

Emilianas Wangen wechselten die Farbe und die Blässe wich einem heiß glühendem purpurnem Rot.

Sie nickte.

„Braves Püppchen! Drück deinen Hintern nach oben."

Emiliana gehorchte und verlagerte ihren Körper in die von ihm gewünschte Position.

Ihre Hände krallten sich in die Lehne der Couch ein und die Arme wirkten angespannt.

Jeremy war genau hinter ihr.

„Entspann dich!

Die einzige Antwort, die über ihre Lippen kam, war ein leises Wimmern.

Jeremy zog noch einmal fest an ihren Haaren. „Spürst du das?"

Und wie sie das Reiben seines Prügels zwischen ihren Pobacken spürte.

Wieder spannte sie an, doch dieses Mal holte Jeremy aus, um ihr mit der flachen Hand einen harten Klaps zu geben.

„Ah, verdammt!", schoss es schmerzerfüllt aus ihrer Kehle.

In exakt diesem Moment knallte die Hand erneut klatschend auf die empfindliche Haut ihres Hinterns.

Jeremy ballte die Faust in ihren Haaren.

Anschließend versohlte er ihr den nackten Po so lange, bis dieser in wonnigem Rot erstrahlte.

„Was für ein fantastischer Anblick. Gleich kenne ich mich nicht mehr, das schwöre ich. Also bitte, Lia! Es liegt nun einzig und allein bei dir."

„Was liegt an mir?", wollte Emiliana flüsternd wissen, doch Jeremy schlug ihr erneut auf die Pobacken.

Sie stöhnte unwillkürlich auf.

„Bist du bereit für mich, meine wilde Schönheit?"

Mit den Knien drückte er ihre Schenkel weit auseinander. Die nasse Spalte glänzte schimmernd, was Jeremy bestätigte, dass Emiliana die Schläge einmal mehr feucht werden ließen.

Unter massiver Selbstbeherrschung zog er sein Glied ein Stück weit zurück, um ihr mit dem Daumen die Schamlippen aufspreizen zu können.

Er wollte sie mit der Zunge von hinten kosten.

Langsam fuhr er durch ihre Spalte hindurch, ehe er fest an ihrem angeschwollenen Kitzler saugte.

Ihr Stöhnen, das in regelmäßigem Abstand aus ihrem Mund drang, war das geilste, was er jemals zu hören bekommen hatte.

Jeremy liebte es, wenn der menschliche Verstand der puren Fleischeslust das Feld überlassen musste.

Als er fühlte, dass sie jeden Moment einen gewaltigen Höhepunkt erreicht, entzog er ihr seinen Mund und vergrub stattdessen seine Finger tief in ihren Pobacken.

Er zog diese weit auseinander.

Seine Augen konnten somit nicht nur ihren einladenden, und vor Geilheit überlaufenden, Eingang sehen, sondern auch ihre zuckende kleine Rosette.

Mit dem Finger tauchte Jeremy einmal tief in ihre Nässe ein, ehe er die gespannte Haut damit benetzte.

Emiliana begann zu zittern.

Der Blick über ihre Schulter hinweg verriet Jeremy alles.

Sie hatte noch nie einen Arschfick. Himmel! Das würde bedeuten, ich wäre der Erste und Einzige, den sie dort spürt. Eine echte Jungfrau sozusagen …

Jeremys Denken setzte aus.

Kurz bevor er jegliche Kontrolle verlor, raunte er: „Wie es aussieht, werde ich dir gleich wehtun, mein süßes Püppchen! Doch mein Schwanz, und ich, sehen leider keine andere Option als gerechte Strafe für all deine Vergehen."

Sein Schwanz und er? Was stimmt nicht mit ihm? Ich …

Weiter kam sie nicht, denn seine Hand streichelte einmal zärtlich über ihren Rücken, ehe sie tausende Sternchen vor den Augen aufblitzen sah.

Nicht, weil sie drohte in Ohnmacht zu fallen, sondern weil der Schmerz des Eindringens seiner Eichel in dieses enge Loch, ihren Körper vollkommen reglos machte.

Nach mehreren Sekunden des Schocks schrie Emiliana: „Hör damit auf! Ich kann das nicht! Er ist zu groß …"

Jeremy umschloss von hinten ihren Mund. Er zwang sie dazu ihre Atmung zu verringern.

„Scht! Ganz ruhig! Gib nach, und hör damit auf, meinen Schwanz rausdrücken zu wollen, dann wird es gleich viel besser werden."

Sie gehorchte.

Als er fühlte, wie die Anspannung nachließ, stieß Jeremy die Hüfte nach vorne.

Ihr Oberkörper und die perfekten Brüste wurden dabei fest an die Ledercouch gepresst.

Jetzt ist das kleine Luder fällig …, dachte Jeremy keuchend, während er seinen Schwanz tiefer und tiefer in ihren verdammt engen Hintern trieb.

Als er das Stöhnen aus ihrer Kehle vernahm, ließ er ihren Mund los.

Tatsächlich! Emiliana gab sich ihm willenlos hin, und das, obwohl sie sich immer geschworen hatte, dass es kein Mann je schaffen würde, durch ihren Hintereingang zu gelangen.

Als sie seine Hand zwischen ihren Beinen und kurz darauf die Finger an ihrem Kitzler spürte, kam sie an den Rand eines sehr heftigen Höhepunktes.

„Gefällt es dir? Hast du seit Swan Lake an mich denken müssen, es dir besorgt, und dabei vorgestellt, dass ich dich auf diese Weise durchficke?"

Mit diesen Worten drückte er zwei Finger in ihr nasses Loch.

Emilianas Körper zitterte unter der extremen Penetration und ihr schnelles Stöhnen, brachte auch Jeremy an den Rand einer gewaltigen Explosion.

„O Gott! Ja ...! Jeremy, hilf mir!"

Vorbei!

Was hat sie soeben herausgeschrien? Ich soll ihr helfen? Liebe Zeit, wie soll ich mich da noch zurückhalten, um nicht das Monster in mir zu entfesseln? Diese Frau bringt mich vollkommen an meine Grenzen. Falsch! Ich habe diese schon längst weit überschritten ...

„Verdammt noch mal, Lia! Du machst mich wahnsinnig!"

Als er damit begann sie hart in den Hintern zu stoßen, und zeitgleich immer schneller ihre Muschi zu fingern, krallten sich Emilianas Nägel tief in das Leder der Couch.

Sie keuchte, stöhnte, schrie.

Auch Jeremys Atmung stieg nahezu ins Unermessliche. Und als der gesamte Schafft juckend in ihrem Inneren zu pumpen begann, gab es für ihn kein Halten mehr.

Seine Hoden zogen sich fest zusammen, während er auf ihren heißen Körper hinabsah, der in diesem Moment in beide ihrer unteren Löcher von ihm gefickt wurde.

Noch einmal drückte er sich unglaublich tief in sie hinein. Ihre geile Nässe lief an seinen Fingern entlang und tropfte auf die Sitzfläche.

Unter lautem Keuchen explodierte Jeremys Schwanz.

Dabei schoss sein heißer dickflüssiger Samen mit Hochdruck in sie hinein.

Emilianas Unterleib zitterte bei dem Gefühl, ihn mit ihrem Po bis auf den letzten Tropfen ausgesaugt zu haben.

Da seine Finger noch immer ihre Arbeit in ihrem vorderen Loch verrichteten, wusste sie, dass ihr nur noch wenige Sekunden blieben, ehe sich ihr eigener Druck in einem Orgasmus entladen musste.

Während sein Schwanz tief in ihr steckte, schwoll ihr Kitzler pochend und zuckend auf maximale Größe an.

Jeremy zog die Finger heraus und begann sich kreisend um dieses Problem zu kümmern.

Das Gefühl der vollkommenen Lust baute sich rasend schnell auf, so dass Emiliana stöhnend nach Atem rang.

Endlich hatte Jeremy sie da, wo er sie haben wollte.

In einem dunklen Universum, voll von abertausenden funkelnder Sterne, die sie bei ihrer gigantischen Explosion begleiteten.

So auch er.

Er war da, als ihr Körper zusammenbrach.

Er hielt sie in seinen Armen, damit es abflachen konnte.

Er war noch lange nicht fertig mit ihr.

Die ersten Strahlen der trüben Morgensonne schlängelten sich spielerisch in Emilianas weiches Haar.

Jeremy war sich sicher, dass es heute wieder einer dieser fiesen kalten Spätnovembertage werden würde, und wenn es nach ihm ginge, würde er noch stundenlang neben ihr liegen und sie stillschweigend betrachten.

Zusehen, wie ihre Lider wegen eines Traumes flackerten, die Luft ihre warmen Lippen streifte, um tief in ihren Mund eindringen zu können, und sich ihre Brust gleichmäßig hob und senkte.

In seiner Shorts machte sich umgehend eine enorme Härte bemerkbar, doch Jeremy wusste, dass dafür keine Zeit blieb.

Nicht heute.

Mit leichtem Druck strich er mit den Fingerknöcheln über ihre Wange.

Emiliana erwachte.

Nach mehrmaligem Blinzeln, sah sie ihm tief in die Augen. Der Kopf, sowie ihr gesamter Körper erinnerten sich sofort an den vergangenen Abend und die darauffolgende Nacht. Von ihrem ersten Mal Anal ganz abgesehen, glich das wilde Treiben eher einer ausschweifenden Orgie.

Gnadenlos, hart, schmerzhaft, intensiv - UNVERGESSLICH!

Plötzlich brach sie in bittere Tränen aus.

Jeremy, der zunächst die Stirn in tiefe Falten legte, packte sie an ihren Oberarmen und zog sie auf seinen Schoß. Er wiegte sie, wie ein kleines Kind, in dem luxuriösen Doppelbett in seinen Armen.

Dabei konnte er fühlen, wie sie sich eng an seine Brust drückte und hoffte, dass es gleich wieder gehen würde.

Das tat es auch.

Nach einiger Zeit setzte sich Emiliana aufrecht. Allerdings weigerte sie sich Jeremys Blick zu begegnen.

Er strich ihr sanft über das Haar. „Du sagtest, dass du nicht wüsstest, an wen du dich wenden kannst."

Emiliana stieg von seinem Schoß herunter.

Die Distanz half ihr, die Emotionen wieder unter Kontrolle zu bekommen.

Wenn ich doch nur an meinen Mantel käme, da sind die Tropfen drin ...

„Lia, was ist passiert?"

Sie hörte seine weiche Stimme, doch zeitgleich wünschte sie sich, dass er mit ihr in einen Streit verfällt.

Diese fürsorgliche Art killt mich. Dann seine Augen, die mir ohnehin vorkommen, als würde er ständig versuchen mich zu hypnotisieren. Himmel! Wie konnte die Natur nur so fies sein und einen einzelnen Mann mit solch brandgefährlichen Waffen ausstatten? Denken wie Einstein, Augen wie ein Gott, der Schwanz so prall ...

„Lia?"

Sie stand auf.

Jeremy folgte ihr in den Wohnbereich, wo er dabei zusah, wie sie ihre Sachen von der Couch einsammelte, um sich anziehen zu können.

Da das schwarze Top in zwei Teile zerrissen war, griff er nach seinem Sweater, der frischgewaschen seit Tagen über der Lehne eines der Essstühle hing.

Mit ausgestrecktem Arm hielt er ihr diesen hin. „Zieh den an. Es wird heute kalt werden."

Zu seiner Verwunderung nahm sie den Pulli mit einem dankendem Kopfnicken entgegen.

Kaum, dass sie vollständig mit ihren Leggings bekleidet war, ging ihr Griff an den Mantel.

Jeremys Haltung verkrampfte sich. „Denk nicht mal dran! Ich meine, ich muss kurz ins Büro, aber wo meinst du, dass du hingehst?"

Sie seufzte: „Jeremy, ich ..."

„Du bleibst! Wenn ich zurückkomme, müssen wir reden. Magst du Sushi? Ich könnte welches mitbringen."

Leise sprach Emiliana. „Ich möchte nach Hause."

Jeremy stockte der Atem.

Wie gerne würde er ihre Arme packen und ihr mitten in das wunderschöne Gesicht sagen, dass sie zu Hause war. Dass sie nie wieder fortgehen oder gar weglaufen brauchte. Dass sie ihm vertrauen konnte.

Nur so leicht war das nicht.

Emiliana senkte den Kopf.

Ihre gesamte Haltung verriet, dass sie erschöpft und müde war, doch ihr Mund begann erneut zu sprechen: „Es tut mir leid, doch ich muss wissen, was mit dem Haus meiner Großeltern geworden ist. Dieser Detective wartet seit über einer Woche darauf, dass ich mit Granny auf dem Revier vorbeikomme, da sie als vermisst gilt. Ich gab ihm vor lauter Aufregung die Antwort, dass es ihr gutginge. Deshalb geht er natürlich davon aus, dass ich weiß, wo sie ist, und ... Jeremy, sie ist tot!"

Jeremys Körper verkrampfte innerlich bei diesen Worten. Auch wenn er nur im Ansatz erahnen konnte, wie groß ihr Schmerz in diesem Moment sein musste, wollte er nicht, dass sie hilflos vor ihm zusammenbrach.

Er entschied, die Distanz zwischen ihnen zu überbrücken.

Mit den Händen umfasste er ihren Kopf, während er ihr in die dunklen schimmernden Augen sah.

Die blutroten Fingernägel gruben sich tief in seine Schultern, als seine Zunge sanft durch ihre Lippen drang. Der Kuss war vollkommen.

In dem Moment, als Jeremy zu Atem kommen musste, presste er die Stirn hart gegen die ihre.

„Lia, ich weiß von Detective Samuel, dass er ein harter Cop und Ermittler ist, aber wir dürfen ihm nicht den Raum lassen, um weiterschnüffeln zu können. Solange er keine Beweise dafür hat, dass deiner Granny etwas zugestoßen ist, kann er dir nichts. Niemand weiß, dass du in Swan Lake gewesen bist, verstehst du?"

„Hör auf damit, Jeremy!"

Sicher verstand Emiliana, was er versuchte ihr zu sagen, doch es bedeutete nicht, dass sie es zeitgleich akzeptieren musste.

„Granny hätte gewiss gewollt, dass man sie neben ihrem Mann bestattet, doch stattdessen liegen ihre Knochen irgendwo in der Forensik, mit einem netten kleinen Zettel, worauf zu lesen ist: JANE DOE!"

Sie fühlte den Schmerz und die erdrückende Leere.

Jeremy schenkte ihr einen mitfühlenden Blick, sprach jedoch: „Lass uns in Ruhe über alles reden. Das hier darf nicht schon wieder in einem *Run-&-Hide*-Szenario enden."

Schweigen.

Er half ihr in den Mantel, ehe er sich selbst fertigmachte. Im Flur tippte er den Sicherheitscode ein, damit sich alle Türen des Hauses entriegeln konnten.

Ohne ein Wort zu wechseln fuhr Jeremy Emiliana an ihren gewünschten Zielort.

Bevor sie die Beifahrertür öffnen und aus dem Wagen steigen konnte, beugte er sich zu ihr herüber und küsste zärtlich ihre Wange.

Dann sprach er mit Blick durch die Frontscheibe: „Um Punkt sieben komme ich dich abholen! Besser, du bist da, mein zuckersüßes Püppchen! Andernfalls müsste ich dich ein weiteres Mal erinnern, dass wir dieses Spiel nach meinen Regeln spielen."

Mit verärgerter Miene stieg Emiliana aus.

Als Jeremy davonfuhr, konnte er noch eine Weile im Rückspiegel beobachten, wie sie dem Wagen nachsah.

Schon mein Vater hatte immer gesagt, dass man kein Mann ist, wenn man nicht sein Wort hält. Ich habe meiner wilden Schönheit geschworen, dass ich kommen werde, um sie zu holen. Und bei Gott, das werde ich!

An diesem Mittwoch musste Jeremy sich regelrecht zwingen von seinem Smartphone wieder auf das laufende Meeting in seinem Laptop zu sehen.

Vor wenigen Stunden hatte er Emilianas Handynummer erhalten. Zwar bedeutete dies erneut jemanden bestechen zu müssen, doch das war ihm einerlei.

Der Zweck heiligt bekanntlich die Mittel.

Dass es ausgerechnet Patricia war, der er für einen simplen Wellness-Gutschein, die Nummer abkaufen konnte, zeigte Jeremy erneut, dass seine wilde Schönheit auch bei dieser angeblichen Freundin nicht sicher war.

Ich meine, wer zur Hölle gibt leichtfertig solch vertrauliche und private Informationen für den eigenen Luxus heraus? Richtig! Egoistische Menschen, die nur auf ihr eigenes Wohl bedacht sind. Diese Frau habe ich vollkommen richtig eingeschätzt. Kein Stil, keine Klasse, kein Rückgrat, aber treibt es mit dem obersten Boss der Bank. Nun ja, es wird allerhöchste Zeit, dass ich beschütze, was mir gehört! Lia gehört mir!

„Mr. Adams, sind Sie mit dem Planungsmodell einverstanden?"

Jeremy blinzelte und sah zurück auf den Monitor. „Entschuldigen Sie, Mr. Valmont. Ich bin einverstanden. Schicken Sie die Unterlagen an Mr. Douglas. Wir hören uns spätestens zu Beginn des neuen Jahres."

Einverständliches Nicken.

Das Meeting war zu Ende.

Zur selben Zeit lag Emiliana in ihrem Zimmer auf dem Bett und starrte Löcher in die Luft.

Ihre Finger spielten mit dem Sweater, den Jeremy ihr gegeben hatte. Sie fühlte eine seltsame Beruhigung darin, den Stoff in Händen halten zu können.

Ein Stück von ihm. Ein Stück Sicherheit. Ein Stück zu Hause. Bei dem letzten gedachten Wort, warf sie den Pulli von sich.

Es darf nicht sein, dass er es schafft mich weich zu spülen, nur um mir bei passender Gelegenheit das Herz in lauter kleinen Einzelteilen aus der Brust zu reißen. Nein, Mr. Adams, das schaffst du nicht! Vorher werde ich ...

„Emi? Emi, bist du da?"

Patricia klopfte wie eine Wilde an die Zimmertür.

Emiliana erinnerte sich augenblicklich daran, dass sie gestern Nacht noch lange geredet hatten.

Sehr vertraut.

Beinahe wie langjährige Freundinnen.

Sogar geweint hatten sie, wenn man den Schmerz der anderen in jeder Pore seines eigenen Körpers zu spüren glaubte.

Dass Emiliana, trotz der vorhandenen Vertrautheit, mehr gelogen als die Wahrheit gesagt hatte, war ihr bewusst.

Es schien ihr unmöglich über den Tod ihrer Granny zu sprechen, also blieb sie bei derselben Ausrede wie bei Detective Samuel.

Sich hingegen über Dwayne auszulassen fiel ihr leicht.

Da hatte sie auch sofort das volle Verständnis von Patricia.

Was Jeremy anging wurde es umgehend wieder schwierig.

Von Staten Island oder gar Swan Lake konnte Emiliana unmöglich berichten, doch was sollte sie auf die Frage: *„Was ist dieser stinkreiche CEO von Marshall-Enterprises für dich?"*, antworten?

Zu sagen, er hat eine Frau und ist ein Seitensprung, wäre zu locker. Eine Affäre schien ihr, als wäre sie die stadtbekannte Hure aus der Nachbarschaft, und für eine echte Beziehung würde es wohl niemals reichen.

Zum ersten Mal kam ihr der wohl am meist verbreitete Satz aus unzähligen Statusmeldungen dieser Welt gerade recht. „Es ist kompliziert."

Komplett durchgeknallt und verrückt traf den Nagel weitaus besser auf den Kopf, doch Patricia schien diese Antwort zu genügen.

Wieder ein Klopfen. Dieses Mal kurz hintereinander.

„Emi?"

Emiliana stand auf und öffnete die Tür.

Patricias Augen waren weit aufgerissen. „Stell dir vor, ich habe soeben einen Wellness-Gutschein ergattert. Aber das ist es nicht, was ich dir mitteilen möchte."

Fragend sah Emiliana in Patricias leicht gerötetes Gesicht.

„Glückwunsch! Was möchtest du mir mitteilen?"

Sie atmete tief ein. „Ich wurde von einem Bekannten ins legendäre Matrixxx eingeladen. Er und sein Freund können heute Abend nicht, wollen aber die Zusage zu dem Treffen nicht verfallen lassen. Also schicken sie zwei Ladys ins Rennen, und da dachte ich …"

Seufzend setzte sich Emiliana zurück aufs Bett. „Pat, ich gehe nirgendwo hin. Das sagte ich dir doch. Schon gar nicht auf irgendwelche Partys ...“

„Emi, das ist keine Party.“

„Nein? Was dann? Ein Kindergeburtstag vielleicht, den deine Bekannten heute Abend nicht wahrnehmen können?“, witzelte Emiliana mit verzogenem Mundwinkel.

Patricia stieß einen frustrierten Laut aus. „Nein! Es ist ein Treffen für Erwachsene.“

Treffen für Erwachsene? Ich hätte wissen müssen, dass Pat nicht auf langweilige Tupperpartys, mit anschließender Verkaufsberatung steht. Aber was ...

Emilianas Gedanken endeten abrupt, als Patricia hinzufügte: „Du und ich, wir gehen in einen Swingerclub!“

Lachend rückte Emiliana ihren Haargummi zurecht. „Pat, da werde ich ganz bestimmt nicht hingehen.“

Mit ernster Miene sah Patricia ihr in die dunklen Augen. „Wenn es mit deinem CEO zu tun hat, dann kann ich dir aus sicherer Quelle sagen, dass er heute Abend in diesem Club anwesend sein wird.“

„Was?“ Emiliana wurde umgehend flau im Magen.

„Wach auf, Dornröschen! So sind die Männer nun mal.“

Schwerschluckend fragte Emiliana: „Woher weißt du das?“

Patricia hielt ihr das Smartphone genau vor das Gesicht. „Mein Bekannter war so nett und hat mir die vorläufige Liste der Teilnehmer des heutigen Abends gesendet. Das Matrixxx ist ein professioneller Spieltempel. Man darf sich geehrt fühlen, eine Runde mitspielen zu dürfen.“

Tatsache!

In der vorletzten Reihe stand sein Name. Darunter folgte irgendein Douglas.

Jeremy Adams ist der unerträglichste, grausamste, schrecklichste, und gnadenloseste Bastard, den dieser

132

Planet zu bieten hat. Nur weil ich nicht, wie von ihm gefordert, vor zwei Tagen um Punkt sieben vor dem Haus meiner Granny stand? Was hat er erwartet?

Emiliana machte sich seither Gedanken, was wohl passieren würde.

Schließlich hatte er klargestellt, dass er sie holen kommt, doch scheinbar hatte er ihre Laufspielchen satt und vergnügte sich lieber mit anderen.

Wie von einer Nadel gepiekt sprang Emiliana vom Bett auf.

„Fuck off! Was soll ich anziehen?"

Voller Vorfreude klatschte Patricia in die Hände.

„So gefällt mir das! Ich hole uns eine Flasche Champagner und dann helfe ich dir bei der Kleiderwahl."

Als sie zurückkehrte stand Emiliana splitternackt im Zimmer.

Patricia musterte sie von oben bis unten. „Kein Wunder, dass dir die Kerle haufenweise zu Füßen liegen."

Nachdem sie die Flasche entkorkt, und den Champagner in zwei Gläser eingeschenkt hatte, stießen die beiden an.

„Auf heiße Nächte und unvergessliche Erinnerungen."

„Cheers!"

Sie tranken.

Jeremy nahm im Matrixxx zuallererst die flackernden Lichter und die laute Musik wahr.

Er drehte sich zu Douglas um, der vergeblich versuchte einen hartnäckigen Faden von seinem Hemd abzureißen.

„Doug? Alles in Ordnung? Ich denke, wir sind eher in einem Night-Dance-Club gelandet, als wie sagtest du ...?"

„Ich sagte Spieltempel. Als solchen weist es zumindest die Internetseite aus."

Jeremy nickte.

Beim Umsehen, verstand er, dass sein Mitarbeiter keine Las Vegas Spielhöhle damit gemeint hatte.

Überall waren wunderschöne Frauen zu sehen.

Ob an der Bar, an den Tischen, oder auf extra dafür ausgeschilderten Intimbereichen.

Die meisten davon waren spärlich, oder größtenteils überhaupt nicht mehr bekleidet.

Die Männer in diesem Etablissement waren nicht besser.

Allesamt attraktiv, muskulös, breitschultrig, und einige von ihnen braungebrannt.

Die halben oder vollen Erektionen stachen deutlich aus den hautengen Shorts hervor.

Lediglich das Personal wies eindeutig mehr Kleidung als alle anderen in diesem Club auf.

Douglas klopfte Jeremy auf die Schulter. „Scheinbar sind wir zu overdressed für diese Party."

In den letzten Wochen hatte sich eine gewisse Dynamik in der Freundschaft zwischen ihm und Jeremy entwickelt.

Allein der Gedanke solch einen Laden zu betreten, hätte Jeremy während seiner Ehe vollkommen abgeschreckt.

Doch heute Nacht konnte er es kaum erwarten, sich die Menschen anzusehen, wenn sie auf Beutefang gingen.

Im Büro wollte er mit Douglas zunächst eine Diskussion anfangen, warum es besser war, nicht in solchen Clubs zu verkehren. Als ihm jedoch in den Sinn kam, dass vor zwei Tagen dieses kleine Luder wieder nicht auf seine Worte gehört hatte, musste er seinem Leben dringend eine ernsthafte Abwechslung gönnen.

Warum also nicht in einem Swingerclub? Schließlich betonte Doug, dass man zu nichts verpflichtet ist, wozu man nicht bereit ist. Ich will keine andere Frau, doch ich will ...

Doug zog an Jeremys Jackett. „Ich gebe das an der Garderobe ab."

Nach einer geteilten Flasche purem Wodka, mehreren abgelehnten Frauen, und einem leichten Rauschen aufgrund der Beats in den Ohren, fiel Jeremys Blick in den Eingangsbereich.

Sein Herz verhärtete sich in der Brust, als er Emiliana mit ihrer neuen *Ich-verrate-dich-für-einen-Gutschein*-Freundin den Club betreten sah.

Hierherzukommen war hoffentlich keine Entscheidung, die du mit dem Kopf getroffen hast, mein süßes Püppchen!

Sie sah zu ihm herüber.

Fuck!

„Doug, schenk mir bitte noch was ein."

In dem Moment als Emilianas Augen Jeremy mit dem Glas in der Hand, sitzend auf einem Loungesessel erspähten, begann ihre Unterlippe unkontrolliert zu zittern.

Patricia war sofort zur Stelle und stellte sich schützend vor ihre Freundin. „Sieh nicht hin, Süße! Er hat deine Aufmerksamkeit nicht ansatzweise verdient. Schau dir lieber den megaheißen Typen an der Bar an. Den Knackarsch würde ich gerne mal von unten umfassen."

Emiliana gab ihren Mantel an der Garderobe ab.

Jeremy beobachtete, wie sich das lange schwarze Haar an ihren nackten Rücken schmiegte.

Den Mann an der Bar hatte er zusätzlich ins Auge gefasst, denn obwohl Patricia sich daneben gesellte, schien dieser eher ein Augenmerk auf Emiliana zu haben. Sein danebensitzender Kompagnon war nicht besser.

Als erstgenannter aufstand um Emiliana seinen Platz anzubieten, dachte Jeremy für einen kurzen Moment, er würde von diesem schrecklichen Gefühl, genannt Eifersucht, bis auf die Knochen aufgefressen.

Er sah, wie sie dankend die Hand hob, und als sie mit ihrem süßen Hintern auf dem Hocker saß, orderte der Typ die Getränke.

Während der Barkeeper voller Elan seine Becher schüttelte, strich der Mann Emiliana das Haar von der Schulter.

Jeremy war bewusst, dass er in diesem Moment den verführerischen Duft ihrer Haut in sich aufnahm.

Plötzlich fuhr der Kerl mit den Lippen über ihren Hals.

Seine Hand platzierte er am Saum des weißen Minikleides.

Plötzlich drehte sich Emilianas Kopf in Jeremys Richtung.

Gott! Gleich merken alle, dass mir die Funken aus den Augen sprühen. Ich kann nicht länger dabei zusehen …

„Darf ich mich setzen?"

Jeremy sah neben sich.

Von Douglas weit und breit keine Spur, dafür war da eine Dame mit purpurroten Schmolllippen.

Obwohl das Blut wild durch seine Adern pumpte, gab ihm diese Frau die Ruhe zurück, die er jetzt dringend brauchte. Andernfalls würde der Kerl an der Bar keine Sekunde länger dieselbe Luft wie Jeremy atmen.

„Bitte, setz dich."

Mit der Zungenspitze fuhr sich die Dame erwartungsvoll über den gesamten Mund. „Du siehst verdammt heiß aus! Hast wohl nur auf mich gewartet."

Jeremy lächelte. „Du gehst davon aus, dass ich an diesem Abend nur auf dich gewartet habe?"

Verdutzt sah sie ihm in die Augen.

Als Jeremy erkannte, dass Emiliana noch immer zu ihm herüberblickte, legte er die Finger unter das Kinn der Frau und flüsterte ihr ins Ohr: „Da könntest du verdammt recht haben!"

Die Frau strahlte über das ganze Gesicht.

Schon immer war Jeremy eine ganze Weile ohne Sex ausgekommen. Und seit der Hochzeit mit Sara hatte ihn keine andere Frau auch nur im Geringsten interessiert.

Seine Karriere genoss oberste Priorität und er wollte vor allem für seinen Vater ein guter Mann für eine Frau sein.

Dann kam dieses kleine verruchte Miststück in sein Leben, das sich heute Abend wie eine billige Nutte an der Bar von einem dahergelaufenen Kerl begrabschen lässt, und schon war es um seine Moral geschehen.

Wenn sie schwere Geschütze auffährt, und einen Krieg will, dann nur zu. Ich bin bereit!

Jeremy spürte, wie sein Schwanz zum Leben erwachte. Gleich wird es in diesem Club ein Szenario geben, von dem sie beide wussten, dass es sie killen konnte.

Mit Blick auf Emilianas wunderschönes Dekolleté, aus dem die weichen Brüste aufgrund der Enge des Schnittes herausquollen, begann er schwerer zu atmen.

Das war Folter! Pure gnadenlose Folter.

Es sollte dieser Frau verboten werden, auch nur einen Schritt in die Öffentlichkeit zu setzen. Ich würde in einem Kerker selbstverständlich ihr Wächter sein, und wenn …

Jeremy spürte, wie die Frau seinen Gürtel aus der Lasche löste und langsam den Reißverschluss senkte.

Sie kniete sich vor ihn.

Es war dumm, das zuzulassen, doch als Jeremy sah, wie der Typ an der Bar mit den Fingern über Emilianas Brüste strich, wollte er die Dame gewähren lassen.

Diese staunte nicht schlecht, als sie kurz nach dem Herunterdrücken der Shorts, einen extrem prallen Schwanz in der Hand hielt. „Olala, der stramme Ritter ist bereit für die Schlacht."

Und wie ich bereit dafür bin! Erst recht, wenn meine geliebte Feindin sich mit einem anderen duelliert.

Ein starkes Jucken durchfuhr seine Schwanzspitze, denn die Dame hatte nicht länger gefackelt, sondern ihn mit den dicken Schmolllippen fest umschlossen.

Als Emilianas Augen das Bild erfassten, wirkte ihre Haltung nicht mehr so kontrolliert, wie zuvor.

Er sieht in seinem Anzug so anbetungswürdig aus. So vollkommen, so verflucht heiß, wie der wahrhaftige Teufel es nur in den tiefsten Abgründen der Hölle zu sein vermochte. ER ist ein Gott und diese Bitch hängt an seinem Schwanz, als hinge ihr Leben davon ab. Ich werde ...

Sie holte tief Luft.

In diesem Moment spürte sie die warme Hand des Mannes nicht mehr an ihren Brüsten, sondern in ihrem Schritt.

Er grinste sie an, und sie lächelte einwilligend zurück.

Plötzlich war da ein seltsames Gefühl, das Emiliana kaum erfassen konnte.

Sie fand es plötzlich unsagbar geil, dass diese billige Nutte an Jeremys Schwanz saugte, während sein hellblaues Augenpaar auf *SIE* gerichtet war.

Diese Empfindung ließ Emiliana extrem feucht werden. Der Slip, der lediglich aus einem schmalen Stoffstreifen bestand, würde das nicht lange aufhalten können, deshalb griff sie nach dem Arm des Mannes.

Was dann geschah, wird sich wohl niemals mit dem gesunden Menschenverstand erklären lassen.

Emiliana zog den Mann mit sich, bis hin zu dem freien Loungesessel - direkt neben Jeremy.

Seufzend ließ sie sich darin nieder und lehnte sich zurück.

Als ihr Blick erneut auf die Dame zwischen seinen Beinen fiel, und wie diese seinen pochenden Schwanz nach allen Regeln der Kunst lutschte, blinzelte Emiliana aufsteigende Tränen der Wut weg.

In dem flackernden Neonlicht sollte es jedoch keiner bemerkt haben.

Der Mann hingegen hatte ihr Hinsetzten als eindeutiges Signal aufgenommen. Sie wollte dieselbe Behandlung, wie das Pärchen es neben ihnen praktizierte.

Folglich kniete er sich wie ein Sklave vor sie, um ihr mit Leichtigkeit die Schenkel zu spreizen.

Der Saum des enganliegenden weißen Minikleides rutschte ihr dabei bis über den Bauchnabel.

Ein Blick auf den ultradünnen String ließ Jeremy unruhig auf seinem Sessel hin und her rutschen.

Die Frau vor ihm dachte selbstverständlich, dass dies einzig und allein aufgrund ihrer Aktion geschah.

Als der Mann sich nach vorne beugte, um mit den Stoppeln seines Dreitagebartes über Emilianas Mitte zu reiben, griff Jeremy an der zusammengeschobenen Lehne nach ihrer Hand.

Seine Finger fühlten sich sanft und vertraut an.

Warum versteht es dieser Mann immer aufs Neue etwas zu tun, was nicht nur meinen Verstand, sondern auch mein Herz trifft? Da haben wir es wieder: Mindfuck vs. Heartfuck. Letzter kann tödlich sein!

Jetzt konnte Emiliana den Duft seines Aftershaves wahrnehmen, und als sie den Kopf zur Seite neigte, sah er ihr mitten ins Gesicht.

Er entzog ihr die Hand, um sie ihr in den Nacken zu legen. Mit einem leichten Ruck befand sich seine Wange dicht gepresst an ihren langen Haaren.

Als er wieder die saugenden Bewegungen an seinem Glied wahrnahm, flüsterte er keuchend: „Warum tust du mir das an, wilde Schönheit?"

Was ich ihm antue? Wer ist zuerst in diesem Club abgestiegen? Wer lässt sich den Saft von einer Bitch abpumpen, während er seelenruhig dabei zusieht, wie ein Muchacho sich zwischen meinen Beinen vergnügt? Wer ...

Bevor Emiliana weiterdenken oder gar antworten konnte, zuckte ihr Unterleib zusammen.

Der Mann hatte ihr die Schamlippen gespreizt und begann mit der Zungenspitze ihre Perle zu umkreisen.

Im gleichen Augenblick spürte sie Jeremys Finger fest unter ihrem Kinn. Es schien, als fordere er mit dieser Geste all ihre Aufmerksamkeit ein.

Er raunte: „Komm schon, Honey! Zeig ihm, wie süß du schmeckst."

Mit tränenden Augen beobachtete Emiliana aus dem Seitenwinkel, wie die Frau in die Vollen ging.

Jeremys Atmung wurde hektisch, was ihre Klitoris noch verlangender gegen den Mund des Mannes drücken ließ.

Ich bin wütend, doch sein Blick beruhigt mich auf seltsame Weise. Und das, obwohl ich momentan dazu fähig wäre, einen Mord zu begehen. Eigentlich sollte ich auf Nummer sicher gehen und ihn an Ort und Stelle kastrieren ...

Emiliana spürte seine Lippen.

All die widersprüchlichen Gefühle verschwammen als sich die Zungen bittersüß zu necken begannen.

Daraus wurde schnell ein wildes, ungezügeltes, und äußerst leidenschaftliches Knutschen.

Obwohl die Dame nunmehr bei jeder einzelnen auf und ab Bewegung an Jeremys Schaft in lustvolles Stöhnen verfiel, und der Mann zwischen Emilianas Schenkeln zu dem permanentem Lecken zwei Finger mit ins Spiel brachte, die ihr Loch stopften, ließen die beiden keine Sekunde voneinander ab.

Jeremy wollte all seine Gefühle für Emiliana in diesen Kuss legen, und es funktionierte.

Es war als fühlte er, was der Mann in diesem Moment beim Fingern empfand, und sie konnte auf eigentümliche Art das seidige Aroma seines prallen Schwanzes in ihrer Mundhöhle wahrnehmen, was in diesem Augenblick der Frau vor seinen Füßen bestimmt war.

Das ist verrückt! Abnormal! Geisteskrank und ... GEIL!

Als Jeremy für den Bruchteil von Sekunden das Küssen unterbrach, sein Gesicht sich verformte, und aus seiner Kehle ein lustvolles Aufstöhnen emporstieg, wusste Emiliana, dass er von den prallen Schmolllippen der Frau zu einem Orgasmus gebracht wurde.

Sein heißer Samen lief dieser umgehend aus dem roten Mund heraus. So heftig hatte er abspritzen müssen.

Während die Dame es sich nicht nehmen ließ ihn sauber zu lecken, war es Jeremy, der weiterhin Emilianas Blick gefangen nahm.

Behände drückte er das Minikleid am Dekolleté herunter, um ihre nackten Brüste berühren zu können.

Was für ein gigantischer Anblick!

Das Ziehen in Emilianas Unterleib verstärkte sich sekündlich, und als Jeremy damit begann ihre harten Knospen zwischen die Finger zu klemmen, fing sie ungehemmt zu stöhnen an.

Ihre Spalte wurde überempfindlich, weshalb der Mann zwischen ihren Beinen in einen anderen Rhythmus verfiel.

Die Bartstoppeln neckten ihre geschwollene Perle und das Loch reagierte heftig auf die rein und raus Bewegungen.

Emiliana verlor sich im Rausch dieser Lust, von gleich zwei Männern körperlich bedient zu werden.

Den darauffolgenden Orgasmus konnte sie allerdings nicht in den Raum schreien, denn Jeremy nahm ihren Mund erneut für seine Zwecke ein.

Atemlos fühlte sie, wie der Mann unablässig ihre angeschwollene Perle massierte.

Die Finger schob er noch einmal, zweimal, dreimal, tief in sie hinein, und Emiliana explodierte.

Elektrisiert, nass, zitternd.

Erst als das pochende Nachbeben einsetzte, fühlte sie sich langsam wieder imstande die Lider zu öffnen.

Emiliana sah Jeremy in die Augen.

Am liebsten wäre sie aufgesprungen und weggelaufen, doch irgendetwas in seinem Blick hielt sie wie in tiefer Trance gefangen.

Plötzlich griff Jeremy fest um ihren Nacken und er zog sie nah an sich heran.

Die Zungenspitze ließ er spielerisch über die weiche Muschel ihres Ohres gleiten, ehe er zu flüstern begann.

Die Tonlage war unglaublich erregend, und doch war es sowohl eine Warnung, als eine Drohung zugleich.

Emiliana lauschte.

„Ich rate dir dringend deinen Gigolo in die Schranken zu weisen. Andernfalls garantiere ich für nichts mehr!"

Emilianas Augen waren in diesem Moment groß und wachsam.

Deshalb sah sie auch sofort, dass der Mann sich in die Shorts gegriffen und sein steifes Glied aus dieser hervorgezogen hatte.

Die Frau saß auf ihren Fersen, und mit Jeremys Saft aus ihrem Mund rieb sie sich erwartungsvoll die Spalte feucht.

Emiliana entschied sich blitzschnell zu handeln.

Mit einer verneinenden Geste, bedeutete sie dem Mann, dass sie an keinem Fick mit ihm interessiert war.

Verdutzt, und verärgert zugleich, packte dieser sein Glied und schob es knurrend zurück in die Shorts.

Jeremy schien zufrieden mit der Handlung zu sein, denn er tat so, als gäbe es die Frau zu seinen Beinen nicht mehr.
Lässig lehnte er sich in dem Loungesessel zurück.
Dann nahm er seinen halberegierten Schwanz fest in die Hand und begann diesen erneut zu stimulieren.
Dann sah er zu ihrem Kleid. „Willst du es ausziehen?"
„Jeremy, ich denke wir sollten ..."
„Das war keine wirkliche Frage. Eher eine Aufforderung."
Emiliana wollte erneut ihren Protest aussprechen, doch Jeremy ignorierte die üblichen Widerworte, in dem er sich lustvoll über die Unterlippe leckte. „Muss ich dich erst packen und es dir vom Körper reißen? Zieh das verdammte Kleid aus, Honey!"
Sie tat es.
Der hauchdünne String klebte in ihrer nassen Spalte und zog beim Ausziehen leichte durchsichtige Fäden ihrer Geilheit mit sich.
Jeremy entledigte sich der Anzugshose, der Shorts, und zu guter Letzt des Hemdes.
Es gab keine Worte, um zu beschreiben, wie sich dieser Moment für sie beide anfühlte.
Offen, verletzlich, verwundbar - nackt!
Beim Anblick der umstehenden Menschen überlegte Emiliana für den Bruchteil einer Sekunde die Flucht zu ergreifen, doch Jeremy war viel zu schnell.
Von dem Sessel aus reichte ein gezielter Griff nach vorne, um ihr Handgelenk zu umschließen.
Ihre Augen weiteten sich auf ein Maximum, und aus ihrem Mund kam zischend: „Wage es nicht!"
Breitlächelnd zog er sie auf seinen Schoß.
Sein harter Schwanz drückte Emiliana pochend gegen Venushügel und Bauch.

Mit einer Hand umfasste Jeremy ihren Kiefer, zog sie zu sich herab, und küsste sie hart.

Als er abließ raunte er: „Mein süßes Püppchen, hast du noch immer nicht gelernt, dass ich was dich angeht, wagen werde, was immer ich will?"

Da er den neuen Protestversuch ahnte, drückte er die Fingerkuppen tiefer in ihre Wangen.

Wenn sein Schoß ein Tor zur Hölle wäre, dann stünde mein Körper bereits in Flammen. O Gott, was wird geschehen?

Emiliana spürte seinen vor Erregung violett angelaufenen Schwanz gegen ihre Haut zucken.

Jeremy fuhr fort: „Endlich fehlen dir die Worte, du kleines Luder! Und jetzt sei ein braves Mädchen und schieb ihn dir dorthin, wo er hingehört."

Ein Raunen ging bei diesem Satz durch die umstehende Menge. Einigen klappte der Mund weit auf.

Als Emiliana, wie unter Hypnose, seinen Worten Folge leistete, wussten alle, dass es hier gleich ziemlich heiß zur Sache gehen würde.

Wie heftig es jedem Einzelnen allein beim Zusehen kommen würde, konnte zu diesem Zeitpunkt noch keiner von ihnen erahnen.

Alles was Emiliana wahrnahm, war seine harte Länge, die sich gnadenlos in ihren engen Körper drängte.

Willenlos unterwarf sie sich Jeremys Forderung, während er damit begann ihre weichen Brüste zu kneten.

Im Rausch der Lust drückte Emiliana ihre Hüften solange nach unten, bis ihre nasse Spalte seinen Stab vollständig in sich aufgenommen hatte.

Sie atmete scharf ein und ihr Körper verkrampfte kurzzeitig, als er anfing sie zu stoßen.

Mit den Handflächen fuhr Jeremy über die Innenseiten ihrer weit gespreizten Oberschenkel, bevor er ihr mit dem Daumen über die juckende Perle strich.

Als er bemerkte, dass ihre Augen während des geilen Ritts, an den umstehenden Leuten hafteten, beschloss er sie an den Oberarmen zu sich herabzuziehen.

Emilianas Knospen senkten sich auf seine harte Brust, während sein Griff in ihr langes Haar ging.

An ihrem Hals keuchte er: „Weißt du wie oft ich davon geträumt habe, dich egal wo ficken zu können? Du gehörst mir, und ich möchte, dass du mir vertraust. Schaffst du das? Für mich?"

Ihre roten Fingernägel vergruben sich in seinen Schultern.

„Ich schaffe es", bekam er stöhnend zur Antwort.

Diese hauchzarte Tonlage killte ihn.

Fordernd umfasste er Emilianas Brust, nur um kurz darauf die harte Knospe zwischen seine Zähne zu saugen.

Beißen und Lecken wechselte sekündlich.

Dabei glich er das Tempo seiner Stoßbewegungen dem rhythmischen Schlagens seines Herzens an.

Schneller und schneller.

Emilianas Beine begannen von der weiten Spreizung über seinem Schoß zu schmerzen, doch das Gefühl, das sich tief aus ihrem Inneren ein weiterer Höhepunkt anbahnte, war so viel stärker.

Jeremys Schwanz war einmal mehr auf das Ultimative angeschwollen.

Er konnte nicht anders, als ihre Hüften zu packen, und tief in sie zu stoßen.

Emiliana schrie auf.

Doch das half ihr nichts.

Gnadenlos begann Jeremy von unten in ihre Nässe zu hämmern.

Emiliana konnte jeden Zentimeter und jede Ader seines dicken Schwanzes an den inneren Wänden spüren, während er sich wie ein Vorschlaghammer in sie bohrte.

„Jeremy", kam es flehend aus ihrem Mund.

Sie fühlte sich nicht bereit für das, was er vor all diesen Leuten von ihr verlangte.

Was will er? Meinen Körper zerreißen? Meinen Widerstand brechen, und mir zeigen, dass er der fickende Gott ist, der mein Leben genauso gut zur Hölle auf Erden machen kann?

Weiter kam sie in ihren Gedanken nicht, denn ihre Ohren nahmen sein schweres Keuchen wahr.

Im nächsten Moment füllte Jeremy ihr das gedehnte Loch mit seinem heißen Samen.

Im Sog der schnellen rhythmischen Bewegung bekam Emiliana kaum noch etwas um sich herum mit.

Erst als Jeremy sich ihr entzog, drang Stimmengewirr an ihr Ohr.

Einzelne Wortfetzen füllten ihren Verstand.

Es ging sich darum, dass die meisten Leute im Matrixxx einen solch geilen Ritt noch nie hautnah miterlebt hatten.

Man könnte auch sagen, dass sie sich alle wie Raubtiere um Emiliana und Jeremy scharrten, nur um von der unbändigen Lust ein Stück abzubekommen.

Den Duft von nackter Haut und purem Sex einzuatmen, und sich dabei entweder selbst, oder durch die Hand eines anderen, hemmungslos zu stimulieren.

Jeremy lächelte.

Im Schein der Neonlichter wirkten seine Gesichtszüge noch düsterer und markanter, als sie es ohnehin waren.

Seine Finger fuhren die Konturen ihres Hinterns entlang.

Emiliana überfiel grenzenlose Erregung, und sie fühlte sich hilflos diesem exzessiven Chaos ausgeliefert.

Ohne den Hauch einer Vorwarnung schoss Jeremy in aufrechte Position.

Er umschlang ihren Körper, hob sie von sich herunter, und drehte sie vor sich.

Ihre Pobacken drückten sich dabei an seinen wieder vollständig erigierten Schwanz.

Emiliana schloss die Augen, um den lüsternen Blicken der Umstehenden nicht begegnen zu müssen.

Ihr Kopf versuchte sich auf Jeremy zu konzentrieren und auf das, was er sagte.

„Ich will, dass du verstehst, dass du zu mir gehörst. Versuchen wir es dieses Mal im Angesicht der vielen Leute. Es gibt harte Schwänze um uns herum, die tief in dich eindringen wollen. Genauso gibt es feuchte Spalten, die sofort den Platz mit dir tauschen würden. Doch ich will, dass wir nur uns beide spüren. Verstanden?"

Sie atmete schwer, ehe sie mit dem Kopf nickte.

„Sehr gut, Lia!"

Die Betonung ihres Namens, ließ Emilianas Haut kribbeln und ihre Körpertemperatur ansteigen.

Seine Hände glitten zu den unteren Rundungen ihres Hinterns, bevor sie langsam auf den geschmeidigen Rücken wanderten.

„Hierher zu kommen war sehr ungezogen."

Was hat er gesagt? Er ist doch selbst ...

Weiter kam Emiliana nicht, denn sie spürte, wie seine offene Handfläche auf ihre Pobacke traf.

Das klatschende Geräusch von Haut auf Haut hallte im gesamten Matrixxx wider.

Emiliana presste fest die Lippen aufeinander, während sich der heiße Brand über die gesamte Backe ausbreitete.

Wieder schnellte Jeremys Hand nach unten, dieses Mal auf die andere Seite.

„Ich möchte sichergehen, dass du meine Worte nicht noch einmal missverstehst."

Jeremy streichelte mit den Fingern über die roten Stellen, eher er erneut ausholte.

Er benutzte sowohl die Vor- als auch die Rückhand im Wechsel, an ihren wundervoll wackelnden Pobacken.

Rechts - links.

Links - rechts.

Als Emiliana, verloren zwischen Schmerz und Lust, tief einatmen musste, öffnete sie die Augen.

Alles um sie herum lag in einer Art Schleier verborgen. Undeutlich und verschwommen.

Dieser Umstand war den Tränen in ihren Augen beizumessen. Sie wischte diese von sich.

Im selben Moment spürte sie, wie Jeremy ihre Pobacken umschloss, um sie ihr weit auseinanderzuziehen.

Aus dem Augenwinkel konnte Emiliana sehen, wie ein Mann, der sich von einer nebenstehenden Dame den Schwanz schleudern ließ, dabei mächtig abspritzte.

Das ist so unwirklich! Doch es entzieht sich meiner Macht. Die vollständige Kontrolle hat nur noch ER!

Das Lecken seiner Zunge über die ungeschützten Eingänge, entlockte ihr eindeutige Laute.

Jeremy wusste, dass seine wilde Schönheit, trotz der ungewohnten Umgebung von ihm gefickt werden wollte.

Jetzt!

Mit zwei Fingern drang er tief in ihre vordere Nässe ein.

Anschließend zog er diese heraus, um damit seinen harten Schwanz einreiben zu können.

Es fühlte sich fantastisch an.

Dann ging alles wahnsinnig schnell.

Jeremy packte Emiliana von hinten an den langen Haaren.

Sie wollte aufschreien, doch ihre Sinne nahmen seine dicke Eichel wahr, die sich forsch einen Weg in das Innerste ihrer Spalte bahnte.

Zentimeter für Zentimeter füllte er sie aus.

Das Keuchen, welches aus seiner Kehle drang, ließ die männlichen Zuschauer für Sekundenbruchteile den Atem anhalten.

Es war, als konnten sie selbst spüren, wie es sich in diesem Moment für Jeremy in Emiliana anfühlen musste.

Einige der Frauen hingegen begannen sich schneller den Kitzler zu reiben, oder forderten die Männer neben sich auf, sich ihrer anzunehmen.

Wieder schloss Emiliana die Augen. Sie wollte nur ihn.

In sich. Um sich. Allgegenwärtig.

Es kostete Jeremy seine volle Konzentration, um nicht die Kontrolle zu verlieren.

Andernfalls würde er Emiliana härter und tiefer ficken, als er es ohnehin schon tat.

Für die Umstehenden musste es so aussehen, als ob der Teufel sich an einem reinen unschuldigen Engel vergeht, doch Jeremy wusste es schon lange besser.

Sie mag wie ein zerbrechliches Porzellanpüppchen aussehen, doch ihr Verstand arbeitet auf dem Niveau einer gerissenen Rekrutin. Heute Nacht werde ich einmal mehr ihr Drill Instructor sein, der ihr Gehorsam einverleibt! Ich weiß, dass ich oftmals zu hart mit ihr umgehe, doch wenn sie mich so dermaßen provoziert, ist mir das scheißegal! Alle sollen sehen, dass ich ihr Besitzer bin, und dass diese Frau vor meinen Lenden ganz und gar mir gehört!

Weiter dachte Jeremy nicht, denn durch die schnellen rein und raus Bewegungen wurde sein Schwanz so prall, dass sich auf der dünnen Hautschicht deutlich die Adern abzeichneten.

Er genoss das Feuer, das durch seinen Körper brannte. Auch Emiliana konnte das Pochen deutlich in ihrem nassen Loch spüren.

Sie öffnete den Mund und biss sich mit den Zähnen auf die Unterlippe. Die Röte ihrer Wangen nahm sekündlich zu, und das Stöhnen war wie Musik in den Ohren aller.

Ihr Körper wurde so stark von den harten Stößen eingenommen, dass keiner der Zuschauer mehr einschätzen konnte, ob sie Schmerz oder Lust empfand.

Es war beides.

Jeremy dominierte Emiliana von innen und außen, und während es wehtat, schossen die juckenden Reize wie Blitze durch sie hindurch.

Die Elektrizität sammelte und staute sich mehr und mehr. Solange, bis Emiliana mit dem letzten tiefen Stoß, der in sie drang, einen hohen Schrei ausstieß.

Jeremys Höhepunkt entlud sich zeitgleich in einer Welle, bestehend aus massivem und sehr gewaltigem Druck. Kurzzeitig hatte er das Gefühl, nicht ihre Spalte zu zerreißen, sondern tief in ihrer Enge explosionsartig auseinandergenommen zu werden.

Wer zum Teufel fickt hier wen?

Mit diesem Gedanken, zog er sich langsam und vorsichtig aus ihr zurück.

Emiliana konnte fühlen, wie die heiße Samenflüssigkeit aus ihrer Spalte tropfte, und sogar stellenweise ihre Oberschenkel benetzte.

Ihr Kopf fühlte sich wirr an, weshalb sie heilfroh um Jeremys schützende Arme war, die sie fest an seinen warmen nackten Körper heranpressten.

Im nächsten Moment spürte sie, wie er ihr das Kleid überzog.

Anschließend schnappte sich Jeremy seine Hose, schnallte den Gürtel eng, ehe er sich das Hemd, wie ein professioneller Stripper nach dem Auftritt, überwarf.

Zärtlich streichelte er Emiliana eine Haarsträhne hinters Ohr. „Du bist erschöpft. Ich bringe dich nach Hause. Ich meine, zu mir."

„Jeremy ich ..."

Er presste einen Finger auf ihre Lippen. „Keine Widerrede!"

Im Ausgangsbereich traf Jeremy auf Douglas.

„Alles in Ordnung, Boss?"

„Bestens!"

Allein die Vorstellung, dass sein Mitarbeiter ihm splitternackt bei einem gnadenlos wilden Fick zugesehen hatte, brachte Jeremy ein unangenehmes Gefühl ein.

Hatte er sich etwa auch ...? Lassen wir das!

„Doug, soll ich dich nach Hause fahren?"

Dieser erhob umgehend die Hände. „Nein! Ich meine, keine Umstände. Ich komme klar und werde mir später ein Taxi nehmen. Schönen Abend, die Dame. Jeremy, wir sehen uns in der Firma."

Jeremy nickte.

Nachdem er sein Jackett und Emiliana ihren Mantel an der Garderobe erhalten hatte, zog er sie mit sich nach draußen.

Die kalte Luft schnitt ihre warmen rosigen Wangen und ihre Augen funkelten im Schein der Nachtlichter wie reine Diamanten.

Zum Glück stand der Audi nur wenige Meter vom Matrixxx entfernt.

Nachdem Jeremy sich sicher war, dass sie dieses Mal ohne Abwehr einsteigen würde, umrundete er den Wagen, um sich hinter das Steuer zu begeben.

Die Lichter des Bordcomputers leuchteten in Neonfarben auf, doch Emiliana sah weiterhin zu Jeremy.

Innerhalb weniger Augenblicke umspielte eine wohlige Wärme den Stoff ihres kurzen Kleides.

Ebenso drang diese an ihren nackten Po und die noch immer klebrige Spalte vor.

Eine Dusche wäre jetzt genau das Richtige, vielleicht mit ihm zusammen?

Zum ersten Mal seit langem, strahlte Emiliana.

Man konnte meinen, ihr Ausdruck zeuge in diesem Moment von purem Glück.

Jeremys Augen funkelten, ehe ein verführerisches Lächeln seinen Mund umspielte.

Dann startete er den Motor.

Doug ließ sich während des Meetings auf dem Platz gegenüber von Jeremy nieder.

Der Raum wurde abgedunkelt, um die laufende PowerPoint-Präsentation in angenehmer Atmosphäre verfolgen zu können.

Trotz geöffneter Lider schweiften Jeremys Gedanken ab.

In sein Haus. In sein Schlafzimmer.

Zu Emiliana.

Wenn es nach ihm ginge, dann wäre er überhaupt nicht aufgestanden, doch er hatte sich schon die letzten beiden Tage in der Firma abwesend gemeldet, nur um möglichst viele wundervolle Stunden mit ihr verbringen zu können.

Nicht nur in seinem Bett.

Auch an diesem Morgen hätte er seine nackte wilde Schönheit am liebsten an sich ziehen, und hart ficken wollen, doch das Treffen mit den Leuten aus der Bank konnte unmöglich ohne den leitenden CEO stattfinden.

Es galt wichtige Verträge unter Dach und Fach zu bekommen, und dennoch hatte er stets das Gefühl als hätte er sie nie verlassen.

Jeremy glaubte spüren zu können, wie sich ihre enge feuchte Spalte um seine Finger klammerte.

Emilianas wunderschönes Gesicht sah bei jedem Orgasmus engelsgleich aus, während er sie wie der Teufel zu einem zweiten, dritten, manchmal auch vierten Male trieb.

Alle körperlichen Reaktionen, die er für diese Frau empfand, waren unglaublich intensiv.

Es hatte mich viel Kraft gekostet, mich von ihr zu lösen, denn ich wollte da sein, wenn sie die Augen öffnet. Ich wollte, dass sich ihre Lippen um meinen erregten Schwanz legen, und sie mir die morgendliche Stauung mit Leichtigkeit abpumpt. Solange, bis sich mein heißer Samen spritzend einen Weg in ihre Kehle bahnt. Mit Blick auf die wippenden Brüste, hätte ich mir das kleine versaute Luder geschnappt, meine Hüften zwischen ihre Schenkel gepresst, und es ihr heftig besorgt. Ihre Schreie ...

„Mr. Adams? Wenn Sie bitte einen näheren Blick auf den Verlauf der Aktien werfen würden."

Jeremy sah auf.

Zahlen, nichts als Zahlen!

Es war an der Zeit sich voll und ganz der Arbeit zu widmen.

Emiliana erwachte sanft aus einem sehr tiefen Schlaf.

Nachdem Jeremy sich ihr mitten in der Nacht entzogen hatte, musste sie in eine Art Ohnmacht gefallen sein. So erschöpft war sie gewesen.

Alles was sie noch spürte, war die Flüssigkeit, die warm aus ihr herauslief, und seine schützenden Arme.

Blackout!

Wie kann man es nur so maßlos übertreiben? Der Sex mit ihm wird von Mal zu Mal extremer, und anstatt dem wilden Treiben Einhalt zu gebieten, würde ich alles dafür tun, dass er mich noch tiefer, noch gnadenloser und noch viel härter in die Knie zwingt. Grundgütiger, was stimmt nicht mit mir?

Das Klingeln des Haustelefons ließ sie hochschrecken.

Emiliana schnappte sich das dünne Laken und schwang sich vom Bett.

Ihr gesamter Körper fühlte sich so an, als hätte sie wer weiß wie viele Stunden Fitness hinter sich.

Im Wohnbereich fiel ihr der blinkende Anrufbeantworter ins Auge. *Soll ich es wagen?*

Mit einem resigniertem Seufzer betätigte Emiliana die Play-Taste.

PIEP!

Eine neue Nachricht:

„Mr. Adams, hier spricht Detective Galleram von der Mordkommission. Es geht um ihre Frau Sara Adams. Rufen Sie mich schnellstmöglich unter der Nummer 555 143 ...

Abbruch!

Emiliana stoppte zitternd die Bandansage.

Ihre Gedanken begannen sich auf einen wahren Marathonlauf vorzubereiten. *Was ist heute für ein Tag? Mittwoch!*

Vorgestern hatte Jeremy ihr reinen Wein eingeschenkt, was die Beziehung zu Sara anging.

Dass er jene noch am selben Tag aus dem Haus geworfen hatte, als er Emiliana am Airport von Manhattan treffen wollte, und dass die Scheidung am Laufen war.

Sogar von der Renovierung des Hauses, berichtete er ihr in mehr als nur euphorischer Tonlage.

Und das Schlimmste war, dass sich Emiliana auch genauestens an seine Worte erinnerte, als sie beide am Dienstagabend in einen Streit darüber verfallen waren, ob sie ihm auch wirklich vertrauen könne.

Jeremy schwang mit einem Glas Whiskey in der Hand zu ihr herum und erhob drohend den Finger.

Seine Stimme klang tief und streng: „Verdammt noch mal! Ich sagte dir, dass du zu mir gehörst! Komme was wolle! Und nach all den exzessiven Ausschweifungen glaubst du noch immer, dass ich unterm Strich nichts weiter als ein billiger Player bin, der seinen Einsatz nur aufs Ficken setzt. Falsch gedacht, mein Püppchen! Ich setze aufs

Leben! Und wenn dieses mir das einmalige Angebot bietet, dass es geile Ritte mit dir inklusive verspricht, dann wäre ich der törichteste Mann auf diesem Planeten, wenn ich da nicht meine Chance ergreifen, oder diese mit unnötigen Lügen aufs Spiel setzen würde."

Noch ehe er ihr auf den Fliesen des Marmorbodens regelrecht den Verstand rausgefickt hatte, war Emiliana gewillt, seine Ansprache als bare Münze anzunehmen.

Allerdings drangen seine letzten Worte in diesem Moment noch einmal klar und deutlich an ihr Ohr.

„Ich meine es ernst, Lia! Wie zur Hölle soll ich es dir beweisen? Muss ich erst einen Mord begehen, damit du mir Glauben schenkst?"

Holy Shit! Ich muss dringend hier raus!

Nach Feierabend freute Jeremy sich schon sehr darauf wieder zu Emiliana nach Hause zu kommen.

Er hatte ihr im Laufe des Tages auf Band gesprochen, doch es folgte kein Rückruf. Die gesendeten Nachrichten an ihr Smartphone blieben ungesehen.

Sie will also wieder das ungezogene Mädchen rauskehren, nur, damit ich ihr nach meiner Ankunft kräftig den Hintern versohle. Sie weiß genau, dass mich dieses aufmüpfige Verhalten maßlos ärgert und zeitgleich verdammt hart werden lässt.

Jeremy öffnete die Tür.

Dann inspizierte er das gesamte Haus.

„Lia? Ich bin wieder da! Ich finde es nicht sehr freundlich, dass du ...", seine Augen erfassten die handgeschriebene Notiz neben dem Haustelefon.

Jeremy, ich musste gehen! Bitte suche mich nicht!
P.S.: Fast hätte ich dir vertraut!

Blind vor Wut zerknitterte Jeremy das Stück Papier in seiner Faust. Zusätzlich trat er mit dem Fuß gegen den massiven Couchtisch.

Danach beschloss er ausgiebig zu duschen, um zumindest fürs Erste den Kopf wieder etwas freier zu bekommen.

Jeremy riss an der Schnalle seines Gürtels, öffnete die Hose, und wollte sich seines Hemdes entledigen, als es Sturm klingelte.

Seufzend zog er sich wieder an.

Auf dem Weg in Richtung Haustür kam ihm in den Sinn, dass es Emiliana sein könnte, die nach den vergangenen Tagen endlich zu der Einsicht gekommen war, dass dieses *Run-and-Hide*-Spielchen langsam, aber sicher ein Ende finden muss.

Ich werde sie nicht fragen, was in sie gefahren ist, denn das werde ich umgehend für sie übernehmen. Ja, genau! Ich werde ganz tief in ihren Körper dringen und meine Wut abwechselnd in ihren nassen engen Löchern stillen. Ihre Reaktionen dabei, der unschuldige Blick, die lebendige Atmung, die unweigerlich in lautes Stöhnen übergeht, und die intensiven Empfindungen, werden sie weit über den Gipfel der Lust hinausjagen. Heute Nacht, werde ich dir die Flausen austreiben, so viel steht ...

Jeremy öffnete die Tür.

Zwei Männer in pikfeinen Anzügen hielten ihre Ausweise auf Brusthöhe.

„Mr. Adams?"

„Ja, der bin ich. Wie kann ich Ihnen helfen?"

Einer der Männer trat einen Schritt vor. „Ich bin Detective Galleram von der Mordkommission. Haben Sie denn meine Nachricht nicht erhalten?"

Jeremys Gedanken rasten.

Mordkommission? Nachricht? Was zum Teufel ...?

Detective Galleram sprach weiter: „Aus ihrer Reaktion, schließe ich ein Nein als einzige Antwortmöglichkeit. Wir sollten die Angelegenheit nicht hier draußen besprechen. Dürfen wir reinkommen?"

Im Wohnbereich nahm Detective Galleram auf dem Sofa Platz, während sich dessen schweigender Kollege lässig an den Tresen der Bar lehnte.

„Mr. Adams, dass wir nicht zum Vergnügen vorbeigekommen sind, können Sie sich sicherlich denken. Ich werde Ihnen jetzt ein paar Routine Fragen stellen und Detective Hoffman wird sich all ihre Antworten notieren. Am Ende brauchen wir lediglich noch ihre Unterschrift. An dieser Stelle muss ich Sie noch darüber aufklären, dass alles was Sie ab jetzt sagen, vor Gericht gegen Sie verwendet werden kann. Sie müssen nicht antworten ..."

„Woah! Moment mal", unterbrach Jeremy fassungslos. „Um was geht es überhaupt?"

Galleram zog tief Luft ein.

Dann sah er Jeremy mitten ins Gesicht. „Mr. Adams, es tut uns leid Ihnen mitteilen zu müssen, dass man gestern Abend ihre Frau Sara leblos im Pool ihres Elternhauses gefunden hat."

Ein kurzer Blick zu seinem Kollegen, ehe Galleram in leisem Ton hinzufügte: „Unser aufrichtiges Beileid."

Jeremy trat an die Bar und goss sich zitternd einen Drink ein.

Es wunderte ihn, dass sich ein Gefühl von tiefer Trauer nicht umgehend einstellte, doch gewiss lag das am Schock.

Das waren allerdings Gedanken für später, denn es rückte eine viel wichtigere Frage in den Vordergrund.

„Und Sie glauben, dass sie ermordet wurde? Vielleicht hatte sie einen Schwächeanfall und ist ..."

„Mr. Adams, ich weiß, dass diese Nachricht ein Schock für Sie sein muss, doch ich kann Ihnen versichern, dass alles von Seiten der Forensik eingehend geprüft wurde. Bitte glauben Sie mir, wenn ich sage, dass wir nicht hier wären, wenn es sich nicht eindeutig um Mord handeln würde."

Nach einem großen Schluck, sah Jeremy von seinem Glas auf. „Bitte, Mr. Galleram. Erzählen Sie, was passiert ist."

Nachdem der Detective mit Fachchinesisch, was den körperlichen Zustand von Saras Leiche betraf, um sich geworfen hatte, blieb Jeremys Aufmerksamkeit eher an äußeren Tatsachen hängen.

Angeblich hatten ihre Eltern, nach der Heimkehr von einer Theateraufführung, Sara leblos auf dem Wasser treiben sehen. Der Vater war in den Pool gesprungen, um seine Tochter zu bergen, doch alle Wiederbelebungsversuche waren zwecklos. Der wenige Minuten später eintreffende Notarzt konnte lediglich ihren Tod feststellen.

Bei der ersten näheren Untersuchung des Leichnams wurde jedoch kein Wasser in der Lunge ausgemacht, was bedeutete, dass dieser eingetroffen sein musste, ehe Saras Körper mit dem Pool in Kontakt kam.

Man hatte weiterhin festgestellt, dass sie durch Ersticken umgekommen war, doch es gibt keinerlei Würgemale im Halsbereich, die auf einen Gewaltakt hindeuten.

Wie aus weiter Ferne hörte Jeremy den Detective abschließen: „Wir vermuten dennoch, dass Mrs. Adams an diesem Abend nicht allein im Haus gewesen ist. Sehen Sie, niemand hält sich solange den Mund- und Nasenbereich zu, bis er erstickt, und schleppt sich anschließend in den Pool."

Bei dieser ironischen, jedoch sehr bildhaften Darstellung von Galleram, musste der Kollege am Tresen ungewollt laut auflachen.

Umgehend entschuldigte sich Detective Hoffman mit starrem Blick und hocherhobener Hand bei Jeremy, für dieses unprofessionelle Verhalten, noch dazu in solch einer schweren Situation.

„Sie gehen also davon aus, dass jemand bei Sara war, sie erstickte, und ihre Leiche anschließend in den Pool warf, um es so aussehen zu lassen, als wäre sie ertrunken?"

„Korrekt, Mr. Adams."

Jeremy schenkte Wodka nach.

Als er Galleram ein Glas reichen wollte, lehnte dieser ab.

„Danke, doch ich bin im Dienst."

Er sprach weiter: „Da Sie nun die Details kennen und wir Sie über den Sachverhalt aufgeklärt haben, muss ich Ihnen diese Frage stellen, und mein Kollege wird sich die Antwort notieren, alles klar?"

Jeremy nickte.

„Mr. Adams, wo waren Sie vorgestern Abend in der Zeit von neun bis elf Uhr dreißig?"

Nach dem Abstellen des Glases antwortete Jeremy: „Ich war hier ..."

Er stoppte.

Sein Kopf lief heiß, als ihm in den Sinn kam, dass er ausgerechnet an diesem Abend noch einmal losgefahren war, um Emiliana ihre Lieblingsschokolade zu besorgen. Sie hatten wieder einmal lautstark gestritten, und danach einen animalischen Fick auf den kühlen Fliesen gehabt. Als sie danach vor dem Fernseher saß, so zierlich und verletzlich, wollte Jeremy irgendetwas tun, was sie zum Lächeln bringen würde.

Ein Gentleman sein zu wollen wird mir jetzt auch noch zum Verhängnis. Großartig! Wie zum Teufel soll ich erklären, dass ich ohne die Schokolade zurückgekehrt bin? Und das nur, weil ich einen Anruf erhielt, von dem ich besser keinem

Menschen dieser Erde Bericht erstatte? Fuck! Ich bin geliefert!

„Mr. Adams?" Galleram neigte grübelnd den Kopf zur Seite. „Bitte, fahren Sie fort."

„Ich ähm …, also …, ich bin hier gewesen."

„Allein?"

Schwerschluckend antwortete Jeremy: „Ja, ich war allein."

„Danke, Mr. Adams. Das war fürs Erste auch schon alles." Der Detective erhob sich und sein Kollege folgte ihm zur Tür.

„Hier ist meine Karte, falls Ihnen doch noch etwas zu dem Abend einfällt, was von Belang sein könnte. Zögern Sie nie mich zu kontaktieren, denn jedes noch so kleine Detail könnte von großer Wichtigkeit für uns sein. Verlassen Sie bitte vorerst nicht die Stadt."

„Stehe ich etwa unter Verdacht?", fragte Jeremy entsetzt. Galleram sah zu seinem Kollegen, um diesem zu bedeuten schon mal den Wagen vorzufahren.

Als dieser verschwand, sah Galleram Jeremy eindringlich in die Augen. „Mr. Adams, jeder aus dem näheren Umfeld steht automatisch bei solch einer grauenvollen Tat unter Verdacht. Männer, wie Frauen. Mich wundert allerdings die Reaktion auf den Tod ihrer Frau, auch wenn mir durchaus bewusst ist, dass jeder Mensch mit Stress, Wut, oder Trauer auf seine ganz eigene Weise umgeht. Wenn Sie allerdings etwas mit der Sache zu tun haben, dann rate ich Ihnen sich schleunigst zu stellen, denn das mildert meist die Strafe und …"

Jeremy fuhr dem Detective schroff ins Wort: „Ich habe Sara nicht umgebracht! Detective Galleram, ich wünsche Ihnen einen schönen Abend."

Der Detective wandte sich ab und stieg in den soeben vorgefahrenen Wagen.

Ehe er die Beifahrertür zuzog, rief er: „Schönen Abend, Mr. Adams. Wir hören voneinander.“

Emiliana hatte sich fest vorgenommen all ihre Emotionen, was Jeremy oder generell dieses ganze Chaos anging, für sich zu behalten.

Doch langsam, aber sicher erschöpfte es sie so sehr, dass sie eindeutig zu viele der Tabletten hinunterschluckte, um überhaupt einen weiteren Tag überstehen zu können.

Die Alpträume, und dass sie wie ein Zombie ins Badezimmer schlich, ging an Patricia leider nicht vorbei. Und an diesem Nachmittag ließ diese sich nicht mehr durch ein abwinkendes Handzeichen abwimmeln.

Patricia zog eine körperlich schwach wirkende Emiliana zurück aufs Bett.

Lange Zeit starrte sie ihr in das blasse Gesicht.

Dann brach Patricia die Stille: „Was ist los mit dir, Süße? Ist etwas passiert? Hat dir dieser blöde CEO wehgetan? Sprich mit mir! Hey, ich bin für dich da.“

Ich bin komplett im Arsch! Erst meine Granny, dann Sara, und als nächstes ICH ...

Laute Worte holten Emiliana ins Hier und Jetzt zurück.

„Emi, sprich endlich! Ich schaue mir das nicht länger an. Du hast seit zwei Tagen nichts gegessen und ich mache mir große Sorgen.“

„Alles in Ordnung. Danke, Pat.“

„In Ordnung? Nichts ist in Ordnung! Zum letzten Mal, was ist passiert?“

Emiliana dachte, dass es eigentlich eine ganz normale Sache ist, jemanden so etwas zu fragen, doch sie wusste, dass weder sie, noch Jeremy auch nur ansatzweise normal waren.

Zu ihren Gunsten hatte Patricia im Matrixxx nichts von dem hemmungslosen Fick vor all den vielen Leuten mitbekommen.

Wie sich herausstellte, genoss diese zeitgleich eine eigene Liaison mit einem älteren Herren in einem der Spielräume. Noch einmal bemühte sich Emiliana die Fassung zu wahren. „Pat, es ist nichts dramatisches. Nur, dass ich nicht weiß, woran ich bei ihm bin, und ..."

Mit einer verneinenden Geste unterbrach Patricia: „Süße! So nicht! Nur, weil dieser Mistkerl dich nicht auf Händen tragen kann, wie es dir gebührt, heißt das nicht, dass du dich wegen so einem seelisch kaputt machen musst. Versteh mich nicht falsch, aber kein Typ wäre das wert. Und egal, was er getan hat, er muss ..."

Emiliana sprang auf. „Er hat seine Frau ermordet!"

Stille.

Nach einer Weile zog Patricia die Augenbrauen nach oben. „Du verarscht mich?"

Mit Tränen in den Augen schüttelte Emiliana den Kopf. Mittlerweile zitterte sie so heftig, dass man hätte meinen können, ihr Körper steht kurz vor dem Zusammenbruch.

„Oh, mein Gott", schoss es aus Patricia heraus. „Erzähl! Warst du dabei? Soll ich die Cops rufen? Ich kann ..."

„Pat, bitte! Du darfst es niemandem erzählen. Ich flehe dich an. Ich habe schon viel zu viel gesagt. Es ist nur so, dass ich meinen Verstand verliere, verstehst du?"

Auch wenn Patricia aussah als wäre sie zu einer Salzsäule erstarrt, konnte ihr Mund dennoch Worte formulieren. „Ich verstehe. Aber was wirst du tun? Willst du ihn denn nicht anzeigen?"

„Wer würde mir glauben? Schließlich habe ich keine Beweise. Die Mordkommission hat bei ihm auf Band gesprochen, dass es um Sara Adams geht, und am Abend zuvor, ist er für einige Stunden weggewesen."

Tränen der puren Verzweiflung rannen über ihre Wangen.

Patricia versuchte alles in ihrem Kopf zu sortieren. „Süße, jetzt mal langsam. Wenn du nicht selbst gesehen hast, wie er seine Frau ermordet hat, wieso denkst du, dass er es gewesen ist? Nur, weil er unterwegs war?"

Emilianas Hände umfassten Patricias Handgelenke. „Verdammt Pat! Er hat es mir gesagt! ... Nein, ich meine, er hat mich gefragt, ob er es tun soll."

Mit weit aufgerissenen Augen fragte Patricia: „Und du hast ja gesagt?"

„Zur Hölle, nein!"

„Und du denkst er hat es dennoch getan?"

„Ja."

„Aber wieso?"

Emilianas gesamte Welt schien in diesem Augenblick zu kippen, als ihr bewusst wurde, dass eventuell noch ein Mensch, allein wegen ihr, sein Leben lassen musste.

Ihre Lippen bebten, ehe sie schluchzend zu verstehen gab: „Da er mir beweisen wollte, dass er es ernst mit mir meint."

Atemlos sprang Patricia vom Bett auf. „Holy Shit! Du weißt hoffentlich, dass wenn das stimmt, du dich in sehr großer Gefahr befindest. Nicht auszudenken, zu was der Kerl noch alles imstande ist. Ich muss dich in Sicherheit bringen."

Sie zückte ihr Smartphone und rannte zur Tür hinaus. „Süße, ich bin gleich wieder da. Vertrau mir."

Wortlos ließ Emiliana ihre Freundin gehen.

Sie musste sich schleunigst zurück aufs Bett legen, da die zuvor eingenommenen Tabletten ihre Wirkung zeigten.

Was wohl sein wird, wenn ich aufwache ...

Mit letzter Kraft rief sie: „Pat, keine Cops!"

Als Emiliana am frühen Abend erwachte sah sie durch die Fensterscheibe, wie abertausende weiße Schneeflocken von leichtem Wind sanft auf Dächer, Bäume, und Straßen gewirbelt wurden.

Nur noch eine Woche, dann stand das Weihnachtsfest vor der Tür. Noch dazu das Erste ohne ihre geliebte Granny. Der Geruch von perfekt zubereiteten Roast Turkey, der in seiner Würzeinlage immer supersaftig schmeckte, genau wie die Mini Mince Pies mit würziger Trockenfruchtfüllung, oder der Egg Nog, der selbstgemachte Eierpunsch, der ihr als Kind ohne Schuss mitserviert worden war, nahmen in diesem Augenblick all ihre Sinne ein.

Emiliana lächelte bei der wunderschönen Erinnerung. Leider verblasste diese schnell, denn ihr Kopf gab ihr zu verstehen, dass ihre Granny, beziehungsweise deren Körper, noch immer in irgendeiner Leichenhalle darauf wartete, identifiziert zu werden.

Und dann würde dieser schrecklich nervige Detective Samuel nicht nur Fragen an sie stellen, sondern Emiliana könnte ihm freiwillig beide Gelenke anbieten, damit man sie in Handschellen dem Scharfrichter vorführen konnte.

Wie gut, dass er mich nicht erneut zur Fahndung ausgeschrieben hat. Und das trotz, dass ich mich nicht wie vereinbart, zusammen mit Granny, bei ihm vorgestellt hatte. Ein Glück auch, dass er Patricias Wohnung nicht kennt. Grannys Haus wird mit Sicherheit rund um die Uhr bewacht, sei es von den Cops oder der Nachbarin.

Emiliana wurde plötzlich bewusst, dass sie Patricia in all ihrer Verzweiflung viel zu viel erzählt hatte.

Wo zum Teufel soll ich mit all dieser Belastung hin, wenn der einzige Mensch, dem ich versucht hatte, ein wenig Vertrauen zu schenken, am Ende ein eiskalter Mörder ist?

Die Vorstellung, wie er Sara umbrachte, hatte Emiliana bis in ihre Träume verfolgt.

Das schlimmste daran war, dass sie ihn umgehend schützen wollte. Es vertuschen.

Ihm dabei helfen die Leiche, samt all ihrer Probleme tief zu vergraben, um am Ende wie in einem Märchen für immer mit ihm glücklich und zufrieden zusammenleben zu können.

Dies war aber kein Märchen.

Im Gegenteil!

Es war ein Alptraum, aus dem es kein Entkommen gab.

Seit Jeremy Adams das Haus meiner Granny betreten hatte, taten sich mit ihm sämtliche Tore zur Hölle auf. Dieser Mann ist die Inkarnation des Teufels. Ein listiger Hypnotiseur, dem ich bereitwillig den harten Schwanz mit solch einer Gier gelutscht hatte, dass ich mich zurücknehmen musste, um ihn nicht mit den Zähnen zu verletzen. Ich habe ihn auf Staten Island die unmöglichsten Dinge tun lassen, dabei wollte ich doch nur das Haus und das Leben von Granny retten. Erst vor kurzem hatte sich der Spieß gedreht und er übernahm vollständig das Ruder. Heute gehe ich wie eine Bettlerin vor ihm auf die Knie, damit er mir aus diesen schrecklichen Situationen raushilft. Ich lasse mich, gegen meine bisherigen Prinzipien, von hinten nehmen, und hoffe, dass mit jedem verdammten Fick, die Erinnerung an das schlechte in meinem Leben verblasst. Ja, ich will sprichwörtlich, dass mir in diesen wollüstigen Augenblicken der Verstand rausgevögelt wird, damit ich vergessen und loslassen kann. Ich weiß es ist falsch, denn ich gebe diesem Mann damit die vollständige Kontrolle. Über meinen Körper, meine Seele, ... und mein Leben.

Emiliana fiel ein, dass sie noch etwas Geld von ihrem Job in ihrer Manteltasche verwahrt hatte.

Wenn ich mir damit ein Taxi nehme und aus der Stadt flüchte, könnte ich längst über alle Berge sein, ehe Jeremy wissen würde, dass ich geflohen bin. Dieses Mal auf Nimmerwiedersehen.

Mit Blick auf ihr Smartphone, dass unzählige Anrufe und Nachrichten von ihm aufwies, verlies Emiliana das Zimmer, um sich im angrenzenden Bad für ihr Vorhaben zurechtzumachen.

Als sie ins Zimmer zurückkehrte, lag mitten auf dem Bett eine glitzernde Tüte.

Daran befand sich ein Zettel.

Emiliana riss ihn ab und klappte ihn zu den Seiten auf. Sie las:

Bitte komm heute Abend um Punkt 8 zu der Feier bei Marshall-Enterprises. Erweise mir diese letzte Ehre, ehe ich dich gehen lasse.

J.

Ein Klopfen ertönte an der Tür.

Emiliana biss sich auf die Lippe, ehe sie rief: „Ja, bitte?"

Keine Antwort.

„Pat? Was ist los? Komm rein."

Da sich die Tür nicht bewegte, beschloss Emiliana diese selbst zu öffnen.

Niemand stand davor.

Vorsichtig streckte sie den Kopf nach draußen und sah nach beiden Seiten, doch der schmale Flur war leer. Zurück im Zimmer wollte Emiliana unbedingt wissen, was ihr in der glitzernden Tüte überbracht worden war.

Da sie sich nicht vorstellen konnte, dass Pat Jeremy nach all den Erzählungen hereingebeten hatte, musste er es an der Haustür abgelegt haben und ihre Freundin brachte es ihr auf das Zimmer.

Merkwürdig, dass diese nicht wie sonst, aus purer Neugier daneben stand oder mit Emiliana über die seltsame Situation sprechen wollte.

Bestimmt war Patricia mit einem Typen am Telefonieren und jeden Moment würde sie raufkommen, um alles haarklein zu berichten.

Mit beiden Händen zog Emiliana den Inhalt aus der Tüte.

Genau wie in Swan Lake handelte es ich um ein Kleid, das eine schulterfreie A-Linie aufwies.

Allerdings nicht in dunklem weinrot, sondern in fließenden schwarz-gold Tönen.

Am Dekolleté wurde es aufwendig mit glitzernden Details und funkelnden Strasselementen bestückt.

Passende Reizwäsche, befand sich in sichtgeschützter Folie verpackt, direkt darunter.

Will er, dass ich alle Männer auf der Feier, vor allem ihn, sexuell errege, oder war das nur wieder ein weiterer Wink, dass er durchaus in der Lage war, seine eigene Eitelkeit befriedigen zu können?

Emilianas Blick fiel auf die Uhr ihres Displays. 07.19 p.m.!

Wie zur Hölle soll ich es schaffen, in weniger als einer Dreiviertelstunde bei Marshall-Enterprises aufzuschlagen? Will ich das überhaupt?

Die Tür schwang auf.

Pat trat in einem grellem roten Kleid und mit toupierten Haaren herein.

Sie sah ein bisschen aus, wie die Frau vom Weihnachtsmann, doch das behielt Emiliana lieber für sich.

Mit den Fingern auf ihr ausladendes Dekolleté zeigend, rief sie: „Na, Emi? Wie sehe ich aus?"

Patricias graublaue Augen wirkten silbrig im Licht des Zimmers und sie schien in guter Stimmung zu sein.

„Du siehst toll aus. Darf ich fragen was ...“

Umgehend legte Patricia ihren Finger auf Emilianas Mund.

„Vertrau mir. Mach dich fertig, und ich erkläre dir alles auf der Hinfahrt.“

Oh. Mein. Gott! , schoss es Emiliana durch den Kopf.

Patricia wird mitkommen? Aber wie kann das sein?

„Ich meine es ernst. Bitte mach keine Faxen.“

Bei den Worten ihrer Freundin wurde Emiliana leicht flau im Magen.

Diese flüsterte geheimnisvoll und doch sah sie aus, als freue sie sich wie ein Kind auf den bevorstehenden Abend.

Nachdem Emiliana sich wortlos umgezogen hatte, deutete Patricia ihr an, dass sie sich umdrehen solle.

Wie eine Marionette gehorchte sie.

Als Patricia den Reißverschluss langsam an ihrem Rücken nach oben zog, lief Emiliana eine Gänsehaut über den gesamten Körper.

Die Anspannung und die überreizten Nerven ließen sie regelrecht frösteln.

Ganz nah an ihrem Ohr vernahm sie Patricias Worte. „Du bist wunderschön, Emi. Ich kann Jeremy verstehen, warum er so verrückt nach dir ist.“

Emilianas Herz begann um einiges schneller zu schlagen, als die Realität über sie einbrach.

Pat hat mich so schnell als ihre Mitbewohnerin auserwählt, weil sie Interesse an mir hat. Deswegen sieht man auch nie die Männer, von denen Pat immer so viel zu berichten hatte. Und der Besuch im Matrixxx war eventuell ganz anders geplant, wenn nicht ...

„Emi?“

Patricia zog an Emilianas Arm und drehte sie zu sich. „Alles in Ordnung?"

Emiliana atmete tief ein, ehe sie reagierte. „Ich, ähm ..., also ..., ich wusste nicht, dass du auf Frauen stehst."

Patricia begann herzhaft zu lachen. „Das macht doch nichts. Und keine Sorge, ich kann dir versichern, dass ich nichts von dir will. "

Emiliana schluckte.

Dann setzte Patricia nach: „Nicht, dass du denkst, ich hätte mich in dich verliebt. Gewiss würde ich dich nicht von der Bettkante schubsen, doch ich weiß ja, dass du einzig und allein deinem Mr. CEO verfallen bist. Auch wenn er ein Mörder ist. Sorry Süße, aber deine Angst gestern, dass ich ihn bei den Bullen anschwärzen würde, hat mir alles gezeigt, was ich wissen muss. Und zum besseren Verständnis, die Sache mit den Männern war auch nicht gelogen. Ich stehe seit meiner Kindheit auf beide Geschlechter."

„Pat, wie kannst du so über Jeremy reden? Nach allem, was ich dir erzählt habe? Und was hast du mit der Feier bei Marshall-Enterprises zu tun? Ist es eine Verschwörung gegen mich, und ich erfahre als Letzte, wie der Hase langläuft? Nur, weil ich vertraue?"

Mit dem Fingerknöchel fuhr Patricia über Emilianas Wange. „Süße, ich kann dir auch nicht genau sagen, was vor sich geht. Die Tasche habe ich vorhin von einem Bekannten bekommen, von dem ich im Übrigen ganz offiziell und ohne hinterlistige Umwege zu der Feier bei Marshall-Enterprises eingeladen wurde. Er übergab mir die Tüte für dich. Von wem diese stammt, konntest du sicherlich schon herausfinden. Ich liebe es, wenn das Leben Überraschungen parat hält. Vielleicht solltest auch du weniger hinterfragen und stattdessen die Dinge auf

dich zukommen lassen. Ohne Netz und doppelten Boden. Meinst du, wir kriegen das heute Abend gemeinsam hin?"
Emiliana kam alles unwirklich vor.

Ihr Verstand fühlte sich so an, als befände sie sich in einem düsterem Tanz, bei dem nahezu jeder die Führung übernehmen konnte, außer sie selbst.

Unbewusst befeuchtete sie sich die trockenen Lippen mit der Zunge, was Patricias Blick auf ihrem Mund haften ließ.

„Darf ich dich küssen?"

Emilianas Augen weiteten sich.

Wie gelähmt verharrte sie einen Moment lang vor ihrer erwartungsvoll dreinblickenden Freundin.

Patricia zwinkerte lächelnd, ehe sie Emiliana einen Kuss auf die Wange drückte.

Allerhöchste Zeit sich für den bevorstehenden Abend fertig zu machen.

Als die beiden Damen um kurz nach acht den Eingang von Marshall-Enterprise erreicht hatten, wartete bereits ein Mann, den Emiliana noch nie zuvor gesehen hatte, mit einer Zigarette im Mund, an den großen Glastüren auf sie.
„Greg, wie schön dich zu sehen."
Der Mann warf die Kippe von sich und pustete den Rauch in die Nachtluft, ehe er rief: „Patricia, mein Engel! Ich dachte schon, du würdest mich sitzenlassen."
Nachdem er sie freudig umarmt hatte, musterte er Emiliana, deren verwirrter Blick kaum zu übersehen war.
„Also ich muss schon sagen, ihr Damen seht bezaubernd aus. Darf ich bitten?"
Während Patricia sich umgehend führen lies, musste Greg ein wenig warten, ehe sich auch Emiliana in seinen angebotenen Arm einhakte.
Die Eingangshalle war prunkvoll und mit zahlreichen Lichterketten geschmückt worden.
Außerdem sorgte stimmungsvolle Musik im gesamten Gebäude dafür, dass man sich nicht wie in einem Bürokomplex, sondern wie auf einem richtigen Ball vorkam. Prompt war da wieder das Feeling vom Märchen, welches keines ist.
Patricias eindringlicher Blick entging Emiliana keine Sekunde. Wahrscheinlich war diese besorgt, ob sie nicht wieder kehrt machen und die Flucht ergreifen würde.
Während Greg die Damen zu einer aufgebauten Bar führte, wo er dem Keeper anzeigte, dass er gerne drei Martini Rosso hätte, erkannte Emiliana den Mann, der zusammen mit Jeremy im Matrixxx aufgetaucht war.

Dieser unterhielt sich angeregt mit einem Kollegen in ebenso feinem Anzug und perfekt gestutztem Bart.

Emiliana griff nach dem für sie bereitgestellten Martini und nahm rücksichtslos einen großen Schluck.

Der süßliche Geschmack legte sich weich um ihren Gaumen, und die Orangenscheibe, die meist auf heiße Sommertage verweist, sorgte auch in der Winterzeit für ein unvergleichliches Aroma.

Greg erhob schwungvoll das Glas. „Cheers!"

Patricia kicherte, ehe sie den Drink an ihre Lippen führte.

Als Emilianas Blick in die oberste Etage des Gebäudes abschweifte, stockte ihr für Sekundenbruchteile der Atem.

Da stand er - einfach so!

Er tat nicht mehr, als sie über die Brüstung hinweg zu beobachten.

Es kam ihr so vor, als sei er noch nicht einmal beschämt darüber, denn als sich ihre Blicke trafen, hatte er nicht einen Moment in Erwägung gezogen wegzusehen.

Jeremys Anblick machte Emiliana freudig und wütend zur gleichen Zeit.

Wenn das ein Mafia-Film wäre, dann hätten sie die Rolle von zwei Erzfeinden, die sich gegenseitig beobachten, und nur auf den Angriff des jeweils anderen warten.

Der Ausgang ist noch nicht in allzu weiter Ferne, dachte Emiliana, doch ihre Beine wollten ihr nicht gehorchen.

Stattdessen hatte sie erneut das Gefühl in seine dunkle Welt gesogen zu werden.

Wenn dieser Mann die Augen auf sie richtete, dann atmete sie nicht, wehrte sich nicht, sondern verlor sich an ihn.

Jedes verdammte Mal!

Ihre Gedanken schrien: *LAUF!*

Doch ihr Herz wusste: *ZU SPÄT!*

Dieser Mann ist der Teufel, ein Sadist, ein ... MÖRDER!
Emilianas Puls beschleunigte sich ins Unermessliche und ihre Hände begannen stark zu zittern, sodass sie das Glas abstellen musste.

Patricia trat nahe an sie heran. „Geht es dir gut, Süße?"
Emiliana zuckte zusammen. „Ich ..."
Sie hielt inne, als sie bemerkte, dass er nicht mehr oben an der Brüstung stand.

„Entschuldige mich bitte, Pat."
Diese schüttelte den Kopf. „Emi, ich komme mit dir."
„Nein, Pat! Alles in Ordnung. Gib mir einen Augenblick."
Emiliana schlängelte sich durch Mitarbeiter von Marshall-Enterprises und ihre Begleitungen hindurch.

An der untersten Treppenstufe zögerte sie einen Moment, doch letztlich zwang sie ihre Füße, sie in das Obergeschoss zu bringen.

Zu ihm.

Sein plötzliches Verschwinden war beängstigend und die Stille in diesem Teil des Bürokomplexes bestärkte das ungute Gefühl von aufkommender Panik.

Noch nie hatten Jeremy und Emiliana so etwas wie Romantik in ihrer abstrakt verzehrten Beziehung ausgelebt.

Bei ihnen glich jedes Aufeinandertreffen einem Kampf, und die Umgebung, in der sie sich befanden, wurde von einer Sekunde auf die andere das Battlefield.

Auch in diesem Augenblick spielte Emiliana mit ihrer Sicherheit, doch sie musste es aus seinem Mund hören.

Andernfalls wird sich ihr Verstand weiterhin weigern, ihn als das zu erkennen, was er unumstritten ist.

„Lia?"
Emiliana schluckte schwer.

Ihre tippelnden Schritte stoppten abrupt in dem langen, schwachbeleuchteten Gang.

Der Stimme nach zu urteilen, musste er sich unmittelbar hinter ihr befinden.

Langsam wagte es Emiliana sich zu ihm herumzudrehen.

Sein Blick wanderte über das Kleid, das Dekolleté, bis hinauf in ihr blasses Gesicht.

Die vergangenen Tage hatte er sich viele Gedanken, um ihr Wesen gemacht, und wie er sie kennengelernt hatte.

Diese Frau ist eine Dämonin, eingehüllt in den Körper eines Engels. Sie ist zu allem fähig, doch dass sie Sara töten würde, nur um mir das nötige Vertrauen schenken zu können, das ging zu weit. Ich wollte immer …

Noch während dieser Gedanken öffnete sich sein Mund. „Warum?"

Emiliana zog die Augenbrauen nach oben. „Warum?"

Er lächelte von oben herab.

Dann bewegte er sich langsam auf sie zu. „Warum …, bist du heute Abend hier?"

Bei dieser Frage klappte ihr der Mund auf. „Warum ich hier bin? Jeremy, du hast mich doch gebeten zu kommen."

Das Lächeln wich schlagartig aus seinem Gesicht.

Jeremy schnellte nach vorne.

Er umklammerte Emilianas Oberarm, und daran zog er sie in einen angrenzenden Besprechungsraum.

Die vielen tausend Nachtlichter von New York schienen in dieser Höhe durch die bodentiefen Fenster hindurch, weshalb ihm das Einschalten der Neonröhren nicht von Nöten erschien.

Sein Gesicht war wenige Zentimeter von ihrem entfernt.

Himmel! Wenn ich ihm weiterhin in seine verführerischen Augen sehe, dann wird der Slip, den er zu der Reizwäsche gewählt hat, nicht nur feucht, sondern nass sein.

Jeremys Blick wurde hart und die Tonlage bitterernst. „Hör auf, deine Spielchen mit mir zu spielen! Ich weiß, wer du bist, und was noch wichtiger ist, zu was du fähig bist. Und keine Ahnung, was du da von dir gibst, aber ich habe dich nicht hierhergebeten."

Mehr und mehr verkrampfte sich Emilianas Magen, denn das konnte unmöglich sein.

Sie sog tief Luft ein. „Jeremy, was redest du da? Der Zettel, das Kleid, die Reizwäsche ...?"

„Bitte, was?" Jeremy lies von ihr ab und stemmte die Hände in die Hüften.

Er musterte Emiliana von oben bis unten.

Sein Blick wurde weicher. „Du siehst umwerfend aus. Allerdings weiß ich nichts von einem Zettel. Das Kleid, es steht dir ausgezeichnet, doch höchstwahrscheinlich hätte ich es nicht gewählt. Und was hat es mit Reizwäsche auf sich? Trägst du diese?"

Obwohl Emiliana es abstreiten wollte, wusste sie, dass er die Antwort insgeheim kannte.

Jetzt lag es an Jeremy einmal tief einzuatmen.

Alles klang plötzlich so eigenartig, und vollkommen bizarr. „Lia?"

„Ja?"

„Ich habe dich seit deinem Aufbruch nicht mehr kontaktiert und du kennst dafür auch den Grund."

Sie nickte, denn auf ihrer Notiz stand klipp und klar, dass er sie nicht suchen soll.

„Gut. Dann beantworte mir bitte , warum du es getan hast. Ich möchte es gerne verstehen."

Ihre Lippen bebten. „Warum ich gegangen bin?"

Jeremy versuchte sich krampfhaft auf ihr Gesicht zu konzentrieren. „Unter anderem."

„Fein! Darf ich im Gegenzug erfahren, warum du deine Androhung noch am selben Abend wahrmachen musstest?"

Jeremy zog die Brauen fest zusammen. „Androhung?"

Emilianas Augen schimmerten. „Du fragtest, ob du erst einen Mord begehen müsstest, damit ich dir vertraue."

„Den du letztendlich begangen hast?", unterbrach Jeremy schroffer als gewollt.

Emiliana erschrak so sehr, dass sich der Raum um sie herum zu drehen begann. „Jeremy du hast deine Frau ermordet, damit ich ..."

Plötzlich wurde die Tür aufgestoßen.

„Emi? O Gott, da bist du ja! Ich habe mir solche Sorgen gemacht. Tut er dir weh? Soll ich den Wachdienst rufen?"

Hektisch schüttelte Emiliana den Kopf. „Nein, Pat! Es ist alles in Ordnung."

„Sicher?"

Mit diesem Wort näherte sich Patricia ganz vorsichtig.

Jeremy erhob den Arm. „Ich denke, hier gibt es einiges an Klärungsbedarf. Hast du Lia das Kleid in meinem Namen gegeben?"

„Kein Wunder, dass Emi nur Augen für dich hat, Mr. Perfekt! Du kamst in mein Haus, hast sie gesucht, und gefunden. Dann hat sie dich gesucht, und gefunden. Genau wie heute. Tut mir leid, Süße! Aber das war die einzige Möglichkeit, dass du mit mir kommst, und mir sozusagen den Weg ebnest."

Emiliana sah ihre vermeintliche Freundin erschrocken an. „Pat, was ist los? Was ist in dich gefahren?"

Patricia krallte sich in ihr rotes Kleid. „Was los ist? Dein toller CEO hat mir von Anfang an gedroht, dass er meinen Dad bei der Bank hinhängen wird, wenn ich ihm nicht sage, wo du bist. Und dich, meine Liebe, habe ich all die

Zeit unentgeltlich bei mir wohnen lassen. Selbstlos, aus Menschlichkeit, und was machst du? Bleibst tagelang weg! Wolltest sogar zu ihm ziehen und mich alleine lassen. Das konnte ich nicht zulassen, verstehst du?"

Patricia verringerte weiter den Abstand.

Emiliana geriet in Panik.

Sie wollte das Zimmer verlassen und fortlaufen.

Jeremy verhinderte dieses Vorhaben mit Leichtigkeit, indem er sie am Oberarm zu sich zurückkriss.

Irgendetwas warnte ihn, dass diese verrückte Lady nicht alleine war. Andernfalls würde diese sich nicht mit solch einer Selbstsicherheit vor sie beide stellen.

Seine Atmung ging schwer. „Patricia, keiner wird dir oder deiner Familie etwas wegnehmen. Es tut mir leid, ich wollte wirklich nur Lia finden. Mehr war es nicht. Du weißt selbst, wie korrupt diese Branche sein kann. Ich möchte mich für mein Verhalten entschuldigen. Es hatte nichts mit dir persönlich zu tun."

Patricia lachte wie eine Hexe auf. „Unterm Strich ist es im Leben nie persönlich, oder? Kennt ihr das Gefühl, wenn Lust durch blanken Hass angeheizt wird?"

Emilianas Blick traf auf den ratlosen Ausdruck von Jeremy.

Patricia fuhr fort: „Ich kenne es! Emi, ich hasse und ich begehre dich. Und dich, Mr. CEO, will ich vom Thron fallen sehen. Nicht mehr, und nicht weniger."

Jeremy schüttelte umgehend den Kopf und seine Augen wirkten kalt wie Stahl.

„Geh nach Hause! Vögel weiterhin den Vorsitzenden der Nationalbank für deinen geliebten Daddy, oder verrate deine Freunde für einen läppischen Wellness-Gutschein. Ich rate dir schleunigst dieses Gebäude zu verlassen ..."

Weiter kam er nicht, denn Patricia öffnete die Hand und pustete ihm etwas pulverartiges ins Gesicht.

Zwar hob Jeremy reflexartig die Hände, doch ein tiefer Atemzug genügte, um das Zeug zu inhalieren.

Emiliana wollte schreien, doch da hatte Patricia ihr bereits dieselbe Menge in Mund und Nase gepustet.

Es dauerte nicht lange, da befanden sich ihre beiden Opfer wie in einem tranceähnlichem Zustand.

Man bekommt durchaus noch alles um sich herum mit, doch der freie Wille wird durch den Wirkstoff, der aus einer Pflanze, die in Südamerika quasi am Straßenrand wächst, weitgehendst eingeschränkt.

Wer die Droge *Devils Breath* einatmet ist willenlos und verliert ungeahnt schnell die Kontrolle über sein Handeln.

So auch Emiliana und Jeremy.

Wimmernd schaffte es Emiliana an Patricia das Wort zu richten. „Wage es nicht!"

Patricias Augen flammten auf. „Süße, ich bin gewillt noch viel mehr zu wagen."

Mit den Fingern fuhr sie durch Emilianas lange Haare, drehte diese ein, und zog anschließend so fest daran, dass sich der Kopf weit zurückneigen musste.

Patricias Zungenspitze umfuhr ihre Lippen. Es schien, als sporne sie der vorhandene Widerstand in ihrem Tun an.

„Öffne den Mund!", befahl Patricia.

Emiliana wollte sich weigern, doch ihr Verstand schien sich mehr und mehr zu verflüssigen.

Sie gehorchte.

Ihre Arme hingen schlaff nach unten, während Patricia den Kiefer umfasste, um mit der Zunge in ihren Mund eindringen zu können.

Emiliana schmeckte viel süßer, als sie sich das in ihren feuchtesten Träumen ausgemalt hatte.

Patricias Sinne inhalierten den Duft der betörenden Haut. Sie flüsterte: „Emi, bei dir braucht es keine Drogen. Du selbst bist der Wirkstoff, der einen abhängig macht."

Jeremy versuchte krampfhaft sich von dem Pulver nicht den Verstand rauben zu lassen.

Er streckte die Hand aus, um Patricia von Emiliana wegreißen zu können, doch es fehlte ihm an Willenskraft.

Stattdessen packte ihn diese an der Krawatte und zog ihn nahe an ihren Körper heran. „Was immer du versuchst, es wird passieren. Zieh dich aus!"

Jeremy kam es für den Moment so vor, als würde ein echter Teufel aus dem Mund dieser Frau heraussprechen.

Erst nach einer weiteren Drohung, dass sie ihm den Anzug, das Hemd, und die Shorts, auch in tausend Fetzen vom Leib reißen konnte, tat er, wie ihm aufgetragen wurde.

Emiliana hingegen blieb keine Chance mehr.

Schonungslos riss Patricia am Reißverschluss des Kleides, um zu beobachten, wie es sanft über den schlanken Körper glitt und auf den Boden fiel.

Die schwarzen Dessous, die Patricia extra für Emiliana ausgewählt hatte, standen ihr wie angegossen.

Ein wahrhaftiges Bild für die Augen von Göttern bestimmt.

Der trägerlose BH hielt die wohlgeformten weichen Brüste in den Schalen fest umschlossen. Der seidige Slip bildete ein schmales Dreieck über dem Venushügel, und die halterlosen Strümpfe waren das absolute Highlight des erotischen Anblicks.

Gleichzeitig prüfte Patricia den Körper von Jeremy.

Die enorme Schwellung im Intimbereich verriet ihr, dass nicht nur sie den Anblick von Emiliana überaus geil fand.

„Das wird ein unvergesslicher Abend", sprach sie mit betörender Stimme.

Patricia atmete tief ein, ehe sie sich des roten Kleides entledigte. Sie stand in exakt der gleichen Reizwäsche wie Emiliana da. Nur die Farben waren unterschiedlich.

Es passte allerdings grandios zu einem Teufel wie Jeremy. Schwarz und Rot dominieren schon von Anbeginn der Zeit in den Tiefen der Hölle.

Mit diesem Gedanken umfasste Patricia Jeremys Nacken und zog ihn nah an das Gesicht von Emiliana heran.

Sie wollte erreichen, dass es keinen Grund mehr gab, sich der extremen sexuellen Erregung entziehen zu wollen. Genau so kam es auch.

Jeremy umschloss mit beiden Händen den Kopf von Emiliana. Forsch drang er mit der Zunge in sie ein, um sie zu einem leidenschaftlichen Duell herauszufordern.

Dabei rieb sich sein nackter Körper an ihren Dessous heiß. Der steife Schwanz pochte gegen die sich durch erste Feuchtigkeit deutlich abzeichnende Ritze.

Noch immer wurde der Raum lediglich von den Lichtern der Großstadt beleuchtet, doch genau diese Atmosphäre war für den Sex, der in der Luft lag, genau das Richtige.

Patricia schob sich beim Anblick von Jeremys unbändiger Gier das Höschen zur Seite.

Ihre Finger verschwanden zwischen den Schamlippen.

Sie begann ihre Perle zu umkreisen, während sie deutliche Anweisungen gab. „Spreize die Beine!"

Emilianas Bewusstsein kämpfte noch immer gegen die Droge an, doch es fiel ihr sichtlich schwer die Kontrolle über sich und ihren Körper zu behalten.

Ein Wimmern, das man auch als erstes Stöhnen hätte einschätzen können, entwich ihrer Kehle. „Pat, lass ..."

„Halt die Klappe, Emi! Es gefällt dir doch, oder etwa nicht? Spreize. Deine. Beine!"

„Fuck you!", entfuhr es Emiliana zischend.

„Gute Wortwahl, das muss ich dir lassen. Ich werde jedoch dafür sorgen, dass wir alle unseren Spaß haben."

Mit diesem Satz trat sie zwischen Emiliana und Jeremy.

Patricia drückte Emilianas Oberkörper so lange nach hinten, bis deren Rücken auf dem opulenten Marmortisch zum Liegen kam.

Erwartungsvoll zog sie den BH herunter und umschloss die weichen Brüste.

Schnell verfielen ihre Hände in festes Kneten.

Mit der Zunge küsste und leckte sie über Emilianas Bauch, bis sie am hauchdünnen Slip angekommen war.

Die Feuchtigkeit verriet, wie sehr Emiliana das Spiel mit ihrem Körper in diesem Augenblick genoss.

Ein leichter Zug am Stoff und ihre nasse Spalte lag frei.

Als Patricias Zunge mit den Liebkosungen fortfuhr, lehnte Emiliana aufgebend den Kopf zurück.

Sie stöhnte hemmungslos, was es Jeremy erschwerte sich gegen die eigene Ohnmacht zur Wehr setzen zu können.

Eben noch war sein harter Schwanz fest gegen Emilianas Mitte gepresst, doch seit Patricia sich zwischen sie gedrängt hatte, befand er sich unmittelbar an ihrem durchaus straffen Hintern.

Über deren Schulter hinweg konnten seine Augen mitverfolgen, was diese irre Frau mit seiner Emiliana tat.

Am liebsten hätte er dem Geschehen Einhalt geboten, doch er konnte es nicht.

Die Wirkung der Droge war viel zu stark.

Die Hemmschwellen lösten sich sekündlich immer weiter in Luft auf, und eine unbändige sexuelle Lust, die mit rationalem Denken, nichts mehr gemeinsam hatte, übernahm die vollständige Kontrolle.

Patricia entschied sich erst einen, dann zwei Finger tief in Emilianas feuchtem Loch zu versenken.

Die Umklammerung der inneren Wände zeigte Patricia an, dass Emiliana durchaus willig war, auch wenn deren Verstand das unmöglich für sie entscheiden konnte.

Beide Damen verfielen in lustvolles, hemmungsloses, und äußerst befreiendes Stöhnen.

Jeremys Atmung verdreifachte sich beim Anblick, wie sie der Ekstase auf dem Tisch freien Lauf ließen.

Mit der Hand zog er einen der umstehenden Stühle heran. Anschließend griff er unter Patricias Bein und stellte es darauf ab.

Seine Fingerspitzen glitten nunmehr über den Stoff ihrer Reizwäsche, und allein dieser Akt brachte die Spitze seines Schwanzes zum Tropfen.

Die Hände konnten auch nicht lange widerstehen, sondern griffen einmal nach vorne, um die prallen Brüste dieser Frau umfassen zu können.

Sein geweiteter Blick konzentrierte sich, trotz der Macht dieser teuflischen Droge, weiterhin auf Emiliana.

Das komplette Unterbewusstsein war scheinbar dieser Dämonin verfallen, und seine Seele hatte er ohnehin schon längst an sie verkauft. Mit Sicherheit geschah all dies, bei ihrem allerersten Fick auf Staten Island.

Der vor Härte zu schmerzen beginnende Schwanz wollte in diesem Augenblick allerdings nur eines - Befreiung!

Die unfreiwillig eingeatmete Droge übernahm den Rest. Jeremy ließ von Patricias Brüsten ab, um ihr die Backen auseinanderziehen zu können.

Er gab ihr keinerlei Spielraum.

Mit der Spitze rieb er zweimal über ihren Kitzler, ehe er rücksichtslos mit der gesamten Länge seines Schaftes in sie eindrang.

Patricias Körper bockte, doch der vorgegebene Widerstand ließ mit den darauffolgenden Stößen mehr und mehr nach.

Sie selbst zwang währenddessen einen dritten Finger in Emilianas süßes Loch.

Allein an den Zuckungen ihres Unterleibes konnte Jeremy sehen, dass seine Wildkatze schon sehr bald den Kampf gegen den unaufhaltsam auf sie zukommenden Orgasmus verlieren würde.

So kam es auch - beziehungsweise Emiliana kam.

Das war so unsagbar geil, dass Jeremy den Rhythmus seiner Stöße in Patricias feuchtem Eingang erhöhte.

Dieser Akt führte unmittelbar dazu, dass ihr sexuelles Empfinden in solch ungeahnte Höhen katapultiert wurde, und sie vorerst von Emiliana ablassen musste.

Mit aller Willenskraft, die man in solch einem Moment aufbringen kann, rollte sich Emiliana vom Tisch herunter.

Sie schüttelte mehrmals den Kopf, um sich zu orientieren.

Dann kam sie auf Jeremy zu.

Ein Teil von ihr wollte ihm umgehend den Kopf abreißen, dafür, dass er ihre vermeintliche Freundin hemmungslos vor ihren Augen durchfickte.

Doch da war auch dieses andere Gefühl.

Es schien, als schrie alles in seinem Blick nach ihrer Hilfe, nur, um diese ausschweifende und vollkommen außer Kontrolle geratene Orgie zu überstehen.

Sie tat es.

Die Lippen trafen warm aufeinander, heißer Atem wurde vermengt, und die Zungen umschlangen sich zärtlich.

Weder Raum noch Zeit existierte.

Mit all ihren Sinnen genoss Emiliana in diesem Moment wie sich Jeremys Körper der sexuellen Hingabe auslieferte.

Auch wenn ihre sichtbare Welt nurmehr aus Lichtreflexen wie bei einem Kaleidoskop bestand, konnte ihr extremes Gefühl für diesen Mann durch kein sinnesveränderndes Mittel getrübt werden.

Keuchend unterbrach Jeremy den Kuss, denn das Pochen und Jucken seines Schaftes forderte nunmehr all seine Aufmerksamkeit.

Während er die Augen schloss, liebkoste Emiliana seine nackte Brust mit der Zungenspitze.

Ihre Hand glitt an seinem Bauchnabel vorbei, bis hinunter zu seinem Schwanz, der in diesem Moment steinhart in Patricias nasse Spalte hämmerte.

Behände umfasste Emiliana den Schaft und zog diesen heraus.

Sie konnte den schimmernden Saft darauf sehen, doch es handelte sich lediglich um Patricias Nässe.

Er soll Erlösung erfahren, dachte sie, als sie die Eichel erneut platzierte.

Dieses Mal unmittelbar an Patricias engen kleinen Rosette.

Jeremy senkte den Blick.

Als er ihr Vorhaben erfasst hatte, griff er mit der Hand fest um ihren Kiefer und zwang ihren Blick zurück zu seinem. „Warum tust du das?"

Während Patricia sich stöhnend gegen seine Spitze presste, antwortete Emiliana zarthauchend: „Fick sie!"

Jeremys Ausdruck wurde verboten heiß.

Emiliana verspürte plötzlich das unbändige Vorgefühl eines enormen Orgasmus, der sie vollkommen ohne Anfassen, an entsprechenden Körperstellen heimsuchte.

Ihre Ohren vernahmen seine Stimme.

Er kämpfte schwer mit den Worten, doch er musste es wissen. „Zu wem gehörst du, wilde Schönheit?"

Emiliana wollte sich abwenden.

Jetzt war nicht der Zeitpunkt für derartige Diskussionen.

Doch Jeremy ließ nicht locker.

Er griff mit der Hand in ihre langen Haare und zerrte ihren Kopf nah an sein Gesicht. „Zu. Wem. Gehörst. Du?"

Mit hochroten Wangen und glasigen Augen öffnete Emiliana zitternd die Lippen. „Zu dir."

Diese zwei Worte kamen kaum hörbar aus ihrer Kehle, doch für Jeremy war es alles, was er hören musste.

Er stieß seinen Schwanz gnadenlos in Patricias engen Hintereingang, während seine Zunge tief in Emilianas Mund verschwand.

Kurz darauf hielt er Patricias Hüfte fest, damit diese seinen Stößen nicht auskommen konnte, und mit der anderen Hand massierte er Emilianas glatte Schamlippen. Sie schloss die Augen, während seine Finger bis zum Anschlag in sie eindrangen.

Beim nächsten Stoß ging Patricias Stöhnen in lustvolles Schreien über. Und obwohl ihr mehrere Tränen über die Wange rannen, war sie dem folgenden Orgasmus hilflos ausgeliefert. Noch nie zuvor war sie mit dieser Härte durch die Hintertür gefickt worden.

Patricia war absolut klar, dass sie allein die Schuld an der Notgeilheit und den unkontrollierbaren Reaktionen auf die Droge trug.

Die Nazis und andere Kriegsverbrecher nutzten den Wirkstoff sogar dazu, um Menschen die Wahrheit sagen zu lassen.

Patricia wurde in diesem Augenblick zusätzlich bewusst, dass Jeremy es mit seiner Emiliana genau so ernst meint, wie es bisher nur Shakespeares Romeo mit seiner Julia verkörpern konnte.

Mr. Perfekt gab es wirklich - nur leider nicht für sie.

Ob ihre Emi, das allerdings je verstehen oder es ihr Herz wissen würde, da sie selbst unter Droge stand, ist fraglich. Noch nie hatte Patricia eine Frau beim Dreier erlebt, und davon hatte sie bereits einige in ihrem Leben, die nicht bisexuell veranlagt war, und dennoch ihrem Geliebten nicht nur den Spaß gönnt, sondern ihn dabei auch noch tatkräftig stärkt und unterstützt.

Jeremy hatte somit, und in vielen anderen Bereichen seines Lebens, auch in ihr, seine Mrs. Right gefunden.

Die beiden bilden ein ungemein starkes Paar und sie achten bedingungsloser aufeinander, als Bonny und Clyde das je hätten vollbringen können.

Emiliana & Jeremy - Ihre Liebe ist Euer Tod.

Ein durchaus spannender Buch- oder gar Filmtitel.

Jeremys Rückenmuskulatur spannte sich an, als er fühlte, wie Emilianas enge Spalte um seine Finger verkrampfte.

Patricias innere Muskeln schlossen sich aufgrund des vorherigen Höhepunktes fest um seinen Schwanz, was ihn unbeirrt an dem stoßenden Rhythmus festhalten ließ.

In dem Moment als Emiliana ihren weichen Mund öffnete, um schneller und hemmungsloser zu stöhnen, erkannte Jeremy, dass er sie mit den Fingern soweit hatte.

Keuchend spornte er sie an: „Verdammt, bist du geil! Honey, lass es zu! Komm für mich!"

Er stieß tief in Patricia, was ihr den Orgasmus bescherte.

Als sich kurz darauf Emiliana in den Fesseln ihrer unbändigen Leidenschaft an ihn verlor, lieferte sich auch Jeremy dem Rausch der vollkommenen Ekstase aus.

Sein Schwanz zuckte, pumpte, explodierte.

Warmer Samen ergoss sich in Patricias hinterem Loch, und als er sich ihr entzog, tropfte die sämige Flüssigkeit bis auf den Marmortisch.

Die nächsten Meeting-Teilnehmer werden sich wundern, oder es schlichtweg für getrocknete Kondensmilch halten.

Schweratmend zog Jeremy Emiliana an sich und küsste sie noch einmal voller Begehren und Leidenschaft.

Er stellte nochmals klar: „Wilde Schönheit, du gehörst mir! Du hast es ausgesprochen. Es gibt kein zurück!"

Während sich Patricia nach einer Weile stillschweigend das Kleid anzog, blieb Emiliana dicht neben Jeremy.

Es war, als warte sie auf irgendetwas und wusste selbst nicht, was das war.

Jeremy, der sich noch immer nicht richtig im Raum orientieren konnte, griff nach seiner Shorts und der Anzugshose. Im Anschluss streifte er sich das Hemd über.

Er ließ es offen, was ungemein attraktiv und sexy wirkte.

Plötzlich wurde die Tür aufgerissen.

Ein kühler Windstoß vermengte sich schlagartig mit der angestauten Hitze, die durch die körperlichen Aktivitäten in diesem Raum entstanden war.

Ein Mann trat ein.

Er trug einen dunklen Anzug, eine Maske, ähnlich wie man sie aus unzähligen Horrorfilmen kennt, und schwarze Lederhandschuhe.

Wir sind alle tot ..., schoss es Jeremy durch den Kopf, während er Emiliana fest an seine Seite zog.

Der Mann sprach kein Wort, sondern ging zielgerade auf Patricia zu, die soeben den Reißverschluss ihres Kleides nach oben gezerrt hatte. Er erhob die Hand und verpasste ihr eine kräftige Ohrfeige.

Emiliana wollte nach vorne preschen und ihrer Freundin helfen, doch Jeremy hielt sie davon ab.

Schlimmer noch, er presste ihr die Hand auf den Mund, damit sie auf keine dummen Ideen kam, oder mit unüberlegten Aussagen den kranken Kerl auf sich lenkte.

Jeremy begrüßt es nicht, dass Frauen sowas angetan wird, doch vielleicht hatte es Patricia am Ende sogar verdient.

Wer weiß das schon?

Die Situation war für den Moment schlichtweg zu unübersichtlich, als das man hätte eingreifen können.

Jeremys Kopf arbeitete rein mit dem Gedanken, sich und Emiliana schleunigst aus diesem Raum zu bekommen.

„Wie kannst du es wagen", schrie Patricia den Mann an.

Wieder erhob dieser seine Hand.

Dieses Mal setzte es solch einen harten Schlag, dass Patricia mit dem Rücken gegen den Tisch taumelte.

Emiliana riss Jeremys Hand weg. „Du verfluchter Bastard, lass sie in Ruhe!"

Als der Mann mit dem Finger vor der Maske anzeigte, dass sie still sein soll, wurde es auch Jeremy zu viel.

Er ging auf den Kerl zu und packte diesen beidseitig am Revers des Anzugs. „Du hast die Lady gehört!"

Ohne Vorwarnung griff der Mann um Jeremys Hals und drückte dessen Kehle zu.

Seine Stimme klang wie durch einen Stimmenverzehrer.

„Ich höre auf nichts und niemanden!"

Jeremy atmete schwer.

Die Hände krallten sich fest in den Stoff des Anzugs und er hatte noch nie so wütend ausgesehen.

Emilianas angsterfüllter Aufschrei wurde von scharfen Worten abgeschnitten. „Halt dein Maul, du dreckige Schlampe! Um dich kümmere ich mich gleich."

Keuchend zischte Jeremy: „Versuch es und ich töte dich!"

Der Mann lachte laut auf. „Was willst du dagegen tun? Es gibt nichts, was mich noch aufhalten …"

„Hallo zusammen! Wie ich sehe komme ich ungelegen."

Emiliana erkannte plötzlich den Mann, der mit Jeremy im Matrixxx aufgetaucht war.

„Doug, hol Hilfe", wies Jeremy seinen Kollegen an, doch dieser biss genüsslich von einem Sugar Cookie ab.

„Jeremy, das würde ich sehr gerne tun, doch ich befürchte, dann könnte es zu spät sein."

Der Mann ließ von Jeremy ab, um sich dem korpulenten Störenfried widmen zu können.

Während er ein Klappmesser aus der Hosentasche zog, und die Klinge bedrohlich aus diesem herausspringen ließ, warf Douglas das Gebäckstück von sich.

Schwitzend rief er: „Na los! Komm! Worauf wartest du?"

Jeremy schüttelte den Kopf und rieb sich über den Hals.

Als der Mann sich voll und ganz auf Doug konzentrierte, schnappte er sich Emilianas Kleid vom Boden und hielt es ihr hin.

Seine Worte waren eindringlich und keinesfalls eine Bitte, sondern ein Befehl. „Verschwinde! So schnell du kannst!"

„Aber Jeremy, ich ..."

Er riss ihr das Handgelenk herum und deutete auf die Buchstaben und Nummern.

Dann legte er sein Gelenk unmittelbar daneben. „Sieh hin! Sieh es dir genau an. Kannst du es dir merken?"

Emilianas Augen überflogen die Zahlen und Buchstaben.

41°45′02N 74°46′41W

Bis zum N befand sich das Tattoo auf ihrer Haut.

Jeremy ließ es ihr auf Joels Hausboot stechen und bis zum heutigen Tag hatte sie sich keine weiteren Gedanken darum gemacht.

Für Emiliana war es nichts weiter als ein Teil seines Spiels. Irgendwann, wenn sie genügend Geld zusammen hat, wollte sie die, für sie wie eine Gefangenennummer aussehende Zahlen- und Buchstabenfolge, ohnehin weglasern lassen.

Jetzt soll ich mir sein Tattoo zusätzlich merken, noch dazu in dieser extremen Situation? Unmöglich!

Die folgenden Worte riefen blanke Panik in ihr hervor.

„Präge es dir ein! Hast du es? Vertraue niemandem."

„Ich ..., Jeremy, das ist ..., 74°46´4 ..., ich weiß es nicht!"

Er könnte den Ort auch aussprechen, doch das würden alle Anwesenden im Raum hören.

Vorneweg, der geisteskranke mit der Maske.

„Lia, wir treffen uns dort am Christmas Eve. Jetzt Lauf!"

Mit weit geöffneten Augen nickte Emiliana.

Hektisch schlüpfte sie in das Kleid, ehe sie noch einmal zu Patricia sah, die sich noch immer den Rücken hielt.

Vertraue niemandem ...

Emiliana beschloss Jeremys Worten Glauben zu schenken und rannte zur Tür.

Alles was sie noch sehen konnte, war, dass Jeremy Douglas zu Hilfe eilte.

Er griff von hinten in die Haare des Mannes und zog dessen Kopf ruckartig zurück. Diese Aktion führte dazu, dass diesem das Messer aus der Hand glitt.

Douglas holte mit der Faust aus und schlug ihm mehrfach in den Hals.

Alles was Emiliana noch hören konnte, war das grausame Knacken von Knochen. Ob es dabei der Kiefer oder das Genick des Kerls gewesen ist, traute sie sich gar nicht erst auszumalen.

Auf dem langen Flur konnte man die stimmungsvolle Musik wahrnehmen und auch das murmelnde Reden von den feiernden Menschen wurde lauter.

Eigentlich wollte Emiliana um Hilfe rufen, doch ihr kam in den Sinn, dass sie niemandem vertrauen durfte.

Im Laufen erfassten ihre Augen eine kleine Scheibe, hinter der sich ein roter Knopf befand.

Der Feueralarm!

Was soll´s! Vielleicht kann ich ihm doch helfen ...

Nachdem sie mit dem Ellbogen die dünne Scheibe zerschlagen und den Knopf betätigt hatte, ertönte sofort ein unüberhörbares Alarmsignal im gesamten Gebäude. Das FDNY wurde automatisch darüber informiert, dass bei Marshall-Enterprises ein Feuer ausgebrochen ist.

Da Emiliana nicht wissen konnte, wer der Mann hinter der Maske war, was er wollte, oder ob er allein agierte, entschied sie sich kurzerhand das Gebäude über die Feuerschutztreppe zu verlassen.

Als sie in die kühle Nachtluft hinausstolperte konnte man bereits die Sirenen der Ersthelfer in weiter Ferne hören.

Ein älterer Mann, der mit seinem Hund spazieren ging, schlüpfte beim Anblick von Emiliana aus seinem Mantel und legte diesen fürsorglich um ihre entblößten Schultern.

„Alles in Ordnung, Miss? Soll ich Ihnen ein Taxi rufen?"

In dem Moment als Emiliana die Lippen schürzte, um dankend abzulehnen, konnte man aus dem oberen Stockwerk Glas splittern hören.

Die Menschen sahen nach oben, Schreie hallten durch die Straßen, und alle liefen wild durcheinander.

Es folgte zweimal hintereinander ein entsetzlich dumpfer Aufschlag.

Erst der Körper einer jungen Frau in einem knallroten Kleid, und kurz darauf der eines Mannes, dessen Gesicht von einer Maske verborgen wurde.

Emiliana krallte ihre Fingernägel in den Stoff des Mantels.

Dann sah sie Jeremy und Douglas aus dem offenen Fenster nach unten blicken.

Als nur wenige Sekunden später das grelle Licht des Hubschraubers vom NYPD, das besagte Stockwerk taghell ausleuchtete, fehlte von den beiden jede Spur.

Emiliana hakte sich im Arm des Mannes ein und wurde somit zu einer zufälligen Passantin, die mit dem Hund einen allabendlichen Spaziergang machte.

Nicht von Belang für die Cops.

Wie es von nun an weitergehen, oder wie man das Geschehene am besten verarbeiten sollte, das stand sprichwörtlich in den unzähligen Sternen, die in dieser kristallklaren Dezembernacht, hoch oben über Manhattan um die Wette funkelten.

Die Straßen von New York waren voller leben.

Ein jeder wollte sichergehen, dass man für die kommenden Festtage alles besorgt hatte, und die gebotenen Festlichkeiten in Shops, Läden, sowie in Restaurants, luden die Menschen zum Feiern ein.

Das Display in Jeremys Audi zeigte 06.00 p.m. an, was bedeutete, dass er bei aktueller Verkehrslage sein Ziel in weniger als zwei Stunden erreicht haben würde.

Nicht nur dass, sondern heute Nacht wird sich herausstellen, wie es um ihn und Emiliana bestellt war.

Was zum Teufel ist nur mit meinem Leben passiert? Es lief alles geradeaus, bis ...

Ein lautes Hupsignal holte ihn aus seinen Gedanken.

Grünes Licht!

Hoffentlich sprang die Ampel in seinem Leben ebenso um.

Das Erste, worauf die Cops am Abend des Fenstersturzes achteten, war das Blut, welches sich sowohl auf Jeremys wie auch auf Douglas weißem Hemd befand.

Ergo, sie wurden verhaftet und mit aufs Revier genommen.

Während Douglas wahrheitsgemäß zu Protokoll gab, dass er nur rein zufällig dazukam und helfen wollte, gab Jeremy an, dass der Kerl mit der Maske und die junge Frau in dem roten Kleid, in einen lautstarken Streit verfallen waren.

Als er in den Besprechungsraum eintrat und bemerkte, dass es sich um keine Mitarbeiter der Firma handelte, hatte er die beiden in seiner Position des CEOs aus dem Gebäude verwiesen.

Der Kerl mit der Maske ist daraufhin wütend auf ihn losgegangen und Doug war ihm glücklicherweise zu Hilfe geeilt. Es kam zu einer Prügelei.

Erst als die Frau dem Mann mit den Worten: „So war das nicht geplant! Das wirst du bitter bereuen" drohte, ließ der Kerl von Jeremy und Douglas ab.

Stattdessen packte jener wortlos die Arme der Frau, und noch ehe jemand im Raum dazu imstande war einen klaren Gedanken fassen zu können, stürzte er sich mit ihr durch die Scheibe.

So steht es im Protokoll.

Dass Jeremy und Douglas vorerst als freie Männer gehen durften, war nicht verwunderlich, doch sie sollten für weitere Fragen erreichbar bleiben.

Zum Glück kam es in den letzten Tagen zu keinem Kontakt und Jeremy war heilfroh, dass sein Mitarbeiter so loyal gewesen ist, und Emiliana mit keinem Wort bei den Cops erwähnt hatte.

Sie war da und doch nur ein Geist - genau wie in

SWAN LAKE.

Und dorthin war Jeremy jetzt auf dem Weg.

Die turbulenten Tage der letzten Woche, hinterließen auch bei Emiliana beachtliche Spuren.

Nachdem sie dem freundlichen Herren mit Hund den Mantel zurückgegeben hatte, stieg sie in ein Taxi.

Sie ließ sich zu Patricias Haus bringen, bat jedoch den Fahrer auf sie zu warten.

In ihrem Zimmer packte sie eilig ihr Hab und Gut zusammen, damit, wenn die Cops die Leiche identifiziert hatten, sie nicht in den Fokus der Ermittlungen geriet.

Als der Taxifahrer sie fragte, wohin es nun gehen soll, hatte sie keinerlei Ahnung.

„Kennen Sie ein gutes Motel außerhalb von Queens?"

Der Fahrer drehte sich grinsend zu ihr herum. „Ehekrach?"

„Kann man so sagen."

„Lady, da kenne ich eine schicke Unterkunft, in der sie sich gewiss für ein paar Tage wohlfühlen werden."

Der Motor wurde gestartet.

Emiliana sah auf die Dollarnoten, die sich eingerollt in ihrer Hand befanden.

Diese hatte sie aus Patricias geheimen Vorratsdose entwendet, und trotz, dass es ihrer vermeintlichen Freundin gewiss nichts mehr ausmachte, fühlte sie sich wie eine hinterlistige Diebin.

Die bunten Lichter der Stadt rasten am Fenster vorbei und leichter Schneefall verdeckte die klare Sicht nach draußen.

Am besagten Motel angekommen, bezahlte Emiliana den geschuldeten Betrag, inklusive Trinkgeld, in bar.

Eigentlich darf man nur mit gültiger Kreditkarte in Motels einchecken, doch hier half ihr Alexander Hamilton und die Independence Hall, in doppelter Ausführung.

Besser gesagt, zweihundert Dollar extra, für die Dame am Empfang, um über die Tatsache, dass Emiliana sich nicht ausweisen konnte, hinwegzusehen.

Nach zwei Tagen und Nächten, die Emiliana nahezu durchgeschlafen hatte, versuchte sie wieder Herrin ihrer verschwommenen Sinne zu werden.

Emiliana Brooks: Flittchen eines namhaften CEOs, heimatlos, und nicht zu vergessen: Mörderin!

Emiliana gab sich insgeheim die alleinige Schuld für den Tod der Menschen, die in Zusammenhang mit ihrer bloßen Existenz, ihr Leben lassen mussten.

Der Körper zitterte oftmals heftig bei diesen Gedanken, doch an ihre Tabletten kam sie ohne ein Rezept nicht ran. Obwohl es helllichter Tag war, blieben die Vorhänge des Zimmers fest verschlossen.

Es gab keinen Grund diese zu öffnen, denn Emiliana wollte von der Welt da draußen nichts hören und nichts sehen.

Ihr Blick fiel auf die Wodka-Flasche, die sie sich bei Bezug des Zimmers besorgt, bisher jedoch keinen einzigen Schluck daraus genommen hatte.

Was soll's! Vielleicht ist das der perfekte Ersatz für die fehlenden Tabletten und ich ...

Emiliana stoppte.

Ihre Augen hafteten auf der Zahlen- und Buchstabenfolge auf ihrem rechten unteren Handgelenk.

41°45´02N

Sie ließ die Flasche los und setzte sich zurück aufs Bett. Alles was sie wollte, war, sich zu erinnern.

Im Geiste sah sie in Jeremys einnehmende Augen, sah die Panik, sah die Verzweiflung, und dann sah sie endlich auch die beiden Handgelenke.

Die fehlenden Ziffern lauten: 74° 8 ... Nein! 74°46´ 01S ..., NEIN! Verflucht!

Wieder zeigte ihr das Gedächtnis einige Bilder.

Patricia, der Mann in der Maske, Douglas, Jeremys vertrautes Gesicht, die Gelenke, und urplötzlich gestochen scharf die Zahlen.

74°46´41W

Emiliana riss die Augen weit auf.

Sie lief ins Badezimmer und kramte in ihrem Kulturbeutel nach dem schwarzen Kajal. Mit diesem kritzelte sie das Bild aus ihrem Kopf genau unter das Tattoo.

Zurück im Zimmer schnappte sie sich das Telefon und wählte die Nummer der Auskunft.

Es dauerte nicht lange, da nahm ein junger Mann das Gespräch entgegen.

„Einen wunderschönen Christmas Eve, hier ist die Auskunft von NYC, sie sprechen mit Vincent, was kann ich für Sie tun oder mit wem darf ich Sie verbinden?"

„Hey! Hier spricht …, Adams, und ich habe eine Frage. Eventuell können Sie mir da weiterhelfen."

„Ich werde sehen, was ich für Sie tun kann, Mrs. Adams."
Kurze Pause.

„Mrs. Adams? Sind Sie noch dran?"
Emiliana blinzelte mehrmals. „Ich? Ja, ich bin noch dran." Nachdem sie den kurzen Schock verdaut hatte, dass man sie mit seinem Nachnamen ansprach, fügte sie hinzu: „Was genau bedeutet: 41°45´02N 74°46´41W?"

Sie lauschte und machte sich innerlich auf die Gegenfrage gefasst, was das sollte, und ob sie nicht wisse, dass es sich hierbei um die Telefonauskunft und nicht um irgendeine allgemeine Anlaufstelle für seltsame Fragen handelte.

Doch der junge Mann blieb freundlich. „Nun, Mrs. Adams, das sind Koordinaten. Wenn man diese in ein GPS-Gerät eingibt, kann man dank Längen- und Breitengraden exakt einen Ort auf unserer wunderschönen Erde bestimmen."

Emiliana fuhr sich mit der Hand durch den Nacken. „Hören Sie, Mr. …?"

„Vincent. Nennen Sie mich bitte Vincent."

„Gut, Vincent. Könntest du mir vielleicht noch sagen, welcher Ort sich hinter diesen Koordinaten verbirgt?"

Vincent kaute auf einem Stift herum.

Dann sog er hörbar Luft ein. „Eigentlich darf ich das nicht, doch heute mache ich da gerne mal eine Ausnahme. Bitte Mrs. Adams, wiederholen Sie die Zahlen und Buchstaben." Sie tat es.

Durch die Leitung hindurch konnte man Vincents Finger über die Tastatur seines Computers huschen hören.

Plötzlich war da wieder seine Stimme. „Bingo! Das ist es! Mrs. Adams?"

„Ja?"

„Die Koordinaten gehören zum wunderschönen Swan Lake. Ein Weiler in der Stadt Liberty im Sullivan County. Die Postleitzahl lautet 12783. Soll ich Sie dort mit jemandem verbinden?"

„Nein, alles bestens! Danke, Vincent, das hat mir sehr geholfen."

„Immer gerne. Merry Christmas, Mrs. Adams. Genießen Sie die Festtage mit Ihren Lieben."

„Sie auch", kam es leise über Emilianas Lippen.

Aufgelegt.

Die Knöchel ihrer Hand, mit der sie den Hörer fest umklammert hielt, waren weiß geworden und das Herz schlug ihr bis zum Hals.

Swan Lake.

Jeremy hatte ihr den Ort, der ihr sowohl die schönsten, als auch die schrecklichsten Stunden ihres Lebens bereitet hatte, in ihrer Haut verewigen lassen.

Ironie dabei ist, dass erst sie beide ein Ganzes ergeben.

Er will, dass ich ihn heute Abend treffe? Wie soll ich dort hinkommen? Und was viel wichtiger ist, will ich das?

Während dieser Gedanken ging Emiliana ins Badezimmer, um sich ausgiebig zu duschen. Anschließend schlüpfte sie in seidige Unterwäsche.

Der dünne weiße Feinstrickpullover, kombiniert mit einer silberschwarzen Leggins, sollten bei den momentanen Temperaturen vollkommen ausreichen.

Emiliana nahm sich fest vor heute Abend dort zu sein.

Nicht aber, um sich anzuhören, was er ihr zu sagen hatte, sondern um sich endgültig von ihm zu verabschieden.

Dieser Mann war nicht gut für sie und ihr Leben, und umgekehrt. Sie beide waren toxisch.

Pures Gift!

Und wie man unschwer erkennen konnte, ergaben sie zusammen eine tödliche Mischung.

Emiliana begann sich zu schminken.

Lange Zeit kämmte sie durch das dichte schwarze Haar.

Danach schnappte sie sich ihren Mantel, die Geldrolle, und ein Pfefferspray, das sie sonst auf ihrem Weg ins Palms bei sich trug, und verließ das Motel.

Ihr Smartphone ließ sie bewusst zurück, denn die Karte lief auf Patricias Namen. Es war sicherer, wenn diese für einige Tage keinerlei Aktivitäten aufwies.

Warum Jeremy sie in all der Zeit nicht ein einziges Mal angerufen hatte, war ihr ein Rätsel, doch in wenigen Stunden würde sie um all die Antworten reicher sein, die sie im Normalfall nie hätte hören wollen.

Nachdem Jeremy den Wagen hinter dem vollkommen abgebrannten Anwesen von Joel geparkt hatte, öffnete er das Handschuhfach.

Er zog daraus eine Waffe hervor, welche ihm sein Vater zu seinem sechzehnten Geburtstag schenken wollte.

Seine Mutter übernahm nach dessen Tod das Amt der Überbringerin, und seither hütet Jeremy die silbrig schimmernde CZ75 wie seinen Augapfel.

Geladen hatte er sie bisher noch nie, denn dafür gab es schlichtweg keinen Grund.

Anders heute, denn an diesem Abend war das Baby schwanger.

Immer wieder sagte er sich, dass Emiliana zwar impulsiv handelt, doch keine potenzielle Mörderin ist.

Allerdings war er sich dessen, seit Saras mysteriösem Ableben in einem Pool, nicht mehr zu hundert Prozent sicher.

Insgeheim hoffte er, dass er die Waffe nicht benutzen müsse. Gewalt an Emiliana ausüben wollte er nie, doch den Respekt vor ihm zu jederzeit gewährleisten, oder wenn es sein musste diesen wiederherzustellen, dagegen schon.

Gewiss habe ich meine wilde Schönheit enttäuscht, indem ich es mit ihrer selbsternannten Freundin auf dem Meetings-Tisch getrieben habe. Verflucht noch mal, sie war dabei! Wir waren auf Droge und sie hat mir geholfen. Ich kann mich noch nicht einmal mehr an den Fick erinnern und will es auch nicht. Nie wieder! Ich will, dass Lia mir mit Haut und Haaren verfällt. Ich will, dass sie mir gehorcht, und ich will, dass sie MEIN ist!

Jeremy stieg aus.

Er sah sich um, ehe er die Autotür zuschlug.

Im Dunkeln machte er sich auf den Weg zu dem schmalen Steg, dessen Holzbretter auch in dieser Jahreszeit von der einzigen Laterne im Umkreis in schummriges Licht gebettet wurden.

Am Ende kommt doch noch weihnachtliche Stimmung auf, dachte Jeremy, während er sich dem Hausboot näherte.

Zu seinem Glück wurde es nach Joels Tod nicht sofort konfisziert, sondern verweilt noch immer unberührt an seinem Platz.

An Deck schossen Jeremy die Bilder in den Kopf, wie er Emiliana in den See geworfen hatte.

Jene wäre bei dieser Aktion fast ertrunken, da sie nicht Schwimmen konnte.

Jeremy sah sich selbst, wie er ins Wasser sprang, ihren Körper aus dem See fischte, und sie anschließend an der Reling wiederbelebte.

Als das vollbracht war, packte er sie schroff an den nassen Haaren, küsste sie unglaublich hart, und dann fickten sie sich die ganze Nacht lang wie die Besessenen, die Seelen aus den Leibern.

Um jetzt in das Innere des Bootes zu gelangen war auch kein Zaubertrick notwendig, sondern Jeremys Ellbogen.

Mit Nachdruck stemmte er sein Gewicht solange gegen die schmale Tür, bis das Schloss nachgab und diese mit Leichtigkeit aufschwang.

Er tastete nach dem Lichtschalter.

Alles sah ordentlich aus, was bedeuten musste, dass jemand hier gewesen ist.

Damit konnte sich Jeremy jetzt allerdings nicht aufhalten, denn er musste seine Aufgaben erledigen, ehe seine wilde Schönheit eintraf.

Mit Logik konnte er sich sein Denken nicht erklären, denn es war vollkommen ungewiss, ob sie erscheinen würde.

Sei es, dass sie sich die Zahlen nicht merken und somit entschlüsseln konnte, oder schlichtweg wegen ihres sturen, trotzigen, und oftmals bockigen Charakters.

Sollte sie mich sitzenlassen, dann werde ich mich endgültig der Herausforderung stellen, eine wilde Katze zu zähmen. So lang, bis sie sich, um ihre täglichen Schmuseeinheiten zu bekommen, um meine Beine schlängeln und darum betteln wird, dass ich sie anfasse. Ich werde ihr Zuchtmeister sein, denn bei dieser Frau braucht es scheinbar weniger die netten Worte, um ihre volle Aufmerksamkeit zu erhalten. Nicht etwa verbale Erniedrigung oder Grausamkeiten, nein, es braucht Bestimmtheit, Disziplin, und Härte!

Bei diesem Gedanken spürte Jeremy, wie sein Glied mehrmals gegen den Stoff der Anzughose klopfte.

Emiliana war noch nicht eingetroffen und er hatte schon einen Ständer.

Großartig!

Als er anschließend das Schlafzimmer öffnete und sich erinnerte, wie sie es sich vor den Augen des Detective besorgte, oder wie Jeremy es mit ihr auf diesem Bett in der ersten Nacht nach ihrer Ankunft hemmungslos getrieben hatte, war es um seine Beherrschung geschehen.

Er presste die Lippen zusammen, dann stürmte er ins Bad.

Vor der Toilette zog er eilig am Reißverschluss der Hose, um seinem Schwanz die geforderte Freiheit zu gewähren.

Ein gezielter Griff und das juckende Gefühl schoss ihm in sämtliche Regionen seines Körpers.

Jeremy schloss die Augen.

Sein Mund öffnete sich keuchend, während der Rhythmus seiner Bewegungen schneller und schneller wurde.

Den Kopf hatte er in den Nacken gelegt, um sich an den kalten Fliesen abstützen zu können.

Die Gedanken an sie wurden zu lustvollen Empfindungen.

Es kam Jeremy so vor, als würde Emiliana tatsächlich vor ihm knien und über die volle Länge seines Schwanzes lutschen.

Er sah, wie sich ihre bebenden Lippen öffneten und die Spitze sich in ihren Mund zwängte.

Die Zunge strich dabei langsam am Schaft entlang und da Jeremy sich in seiner jetzigen Position nicht zurückhalten musste, stellte er sich vor, wie er dem kleinen geilen Luder die Kehle mit seinem Sperma füllte.

Sein Schwanz zuckte dabei so stark, dass er sich von den Fliesen lösen und den Deckel der Toilette öffnen musste.

Die Erlösung nahm all seine Sinne ein, während er sich schwallweise erleichterte.

Dies erinnerte ihn an Staten Island.

Und daran, wie sich Emiliana in der luxuriösen Wanne der Fletchers ungeniert anfasste.

Jeremy war nach einiger Zeit regelrecht aus dem Badezimmer hinausgestürmt, nur, um sich auf der Gästetoilette die massive Härte wegschleudern zu können.

Noch nie zuvor hatte er solch eine Spannung auf seinem besten Stück gehabt, wie zu diesem Zeitpunkt.

Von da an hatte er nur noch diese extreme Ständer gehabt. Immer im Zusammenhang mit ihr.

Lia hat mich verdorben bis auf den tiefsten Kern meiner Seele. Jetzt muss sie mit dem Teufel, den sie erschaffen hat, all die unanständigen Tänze tanzen. Ob sie will oder nicht!

Mit diesem Gedanken betätigte Jeremy die Spülung.

Während des Händewaschens fiel ihm die silberne Kette am Rand des Beckens auf.

Beim Anheben fielen Jeremy umgehend die Worte der Verkäuferin ein. „Diese Kette besteht aus unterschiedlich großen Silberperlen und folgt dem Halsausschnitt wie natürlich wachsender Wein, bevor sie tief im Dekolleté in einer Traube endet ..."

Die Moonlight Grapes führten bei Jeremy umgehend zu dem Gedanken, dass er auch Emilianas Traube im Mondschein pflücken wird. Immer und immer wieder.

Dabei ihren süßen Saft wie puren Wein trinken.

Jeremy lies die Kette in seine Hosentasche gleiten.

Wenn sie denkt, dass ich nach allem was geschehen ist kampflos aufgebe, dann hat sie sich gewaltig geschnitten. Sie muss lernen, dass Taten auch immer Konsequenzen mit sich bringen. Ob sie es einsieht oder nicht, sie braucht mich!

Der Klingelton seines Smartphones holte Jeremy zurück ins Badezimmer.

Douglas rief an.

„Hey Jeremy. Alles in Ordnung da draußen?"

„Ja, alles ruhig und friedlich. Du solltest bei Gelegenheit mal vorbeischauen."

„Oh, das werde ich. Nur heute wartet meine Mum mit dem Abendessen auf mich und danach werden wir ..."

„Doug! Das Wichtige zuerst", unterbrach Jeremy forsch.

„Ja, also ...," Doug hüstelte. „Ich wollte dir Bescheid sagen, dass mein Cousin mir eben mittteilte, dass sich ein Taxi von einem etwas außerhalbgelegenen Motel auf den Weg nach Swan Lake macht."

Jeremy begann breit zu lächeln, dann antwortete er: „Doug, ich schulde dir was."

Aufgelegt.

Ungehört rief Douglas noch: „Und Jeremy, was den Wagen angeht, auf den musst du höllisch aufpassen, weil ich den morgen unversehrt zurückbringen muss. Andernfalls ... Jeremy? Hallo?"

Emiliana blickte verträumt aus dem Fenster eines Taxis.

Wenn ich mich lediglich in die Nähe dieses teuflischen Anwesens fahren lasse, dann habe ich genügend Zeit, um mir einen Überblick zu verschaffen. Das Wichtigste aber, um mich zu vergewissern, ob Jeremy wirklich dort auf mich wartet, oder ob ich seine Worte vollkommen missverstanden habe. Nie wieder wollte ich an diesen Ort zurückkehren, doch irgendetwas tief in meiner Seele ist an ihn gebunden. Nicht an den Ort. An Jeremy.

Zu ihrem Glück war die Taxifahrerin keine von der gesprächigen Sorte, sondern fuhr unbeirrt ihrer Wege.

Emiliana war insgeheim froh, mit einer Frau diese lange Strecke zurücklegen zu dürfen.

Nach einiger Zeit verblasste die leuchtende Skyline von New York mehr und mehr. Unweigerlich musste diese der ländlichen Idylle weichen.

Die einzige asphaltierte Straße schlängelte sich in der Dunkelheit wie in einem Horrorfilm dahin.

Rechts war für Emiliana das ruhige Wasser des Swan Lake auszumachen. Im Gegensatz zum Sommer lagen derzeit leichtschwebende Nebelschleier darüber.

Sie konnte noch immer nicht fassen, dass Jeremy mit hoher Wahrscheinlichkeit Sara umgebracht hatte, doch das würde sie ihn genau heute Abend fragen.

Erst, wenn ich auf alles eine Antwort erhalten habe, dann werde ...

Ein Wagen mit hoher Geschwindigkeit näherte sich von hinten dem Taxi. Gewiss ein Anwohner, der die Straßen in- und auswendig kannte und schleunigst am Christmas Eve nach Hause kommen wollte.

Die Taxifahrerin wich bis an die Straßenbegrenzung aus, um dem Wagen den nötigen Platz zum Überholen zu geben.

Beim Näherkommen konnte man unschwer erkennen, dass es sich um einen Streifenwagen handelte.

Sie sah in den Rückspiegel. „Auch das noch! Haben die Cops in diesen Tagen nichts Besseres zu tun, als das kleine Volk zu terrorisieren? Los! Fahr vorbei!"

Emiliana beobachtete den Wagen des NYPD mit Argusaugen.

Die Seitenscheiben waren getönt, sodass man beim Überholvorgang den Fahrer oder gar einen Beifahrer, unmöglich erkennen konnte.

Die Straße hinter ihnen war nun leer, doch die Rücklichter des Wagens waren durch die Frontscheibe zu sehen.
Plötzlich tauchte folgende Order auf:

POLICE! FOLLOW!

Mit Blick zu Emiliana, beruhigte die Taxifahrerin: „Keine Sorge. Ist bestimmt nur eine Routine-Kontrolle."
Was bleibt mir anderes übrig, schoss es Emiliana durch den Kopf. *Die Cops kann man schließlich nicht so einfach abwimmeln, in dem man weiterfährt und freundlich winkt.*
Als der Streifenwagen an der nächstgelegenen Böschung anhielt, begann die Frau im Handschuhfach nach den Papieren zu kramen.
Auf altmodische Art kurbelte sie das Fenster herunter.
Man sah den Cop langsam mit einer Taschenlampe auf das Taxi zukommen.
Das Licht blendete stark, weshalb die Frau schützend die Handfläche über ihre Augen schirmte. „Guten Abend, Officer. Ist etwas nicht in Ordnung?"
Keine Antwort.
Sie beschloss ihm den Führerschein und die Registrierung ungefragt hinzuhalten.
Der Cop nahm beides entgegen.
Kurz darauf forderte dieser: „Aussteigen und mitkommen!"
Das Licht traf auf Emilianas Gesicht. „Sitzenbleiben!"
Sie blieb still.
Die dunkle Dienstkleidung und die tief in das Gesicht gezogene Kappe machten es ihr unmöglich den Cop genauer ansehen zu können.
Am Streifenwagen konnte sie dafür sehen, wie die Fahrerin sich unschuldig die Haare zurückstrich.

Die wird es doch hoffentlich nicht mit flirten versuchen,
dachte sich Emiliana.

Da sie das in gar keinem Fall mitverfolgen wollte, ließ sie
sich seufzend zurück in das Leder der Rückbank fallen.

Der Cop legte den Kopf schief. „Ihnen ist bewusst, Mrs.
Mayers, dass sie die zulässige Höchstgeschwindigkeit
überschritten haben? Ebenso hat ihr linkes Rücklicht
einen Wackelkontakt."

„Wirklich? Das muss ich beim Losfahren wohl übersehen
haben. Der Wagen ist nicht der, den ich sonst fahre, doch
die Inspektion ..."

„Mrs. Mayers ich war noch nicht fertig."

Spätestens jetzt bemerkte sie, dass ihr ein freundliches
Lächeln bei diesem Mann nicht weiterhelfen würde.

Der Cop fuhr fort: „Vor ungefähr einer Meile haben sie
einen Privatweg benutzt, um ein anderes Fahrzeug
überholen zu können. Das ist nicht gestattet."

Eigentlich wollte Mrs. Mayers umgehend fragen, ob das
NYPD keine anderen Probleme hatte, noch dazu am
Christmas Eve, doch das verkniff sie sich lieber.

Sie war schon des Öfteren in eine Kontrolle geraten, doch
bisher hatte man ihr nur kleine Vergehen nachweisen
können. Und auch hierbei wird es schlichtweg auf eine
Verwarnung hinauslaufen.

Genervt verschränkte sie die Arme. „Wird nicht wieder
vorkommen. Wenn Sie mich bitte entschuldigen, Officer.
Ich habe einen Fahrgast und die Dame ..."

„Muss ich zunächst überprüfen", unterbrach der Officer
forsch. „Sie bleiben hier stehen!"

Er ging zurück zum Taxi.

Mit den Fingerknöcheln klopfte er gegen die Seitenscheibe.

„Ma´am! Steigen Sie aus dem Wagen!"

Emiliana erschrak und ihre Pupillen weiteten sich. *Diese Stimme!*

Der Cop wiederholte: „Steigen Sie aus dem Wagen! Hände nach vorne, so, dass ich sie sehen kann."

Schwerschluckend öffnete Emiliana die hintere Tür und stieg aus.

Wieder blendete sie der Lichtkegel der Taschenlampe.

„Umdrehen! Hände aufs Dach!"

„Was soll das? Ich habe nichts verbrochen!"

„Lady, die Hände aufs Dach!"

„Den Teufel werde ich tun! Ich kenne meine Rechte …"

Noch ehe Emiliana den Satz zu Ende sprechen konnte, wurde sie gepackt, herumgedreht, und ihr Körper gegen das Taxi gepresst.

Der warme Atem des Cops, vermischt mit dem markant herben Duft seines Aftershaves, drang an ihre Sinne vor.

„Hör auf, dich mir zu wiedersetzen!""

Emiliana wurde heiß.

Er hatte die Stimme wunderbar verstellen können, doch sie hatte es irgendwie im Gefühl gehabt.

„Jeremy! Lass mich sofort los!"

Ihm gefiel das Zischen, welches mit diesem Satz über ihre sinnlichen Lippen kam.

Noch mehr genoss er ihre verzweifelten Versuche, sich aus seiner Umklammerung zu befreien, denn dabei rieben ihre Pobacken ungeniert an seiner Uniformhose.

Wäre die Taxifahrerin, die mir unbedingt mein Schauspiel abkaufen muss, nicht, dann würde ich Lia sofort die Hose runterziehen und ihr kräftig den Hintern versohlen.

„Haben Sie Waffen oder irgendwelche Gegenstände, an denen ich mich verletzen könnte in ihren Taschen?"

Emiliana bockte: „Welche Taschen, du Idiot? Das sind Leggings!"

Da Jeremy bemerkte, dass die Taxifahrerin ihnen mittlerweile die volle Aufmerksamkeit schenkte, wurde er laut: „Lady! Das war Beleidigung eines Officers im Dienst, deshalb verhafte ich Sie! Hände auf den Rücken!"

„Hör mit dieser Scheiße auf! Wir wissen beide, dass du kein verdammter Cop bist."

Hilfesuchend sah Emiliana zu ihrer Fahrerin.

Im gleichen Moment drückte Jeremy sie noch fester gegen das Metall des Wagens. Die Arme riss er ihr grob nach hinten, denn es musste echt aussehen.

Mrs. Mayers rief: „Die Dame ist mein Fahrgast!"

„Alles in bester Ordnung. Bleiben Sie, wo Sie sind! Vertrauen sie dem NYPD!"

Handschellen klackten.

Jeremy zog so stark an Emilianas Gelenken, dass sie nicht sprechen, sondern vorerst nur laut aufstöhnen konnte.

„Spiel mit, oder wir haben ein massives Problem, Honey!"

Hat er mich ernsthaft HONEY genannt? Hier und jetzt? Das verbindet er mit meiner Feuchtigkeit und auf dieser Straße ist wirklich alles zu finden, nur keine sexuelle Erregung! Nun ja, ausgenommen der Uniform und seiner Stimme.

Jeremy schob Emiliana bis zum Streifenwagen.

Er schwang die hintere Tür auf, drückte ihr den Kopf nach unten, und als sie saß, knallte er diese lautstark zu.

Lächelnd wandte er sich an eine schockiert dreinblickende Taxifahrerin. „Diese Lady wird seit Monaten gesucht."

„Was? wirklich?"

„Ja, wirklich! Und Sie, Mrs. Mayers, hatten großes Glück."

„O Gott! Sagen Sie nicht, diese Frau ist eine Mörderin!"

Jeremy klopfte ihr beruhigend auf die Schulter. „Nein, das nicht. Doch sie überfällt einmal pro Woche ein Taxi, raubt die Fahrer aus, und schneidet ihnen zum Andenken einen Finger ab."

„Bitte?" Mrs. Mayers blieb vor lauter Schreck die Luft weg.
„Am besten Sie fahren zurück und genießen den Abend sicher im Kreise ihrer Familie."
„Ja, das werde ich. Allerdings muss ich das der Zentrale melden. Ich bin den weiten Weg umsonst gefahren und ..."
„Verstehe", unterbrach Jeremy.
Er zückte sein Portemonnaie. „Sind fünfhundert Dollar ausreichend?"
Verblüfft sah ihm Mrs. Mayers ins Gesicht. „Das ist viel zu viel! Das kann ich nicht annehmen."
„Doch, das können Sie."
Er übergab die Dollarnoten in ihre Hände. „Sehen Sie, ich hätte Ihnen das gar nicht erzählen dürfen, was diese Frau getan hat. Doch ich bin froh, dass Sie in Sicherheit sind. Vielleicht können wir es dabei belassen. Sagen Sie ihrer Zentrale doch einfach, Sie hätten den Fahrgast wie gewünscht in Swan Lake abgesetzt. Wir alle haben somit ein schönes Weihnachtsfest, ohne unnötige Probleme."
Die Taxifahrerin sah auf das Geld in ihrer Hand, dann noch mal zu Jeremy.
„Merry Christmas!"
Mit diesen Worten ging sie zurück zu ihrem Wagen und stellte das Licht auf FREI!
Lächelnd dankte Jeremy die Kooperationsbereitschaft, ehe er in den Streifenwagen stieg.
Zum Glück hatte Doug einen Cousin beim NYPD, und was noch besser war, dass dieser leicht zu bestechen ist.
Nur einen Abend lang das Fahrzeug ausleihen, ohne Funk zum Department, inklusive einer nagelneuen Uniform auf dem Rücksitz, kostete Jeremy nicht die Welt.
Und sollte dabei etwas schiefgehen, würde der korrupte Cop den Wagen als gestohlen melden - so easy!

Heute Morgen hatte Douglas zusammen mit Jeremy den Wagen zu Joels Anwesen gefahren. Mit dem Audi waren sie zurück nach Marshall-Enterprises gekehrt, haben abgeschlossen, und sich, wie es sich für einen CEO und seinen Mitarbeiter gehört, ein schönes Weihnachtsfest gewünscht.

Dass Doug seit geraumer Zeit mehr von allem wusste, als Jeremy eigentlich lieb war, darüber wollte er in diesem Moment nicht nachdenken.

„Warum?", drang es leise aus dem hinteren Bereich des Wagens zu ihm nach vorne.

Auf dem Lenkrad tippelnd, antwortete er: „Ich wusste, dass wenn du kommst, du dir ein Taxi oder eine andere Mitfahrgelegenheit aussuchen würdest, es sogar musstest. Wir können uns nach dem Geschehenen nicht noch mehr Menschen leisten, die darüber Bescheid wissen, dass wir zusammen sind."

Emiliana holte tief Luft. „Jeremy, was bildest du dir ein? Wir sind nicht zusammen und was passiert ist, das ..."

„Mach verfickt noch mal die Augen auf! Das ist kein Spiel, wo der Würfel entscheidet. Menschen sind gestorben! Deine Granny, Mitarbeiter meiner Firma, Sara, und diese verlogene Patricia, samt eines maskierten Unbekannten, der mit Sicherheit gekommen war, um mich, dich, oder uns beide, von der Bildfläche verschwinden zu lassen! Noch Fragen, Süße?"

Vor Schock über die Härte in seiner Stimme schwieg sie.

Jeremy sah im Rückspiegel wie ihre Haut immer blasser wurde.

Kurz darauf hallte das Geräusch des startenden Motors über den schweigenden See hinweg.

Jeremy trat das Gaspedal stärker als gewollt durch, doch die Gewissheit, dass seine wilde Schönheit es noch immer nicht verstanden hatte, machte ihn rasend vor Wut.

Als er nach wenigen Minuten das Ziel erreicht hatte, fackelte er nicht lange, sondern zerrte sie aus dem Wagen.

„Lass mich sofort los!"

Emiliana kämpfte wie eine Raubkatze gegen Jeremys Griff.

Er hingegen stellte klar: „Nein! Und jetzt geh weiter."

Am Steg angekommen, verhielt sie sich erneut wie ein ungezogenes Mädchen, das seinen Willen nicht bekam, und deren Daddy ihr kein Einhorn, sondern nur ein Pony gekauft hatte.

Dann wollen wir mal Erziehungsmaßnahmen ergreifen, dachte Jeremy, während er ihren Körper an sich presste.

Anschließend packte er mit der Hand um ihren Kiefer und zwang sie damit ihm in die Augen zu sehen.

Emiliana dachte für einen kurzen Moment, dass sie nur noch von seinen Armen gehalten wird, da sich ihre Beine schwammig anfühlten.

Nicht aus Angst, sondern weil er in der Uniform eines Officers vom NYPD, und mit der Dominanz, die er anwandte, verflucht sexy wirkte.

Emiliana zwang die Ohren seinen Worten zu lauschen, während ihr Slip feucht wurde.

„Du wirst sofort mit dem Strampeln aufhören und mit mir zusammen das Boot betreten, hast du mich verstanden?"

Ihre widerspenstigen Augen wurden glasig.

Jeremy hielt konstanten Blickkontakt und fragte erneut: „Hast du mich verstanden?"

Sie nickte.

Das Hausboot lag im Dunkeln wie ein Geisterschiff vor ihr. Im Inneren setzte Jeremy sie auf den Stuhl, auf dem er es ihr mit heißem Wachs und einer Stielkerze besorgt hatte.

Solange, bis sie sich ihrem allerersten Squirting hingeben musste.

Ebenso wurde ihr auf diesem die Hälfte der Koordinaten von Swan Lake in die dünne Hautschicht des rechten unteren Handgelenkes eintätowiert.

Während Jeremy in seiner Anzughose, die über einem Hocker lag, kramte, ließ sie ihren Kopf zur Seite gewandt. Er kam auf sie zu.

Mit dem Finger an ihrer Wange, drehte er sie derbe zurück.

Emiliana konnte das Silber in seiner Hand ausmachen, jedoch nicht erkennen, um was es sich dabei handelte.

„Wenn du gestattest", sprach Jeremy in ruhigem Ton, ehe er hinter sie trat.

Zärtlich strich er die langen Haare zur Seite, um ihr die Kette anzulegen.

Die Perlen fühlten sich angenehm kühl auf ihrer Haut an.

Das war es dann auch! Ich meine, was erwartet er? Dass ich mich noch mal für die Kette bedanke? Ich will das alles nicht, denn …

Ihre Gedanken stoppten, als er wieder vor sie trat.

Behände öffnete er die Knöpfe seines Hemdes und gewährte ihr damit den Einblick auf seine Brust.

Emiliana wollte es verhindern, doch ihre Augen hafteten auf ihm wie unter Hypnose.

Jeremys Erregung stieg, als er sah, wie sich ihr Mund leicht öffnete, damit die rosige Zungenspitze ganz sanft ihre Lippen befeuchten konnte.

Als Emiliana bemerkte, dass sie sich viel zu schnell auf sein Spiel einließ, holte sie tief Luft. „Du hast Sara getötet!"

„Bitte, was?", schoss es entsetzt aus Jeremy.

„Spar dir die falsche Nummer! Ich will wissen, warum du es getan hast."

Mit nur einem Schritt überwand er die Distanz und packte Emiliana an den Haaren.

„Ich habe mich nach der Nachricht, dass Sara tot im Pool aufgefunden wurde, echt zusammenreißen müssen, um dich nicht aufzusuchen und dir genau dieselbe Frage zu stellen. Jetzt sitzt du hier vor mir, mit Handschellen auf dem Rücken auf einen Stuhl gefesselt, und beschuldigst mich, der Mörder meiner Frau zu sein?"

Emilianas Augenlider begannen vor Wut zu flattern.

Wie er über sie spricht! SEINER Frau ...

Sie schrie: „Fick dich, Jeremy! Ich habe deiner Sara kein Haar gekrümmt, falls du das denkst! Was tust du hier mit mir, wenn du doch lieber zu Hause sitzen und wie ein guter Mann trauern solltest."

Jeremy presste ihr den Zeigefinger auf die Lippen.

Er zischte: „Was mich betrifft, bin ich seit Staten Island nicht mehr Saras Ehemann. Weil, lass mich überlegen ..., ja, jetzt fällt es mir wieder ein ..., da eine Frau ungefragt in mein Leben trat und mich für Dinge benutzte, die ich vorher gar nicht kannte. Ich hatte meine Welt fest im Griff, wollte nie Kinder, doch geregelte Abläufe. Sara bot mir all das. Somit waren es schöne ruhige Jahre für mich."

Schöne Jahre? SIE bot ihm all das, was ER wollte. Fein!

Als Emiliana erneut seinem Blick begegnete konnte er deutlich darin ablesen, dass sie in Streitlaune war.

Sie öffnete den Mund.

In exakt diesem Augenblick umfasste Jeremy mit beiden Händen ihren Kopf und nahm ihre Lippen in Besitz.

In diesem rückhaltlosen Kuss steckte all seine Wut, all sein Begehren, und seine unbändige Gier.

„Lia, unternimm etwas! Sonst vergesse ich mich!"

Diese keuchenden Worte, jagten Emiliana ein Gefühl von lähmender Angst und purer Lust zeitgleich durch ihren zitternden Körper.

„Was soll ich tun?"

„Sag es!"

Jeremy zog erneut an ihren langen Haaren. „Sag, dass du Sara getötet hast. Wegen mir! Weil du es nicht ertragen konntest, dass sie noch meine Frau ist, und aus Angst, dass ich zu ihr zurückkehre."

Emiliana lächelte, doch in ihren Augen spiegelte sich blanke Wut wider.

Jeremy packte sie an den Oberarmen und riss sie vom Stuhl aus zu sich nach oben. Mit Leichtigkeit steuerte er ihren Körper in Richtung des Schlafzimmers.

Ihr harter Blick und die drohenden Worte beeindruckten ihn dabei kein bisschen.

Im Gegenteil. Jeremy liebte es, wenn sich seine Wildkatze gegen ihn zur Wehr setzte, und so tat, als könne sie bestimmen, was als nächstes geschehen würde.

Doch das konnte sie nicht.

Am Bett angekommen gab er ihr einen leichten Schubs.

„Da werden Erinnerungen wach. Nicht wahr, Honey?"

Als Emiliana sich samt ihrer Handschellen vom Bauch aus zur Seite drehen wollte, sprang er auf das Bett und drehte sie auf den Rücken.

Jeremy kniete mit offenem Hemd, in der Uniform des NYPD, über ihr, und es war für ihn ein Leichtes, das folgende Strampeln mit seiner körperlichen Überlegenheit einzudämmen.

Ein Griff um ihre zappelnden Beine genügte, um ihr die schwarzen Stiefel von den Füßen ziehen zu können.

Als nächstes folgte die Leggings.

Somit war die untere Hälfte ihres Körpers so gut wie entblößt, ohne dass sie etwas dagegen tun konnte.

Jeremy schaffte es auch nicht länger zu widerstehen, deshalb schob er ihr den dünnen Pulli vom Bauchnabel aus immer weiter nach oben.

Als er diesen über ihre Brüste hob, bäumte sich Emiliana unter ihm auf. „Ich schwöre dir, das wirst du bereuen!"

Er lachte auf. „Wetten, das werde ich nicht?"

Mit diesen Worten klappte er die Cups des BHs herunter.

Sein starrer Blick auf die wohlgeformten nackten Brüste, mit den wunderschönen harten Knospen, zeugte von enormer Erregung und die Schwellung in seiner Hose unterstrich seine sündigen Gedanken.

Nach einer Weile tasteten sich Jeremys Finger an den Gürtel der Uniform vor. Er riss das Leder durch die Schlaufen und faltete es anschließend in seinen Händen.

„Was hast du vor?"

Ihre Augen nahmen den zarten Schimmer von Angst an. Nicht viel, doch ausreichend, um die Jagdinstinkte in Jeremy weiter nach oben zu pushen.

Rau gab er zur Antwort: „Ich werde sicherstellen, dass du in Zukunft mehr Respekt vor mir an den Tag legst."

Emiliana wusste, dass sie halbnackt unter seinem Gewicht verletzlich war, doch ihr Mund übernahm für sie.

„Jeremy! Es reicht! Glaub nicht, dass du ..."

Ein fieser Schmerz durchfuhr ihre Pobacke.

Jeremy beobachtete lüstern, wie sich ein roter Streifen über der weichen Haut bildete.

Er hob erneut den Arm.

„Nicht! Jeremy, hör auf damit!"

Doch er drehte ihren Körper zur Seite und zog ihr den Gürtel mehrmals über den gesamten Hintern.

Das Boot war erfüllt von ihren Schreien, doch hier draußen konnte sie niemand hören.

„Warum hast du mich mit ihr ficken lassen?"

Das Leder peitschte über die Kurven, von wo aus die Schenkel begannen. „Antworte mir!"

Durch fest zusammengepresste Zähne zischte Emiliana: „Wir waren High!"

Wieder traf der Gürtel hart auf ihre Haut. „Falsch! Du hast genau gewusst, was du getan hast, als du meinen Schwanz in das enge Loch dieser Nutte eingeführt hast. Und weißt du was? Es hat so heftig gejuckt, dass mein Schaft immer dicker in ihr anschwoll und anschließend der Saft explosionsartig aus mir herausgeschossen ist."

„Dann ist doch alles wunderbar für dich gelaufen", schluchzte Emiliana bei seinen Worten.

Er beugte sich nah an ihr Ohr herab. „Nein, so nicht! Ich wollte das nicht! Aber als ich dir zusah, wie du stöhnend auf dem Tisch kamst, war es um mich geschehen."

Er vergrub die Finger tief in ihren Wangen. „Scheiß auf den Wirkstoff in diesem Teufelszeug! Wenn ich eines gelernt habe, dann, dass es keine schlimmere Droge für mich gibt als DICH!"

Der Raum füllte sich sekündlich mit immenser Erregung. Während Jeremy den Reißverschluss seiner Hose senkte, setzte er nach: „Es ist an der Zeit, dass ich dich ein für alle Mal unter meine Kontrolle bringe!"

Emiliana beobachtete, wie sich sein Schwanz ins Freie drängte. Sie erkannte, dass die Spitze eine leicht violette Färbung angenommen hatte, was bedeutete, dass bei ihm in puncto Geilheit ein enorm hohes Level erreicht war.

Vor allem aber, war Jeremys Schwanz von Beginn an steinhart.

Nie zuvor hatte Emiliana einen Mann, der sie mit solch einer Standhaftigkeit im Lendenbereich schreiend zum Orgasmus bringen konnte.

Sie wird es ihm hoffentlich niemals sagen, doch der Sex in der Kirche, war wie eine Offenbarung.

Jeremy ist mein leibhaftiger Gott, mit der durchtriebenen Lust eines gnadenlosen Teufels! AMEN!

Auf den Knien rückte Jeremy nah an ihr Gesicht heran. Mit impulsivem Blick forderte er: „Mach den Mund auf!"

Emiliana verweigerte sich.

Das beeindruckte ihn wenig, denn Jeremy fuhr mit der Spitze über die weichen Lippen, ehe ein fester Zug an ihren Haaren ausreichte, um ihr einen Schmerzensschrei zu entlocken. Diese Aktion öffnete sie und er konnte mühelos eindringen.

Jeremy stieß seine Hüften nach vorne, damit Emiliana nicht auf die Idee kommen konnte, den Schaft mithilfe der Zunge wieder nach draußen zu schieben.

Sie könnte zubeißen, doch sie wusste, dass er erneut an ihren Haaren ziehen würde. Diesen Schmerz, der rabiat bis unter die Kopfhaut drang, wollte sie lieber kein zweites Mal riskieren.

Jeremy musste einmal laut Aufstöhnen, denn bereits die kleinsten ihrer Bewegungen führten dazu, dass sein angeschwollener Schwanz so stark pulsierte, dass er sich enorm zurückhalten musste, um nicht vorzeitig seine angestaute Lust in ihre Kehle abzuspritzen.

„Du bist ein verboten geiles Püppchen, meine wilde Schönheit! Weißt du das?"

Tränen liefen Emiliana über die Wangen, doch sie weinte nicht, sondern die Länge und Dicke von Jeremys Schwanz ließ sie an ihre Grenzen kommen.

Zu ihrer Erleichterung zog er diesen nach zwei weiteren Stößen aus ihrem Mund heraus. Anschließend rutschte er bis an das Ende des Bettes.

Die Hände platzierte er auf den Schenkeln und genoss dabei die Wärme, die ihr Körper ausstrahlte.

Sein Blick fiel auf den hauchdünnen Slip, der nurmehr den einzigen Schutz vor ihm darstellte.

Emiliana wimmerte als Jeremy mit den Fingern über ihren Venushügel strich. Dabei zuckte die sich deutlich unter dem Stoff abzeichnende Spalte mehrmals zusammen.

Jeremy lächelte wohlwissend.

Offensichtlich ist sie erregter, als ich dachte. Das ist gut, denn in wenigen Augenblicken werde ich mich nicht mehr zurücknehmen können, sondern ihr das Loch stopfen. Mein praller Schwanz wird sich gnadenlos Erleichterung verschaffen. Das bedeutet, dass mein armes Püppchen nach diesem Akt nicht rot-, sondern wundgefickt sein wird. Diese Lektion muss ich ihr erteilen, denn andernfalls wird sie nie mit ihren Spielchen aufhören!

Ruckartig zog er den Slip beiseite.

Die glattrasierten Schamlippen glänzten seidig im Licht, und zeugten davon, dass sie es trotz ihrer Unterlegenheit kaum mehr erwarten konnte, genommen zu werden.

Als Jeremy mit der Zunge durch ihre Mitte leckte, konnte er an ihrem Bauch die schnelle Atmung ausmachen.

Emilianas Hände, die noch immer am Rücken gefesselt waren, vergruben sich im Stoff des Lakens.

Unablässig fuhr Jeremy mit der Zungenspitze von oben nach unten, und von unten nach oben.

Als sie sich ihm willenlos entgegenpresste, packte er ihre Hüften und zog sie fest an seinen Unterleib.

Ihre Augen erfassten, wie er in der heißen Uniform zwischen ihren weit gespreizten Schenkeln hockte.

Sein Schwanz stand stramm wie ein Stahlrohr, und sie konnte es in seinem gierigen Blick ablesen, was gleich folgen würde.

Jeremy brachte die Eichel an ihrem Eingang in Position. „Wirst du mein braves Püppchen sein?"

Emiliana entschied sich für eine gehorsame Antwort. „Ja, ich werde brav sein."

Währenddessen machte sie sich darauf gefasst, dass die dicke runde Spitze langsam in ihren Körper eindringen würde, doch Jeremy stieß mit einem provokanten Lächeln rücksichtslos nach vorne.

Seine Hoden schlugen dabei gegen die beginnende Kurve ihres Hinterns, ehe er sich blitzschnell zurückzog, nur um erneut in ihre nasse Wärme vorzudringen.

Er konnte spüren, wie Emilianas innere Muskeln damit beschäftigt waren, den vollen Umfang seines Schwanzes zu akzeptieren.

Als Jeremy von seiner Position aus auf das Treiben blickte, konnte er die starke Dehnung ihres Loches sogar sehen. Es musste ihr Schmerzen bereiten, doch ihre Hüften, die sich rhythmisch in seinen Händen bewegten, zeugten von etwas vollkommen anderem.

Grenzenlose Leidenschaft!

Das Gefühl ihrer Schamlippen auf seiner Haut, da sie ihn bis zum Anschlag in sich aufgenommen hatte, trieb Jeremy in den blanken Wahnsinn.

In diesem Moment war er kein Mann mehr, der sich mit einer Frau den menschlichen Impulsen hingab, sich Paaren zu wollen, sondern aus ihm wurde ein wildes ungezähmtes Tier.

Eine Bestie!

Mit den Händen umschloss er ihre Brüste und das darauffolgende Kneten wurde ebenso zu einer Mischung aus Schauder und Qual.

„O Gott, Jeremy!"

„Willst du Erlösung finden?", fragte er keuchend, denn er musste unbedingt der eigenen Lust den geforderten Freiraum gewähren.

Erneut schob er die Hüften weit nach vorne und sein Schwanz pumpte wie verrückt im Inneren ihres Körpers.

Emiliana versuchte die Schenkel zusammenzupressen, doch Jeremy ließ ihr nicht den Hauch einer Chance.

Die Luft um sie herum füllte sich mit keuchenden, stöhnenden, wimmernden, und vor allem mit Orgasmus getränkten Lauten.

Jeremy packte Emilianas Knie und presste ihr diese gegen den Bauch. Ihr klitschnasser Eingang war somit weit offen und vollkommen ungeschützt für ihn zugänglich.

Sie fühlte den massiven Stoß und schrie auf.

Beim Nächsten befahl er: „Fleh mich an, Honey!"

„Bitte Jeremy, ich verstehe nicht ..."

Wieder ein sehr tiefer Stoß.

Mit rollenden Augen, da das Jucken und Pumpen ihn zu überwältigen drohte, wiederholte er: „Flehe mich an, dich von deinen Qualen zu erlösen!"

Ein tiefer Atemzug von Emiliana, dann öffneten sich ihre blutroten Lippen. „Erlöse mich!"

Jeremy schloss für Sekundenbruchteile die Augen.

Als er sie wieder öffnete, glich sein Ausdruck dem eines Dämons, der soeben dem Höllenfeuer entsprungen war.

Aus Jeremys Kehle kam ein tiefes Knurren, ehe er mit teuflischer Ungnade ihren Körper in seinen Besitz nahm.

Emiliana konnte nichts weiter tun, als sich seinen schnellen und unglaublich tiefen Stößen willenlos hinzugeben.

Ihre brennende Mitte zog sich heftig um seinen Schaft zusammen und ihr Stöhnen kannte keine Grenzen mehr.

Auch Jeremys Höhepunkt brach wie eine tosende Welle über ihn herein.

Sein heißes Sperma spritzte nicht nur in sie, sondern lief wegen der Menge und der gewaltigen Explosionskraft auch neben seinem Schwanz wieder aus ihrem Loch heraus.

Schweratmend umfasste Jeremy den Schaft und zog sich langsam aus Emiliana zurück.

Wortlos rollte er ihren Körper auf die Seite.

Aus seinem Hemd zog er die Schlüssel für die Handschellen hervor und löste diese von ihren Gelenken.

Als er die roten Striemen sah, die von ihrer massiven Gegenwehr stammten, überkam ihn plötzlich ein Gefühl von Mitleid.

Nachdem er all seine Lust in ihrem Körper hinterlassen hatte, schien auch wieder das menschliche Denken einzusetzen.

Sie ist selbst schuld an ihrer Lage! Weil sie weder zuhören, noch gehorchen will. Schon mein Vater hatte gesagt: „Junge, das Leben stellt dich immer vor eine Wahl. Doch bedenke, all deine Entscheidungen haben Konsequenzen und jeder Ursache folgt eine Wirkung."

Jeremy umfasste ihren Kiefer und sah ihr tief in die rehbraunen Augen.

Würde ich sie nicht besser kennen, würde ich glauben, dass ich der Unschuld höchstpersönlich ins Gesicht blicke. Aber so ist es nicht! Sie allein trägt die Schuld an allem was passiert ist.

„Hör mir zu, Lia! Du wirst von heute an bei mir bleiben! Du wirst nie wieder weglaufen oder dich meinen Aufforderungen widersetzen! Du wirst bei mir wohnen und ich werde dich beschützen! Vor egal was, und vor allem vor egal wem. Keiner wird jemals wieder zwischen uns stehen. Du musst mir bedingungslos vertrauen! Verstanden?"
Emiliana nickte.
Doch das reichte ihm nicht.
„Sag es, Lia!"
Sie schürzte die zitternden Lippen in seinem Griff nach vorne. „Ich habe verstanden."
Jeremy bekam in dem Moment, als er die Finger von ihrem Gesicht nahm, deutlich zu spüren, dass sie gelogen hatte. Mehr als ihm lieb war.
Während Jeremy sich seiner Triebhaftigkeit ergeben musste, hatte Emiliana, wie es Wildkatzen oftmals tun, ihn bestohlen.
Nicht etwa irgendwelche Manschettenknöpfe mit dem strahlenden Logo des NYPD, sondern etwas, womit sie ihm durchaus eine gewisse Furcht in die ansonsten sehr markanten Gesichtszüge zaubern konnte.
Seine Augen hafteten auf ihr, während sie aus dem Bett krabbelte. Der glänzende Lauf der CZ75 seines Vaters zielte ihm geradewegs auf die Stirn.
Emilianas Fingerknöchel wurden weiß, so fest griff sie um die Waffe, um diese bedrohlich vor sich halten zu können.
Jeremy schwieg.
„Du hast mein Leben zerstört! Du hast meine Granny auf dem Gewissen! Du hast deine Frau ermordet! Und jetzt willst du mich hier draußen in der Einöde womöglich in den See werfen."
Ihre gewählten Worte waren keineswegs Fragen, sondern Feststellungen.

Jeremy biss sich leicht auf die untere Lippe, als er sehen konnte, wie ihr Bauch vor Aufregung zitterte.

Die wundervollen nackten Brüste spannten sich synchron mit den Schultern an.

„Du hast recht", kam es locker von ihm herüber.

Ich habe recht! All meine Anschuldigungen sind wahr? Drück ab! Worauf wartest du, Mädchen? Er ist ein Mörder! Knall ihn ab!

Ihre Ohren vernahmen wieder seine Stimme. „Das Leben macht alles kompliziert. Nicht wir! Wir sind nur die Spielfiguren für jemanden, der nichts besseres mit seiner Zeit anzufangen weiß."

Emilianas Augen weiteten sich, als er sein Glied zurück in die Hose steckte und diese sorgfältig verschloss.

„Wirf meine Sachen rüber!"

„Warum? Nackt siehst du bildschön und verwundbar aus."

„Die Sachen!", schrie Emiliana ungehalten.

Er tat es.

Nachdem sie sich mit einer Hand den Slip und die Leggings über die Beine gezogen hatte, fehlte nur noch der Pullover. Den BH ließ sie liegen, denn dieses Risiko wollte sie in keinem Fall eingehen.

Jeremy könnte aufspringen, mich überwältigen, und dann schwimme ich bei den Fischen!

Tatsächlich stand er auf.

„Bleib wo du bist, oder ich drücke ab!"

Um ihre Willenskraft zu unterstreichen, entsicherte Emiliana hörbar die Waffe.

Er erhob die Hände und blieb stehen. „Lia, du machst einen großen Fehler. Wenn ich Sara nicht getötet habe, und du auch nicht, dann bleibt die Frage: Wer war es?"

„Was redest du da? Wer sollte es sonst gewesen sein?"

Sie sah wie Jeremy sich durch die Haare strich.

„Du weißt mehr, als du mir sagst, nicht wahr?" Ihre Worte klangen vorwurfsvoll.

„Lia, ich wollte schon die ganze Zeit mit dir reden, doch du lässt mir keinen Raum dafür."

Nachdem Emiliana es geschafft hatte sich den Pullover überzuziehen, ging sie in dem kleinen Raum hin und her.

Plötzlich zog sie schwungvoll die Tür auf und bedeutete ihm mit der Waffe, dass er sich nach draußen begeben soll.

Jeremy folgte ihrer Order.

Im Wohnbereich angekommen, machte er eine unerwartet schnelle Wendung. „Sorry Süße, aber so läuft das nicht!"

Ein gezielter Griff und die Waffe befand sich in seinen Händen.

Blankes Entsetzen spiegelte sich in Emilianas Augen wider, als er sie bis an die Bootswand zurückdrängte.

„Bitte Jeremy, ich habe Angst."

Doch er weigerte sich nachgiebig zu sein.

„Mein Püppchen hat Angst? Das solltest du! Wo doch ich in deinen Augen der Killer all dieser armen unschuldigen Menschen bin."

Jeremys Blick brannte wie Feuer, als er den Arm, samt der Waffe, unmittelbar über Emilianas Kopf platzierte.

Sein Körper lehnte nah an ihrem. Atem vermengte sich. Seelen verschmolzen.

Die Lippen überflogen, streichelten, und neckten sich, ohne sich dabei vollends zu beanspruchen.

Qualvoll ergeben, sehnsüchtig leidend.

„Jeremy, es ist vorbei", kam es flüsternd über ihre Lippen.

Emiliana hatte bei diesen grausamen Worten das Gefühl ersticken zu müssen.

Sein Blick hingegen blieb gebannt auf ihren Augen haften.

„Rede dir ein, was du willst, aber du weißt es besser! Du weißt, dass ich es nicht gewesen bin. Und ich weiß, dass du es nicht gewesen bist. Aber ich will, dass du noch eine Sache von mir weißt ..."

Er stoppte.

Erschöpft begann sie den Kopf zu schütteln. „Jeremy, tue mir das nicht an."

Gleich wird es geschehen! Er wird die ultimative Waffe gegen meinen Widerstand einsetzen. Sein Herz!

„Ich werde es dir antun, denn ich habe gar keine andere Wahl."

„Nein!" Emiliana schrie das Wort aus purer Verzweiflung.

Jeremy hingegen sprach: „Deal war Deal! Und ich bin gekommen, um dich zu holen. Nicht, weil ich ein kranker, abgedrehter Spieler bin, sondern weil ..."

Sie hielt den Atem an.

Er fuhr flüsternd fort: „Ich dich liebe."

Verflucht! Er hat es getan! Er hat aus einem Mindfuck einen Heartfuck werden lassen. Game over!

Sie spürte, wie er ihr den Kopf ein wenig zur Seite neigte.

„Und du liebst mich auch."

Bevor Emiliana gegen seine Worte protestieren konnte, nahm Jeremy ihren Mund vollends in seinen Besitz.

Sie konnte sich nicht bewegen, nicht atmen und nicht denken. So überwältigt war sie von seiner Macht.

Hätte er doch nur den Abzug der Waffe betätigt, dann wäre alles vorbei und dieses Chaos hätte endlich ein Ende. Aber nein, dieser Mann zieht mich in eine Hölle nach der Hölle. Eine, die noch kein Mensch zuvor betreten hat, und in der nur jemand, der noch gerissener und einnehmender als der Teufel es war, zu regieren wusste. Jeremy Adams!

Als er ihr ein klein wenig Luft zum Atmen lies, kamen die drei Worte, die für so viele Menschen die Welt bedeuten, zarthauchend über ihre Lippen.

„Ich liebe dich."

Jeremys Herz begann zu rasen. „Heilige Mutter Maria! Ich wusste es! Lia, du wirst mein Verderben sein!"
In diesem Augenblick huschte ein wahrhaftiges Blitzen über Emilianas Pupillen und der Atem entwich stoßweise Jeremys Lunge, als er ihre Hände zwischen dem Hemd auf seiner Brust fühlte.
Genau dieses Verhalten war es, dass er von seiner Wildkatze seit Staten Island brauchte.
Die Erinnerungen daran überwältigen Jeremy noch heute. Nie hätte er für möglich gehalten, dass man so versaut denken und dieses mit einem Menschen ausleben konnte.
Emiliana drängte Jeremy bis an den Tisch zurück, wo ihre Hand in sein Haar griff.
Ruckartig zerrte sie ihm den Kopf nach hinten.
Er lag auf dem Rücken und nur die Beine gaben ihm den einzigen Halt zum Boden.
Sie beugte sich über ihn. „Warst du ein böser Cop?"
Was hat sie vor?
Emilianas Augen funkelten. „Ja, du warst sehr böse."
Der folgende leichte Biss in sein Ohrläppchen durchzuckte Jeremys Körper und das darauffolgende Küssen an seinem Hals entlang, verstärkte sein Bewusstsein, dass er im Begriff war, sich ihr willenlos hinzugeben.
Da er ahnte, was als nächstes kommen würde, spannte er seine Lenden an.
Seine Hose war jetzt offen und der Stoff zur Seite geklappt.
Emilianas zarte Finger begannen den Schaft zu massieren.
Jeremy hielt den Atem an.
Das tut so verdammt gut! Hoffentlich setzt sie sich auf meinen Schwanz und holt sich alles was sie braucht. Ich will, dass diese Frau die vollständige Kontrolle übernimmt. Komm schon, Lia! Benutz mich! Besitz mich! Fick mich!
So kam es.

Emiliana trieb es hemmungslos auf dem Tisch mit ihm, während er mit der Kraft seiner Hüften die tiefen Stöße von unten anschob.

Solange, bis sie laut schreiend in den gnadenlosen Fängen eines weiteren Orgasmus auf ihm zusammensackte.

Jeremy stieß noch ein weiteres Mal zu, ehe der massive Druck ihre inneren Wände mit heißem Samen ausfüllte.

Schützend zog er Emiliana in seine Arme.

Ihr Kopf ruhte auf seiner Brust und sie schloss die Augen.

Sie fühlte sich sicher.

Erst nach einer halben Ewigkeit wagten sie es vom Tisch aufzustehen.

Jeremy begann die Schränke des Bootes nach etwas essbarem abzusuchen.

Das Hemd und die zerknitterte Hose standen ihm wie angegossen, und nachdem Emiliana in ihre Leggings und den Pulli geschlüpft war, vernahm sie sein Lachen.

Ihre Augen erfassten, dass er eine Dose Tomaten-Makkaroni freudig umherschwenkte.

„Kein *Fünf-Sterne-Deluxe*-Essen, doch immerhin etwas."

Kichernd hielt sie sich eine Hand vor den Mund.

Jeremy zog die Brauen nach oben. „Was ist? Noch nie Makkaroni am Christmas Eve gegessen?"

Sie schüttelte den Kopf.

Diese Geste entlockte ihm ein breites Grinsen. „Nun, wenn es dir hilft, ich auch nicht. Uns bleibt allerdings nicht viel, um die Traditionen zu ehren."

Nachdem Jeremy die Makkaroni in einem kleinen Topf warm gemacht hatte, trat er zu Emiliana an den Esstisch.

Schneeflocken, die an einem kleinen seitlichen Fenster vorbeifielen, und das gedämpfte Licht der Steglaterne, sorgten zumindest für eine perfekte Kulisse.

Ein Glück, dass Joel auch bei diesem Boot weder Kosten noch Mühen gescheut hatte.

Unter anderem gab es eine integrierte Anlage, die im Sommer für Kühle und im Winter für Wärme sorgte. Alles über einen Kontrollschirm bedienbar.

Emiliana fühlte sich bei den vorherrschenden 24 Grad Raumtemperatur richtig wohl.

Nachdem Jeremy noch einen vollmundigen Chianti in der Vorratskammer fand, verlief das spätabendliche Essen wunderbar entspannt.

Plötzlich nahm Jeremy sein Glas in die Hand und kam zu Emiliana herum. Er stieß mit ihr an.

„Merry Christmas, Miss Brooks."

„Merry Christmas, Mr. Adams", antwortete sie ihm leise.

Nachdem sie einen Schluck genommen hatte, deutete er auf die Kette. „Es ist ein Geschenk. Ich möchte, dass du sie gerne trägst, nicht, weil du es musst."

Mit dem Finger tastete sich Emiliana an den silbernen Reben entlang. „Danke."

Jeremy lächelte.

Endlich nimmt sie meine Worte an. Ohne Protest. So easy!

Er zog sie hoch und nahm sie in seine Arme.

Der darauffolgende Kuss war zärtlich, sinnlich, und voller Leidenschaft.

Emilianas Lippen fühlten sich sanft und die Haut wie warme Seide an, doch plötzlich fühlte Jeremy nichts mehr. Sie hatte ihm den Mund entzogen und Abstand von ihm genommen. Ihre Augen starrten wie gebannt in Richtung der schmalen Treppe, die aus dem Boot ins Freie führte.

Er folgte ihrem Blick.

Jetzt konnte auch er hören, was in Emiliana diese abrupte Anspannung hervorgerufen hatte.

Sirenen!

Da es nur eine Zugangsstraße zu Joels Anwesen gab, war sofort klar, dass die Cops nicht vorbeifahren würden.

„Verflucht! So viel zum Thema Dougs Cousin meldet den Wagen erst als gestohlen, wenn etwas schiefgehen sollte."

Jeremy überprüfte den korrekten Sitz seiner Uniform, ehe er hinzufügte: „Vielleicht kann ich die Cops täuschen. Du wartest hier."

Emiliana presste die Lippen zusammen. „Täuschen? Von was zum Teufel redest du da?"

In diesem Moment stoppten die Sirenen.

Jeremy stieg die Treppe nach oben und trat ins Freie.

Nachdem er den Steg erreicht hatte konnte er bereits den ersten von insgesamt drei blinkenden Streifenwagen über die Wiese auf ihn zufahren sehen.

Gott steh mir bei …

Er kramte in der Hemdtasche nach dem Ausweis, den er zusammen mit der Uniform erhalten hatte.

Damit sollte er sich und das Fahrzeug ausweisen können, wenn es auf der Straße zu einem unerwarteten aufeinandertreffen unter Kollegen kommen sollte.

Da Douglas Cousin kaum Kontakt zu den anderen Cops pflegte, sollten diese sich auch keinerlei Gedanken darüber machen, ob er das auf dem Foto war, oder nicht.

Das grelle Licht von Taschenlampen blendete Jeremy.

Einer der Cops rief: „Stehenbleiben! Hände nach oben! Keine hektischen Bewegungen!"

Zwei Beamte stürmten zu ihm auf den Steg.

Ohne, dass Jeremy etwas dagegen unternehmen konnte, wurden ihm die Arme auf den Rücken gezerrt.

Handschellen klackten.

Auf dem Weg zum Streifenwagen versuchte er es dennoch: „Hören Sie, ich bin Officer Landman …"

Lautes Lachen durchdrang die Stille der Nacht.

Darauf folgten ironische Worte: „Und ich bin Santa Claus!"
Jeremy kniff die Augen zusammen.

Die blinkenden Lichter, die Kegel der Taschenlampen, und der stärker werdende Schneefall, machten es ihm nicht leicht sich zu orientieren.

Plötzlich stand der Mann, zu dem die Stimme gehörte, unmittelbar vor ihm.

Das Lachen war verstummt.

„Mr. Adams, Sie stehen unter Mordverdacht. Alles was Sie sagen, kann und wird vor Gericht gegen Sie verwendet werden. Sie haben das Recht auf einen Anwalt. Wenn Sie sich keinen leisten können, wird die Stadt New York Ihnen einen stellen. Ich weiß, das Letzte hätte ich mir in Ihrem Fall sparen können, doch dass ich Sie ausgerechnet an Weihnachten als meinen Kollegen verhaften muss, das nenne ich ja mal eine schöne Bescherung."

Samuels Lachen kehrte zurück.

Jeremys Kopf hingegen rotierte wie ein Kreisel, dem man soeben einen Schubs mitgegeben hatte.

Der Detective wandte sich in ernstem Tonfall an seine Kollegen. „Die gesuchte Lady ist bestimmt noch auf dem Boot. Seid vorsichtig! Sie ist sehr trickreich und eventuell bewaffnet."

„Ja, Sir! Verstanden!"

Zwei Männer und eine Frau liefen über den Steg.

Die Cops des NYPD verschafften sich rabiaten Zutritt in das Hausboot.

Es dauerte auch nicht lange, da kamen sie mit Emiliana in ihrer Mitte wieder aus diesem heraus.

Alles was Jeremy von dem Wagen aus, in den sein Kopf unsanft gedrückt wurde, noch sehen konnte, war, dass auch seiner wilden Schönheit die Rechte verlesen wurden.

Game Over!

Auf der Rückfahrt nach Manhattan spielte das Radio „Running Up That Hill (A Deal With God)" von Kate Bush. Jeremy schloss die Augen.

„It's you and me

And if I only could
I'd make a deal with God
And I'd get him to swap our places
Be running up that road
Be running up that hill
Be running up that building
See, if I only could ..."

Es waren tatsächlich nur noch SIE und ER!
Und wenn er jetzt einen DEAL machen könnte, bei Gott, er würde es für sie tun.

An diesem Montag lag ein hellgrauer Schleier über der Stadt New York und es wehte ein eisiger Wind.

Weihnachten war vorüber, doch anstatt die Festtage besinnlich bei lieben Menschen zu verbringen, saßen Emiliana und Jeremy in Untersuchungshaft.

Heute werden sie sich das erste Mal im Gericht begegnen.

Die Richterin, die den Prozess gegen Emiliana Brooks und den Vorfall auf Staten Island führte, hatte sich sofort bereiterklärt, den Fall weiterhin zu übernehmen.

Immerhin war einiges dazugekommen.

Freiheitsberaubung, tätliche Bedrohung, räuberische Erpressung, Körperverletzung und erzwungener Sex, der dem Opfer unterm Strich mehr gutgetan als geschadet hatte, waren darin nurmehr die kleinsten Probleme.

Emiliana hatte im Verhörraum erfahren, dass man die Knochen, der Leiche, die als Jane Doe auf einem der Obduktionstischen geführt wurde, noch einmal überprüft hatte. Man stieß dabei durch den Vergleich von Unterlagen des General Hospitals auf die DNA ihrer Granny, der alten Mrs. Brooks.

Die Frage lautete nun, ob sie wusste, was diese am Tag der Explosion in Mr. Tales Anwesen zu suchen hatte.

Was Detective Samuel jedoch viel wichtiger erschien, war die Tatsache, dass Emiliana ihre Granny nicht umgehend als vermisst gemeldet, und ihn im Palms über deren Aufenthaltsort sogar belogen hatte.

Er schlussfolgerte, dass die gute Frau ihre Enkelin bei Jeremy auf dem Boot verzweifelt gesucht hatte.

Als sie Emiliana dort nicht antraf, versuchte jene ihr Glück bei Mr. Tale, der an diesem Abend eine Party für Mitarbeiter von Marshall-Enterprises veranstaltete.

Wie das Schicksal es so wollte, explodierte die Gasleitung und die arme alte Mrs. Brooks war schlichtweg zur falschen Zeit am falschen Ort.

Wie falsch Samuel mit dieser Kombination lag, das konnte ihm nur eine beantworten, doch diese nahm seit ihrer Verhaftung vom Aussageverweigerungsrecht Gebrauch.

Emiliana saß und schwieg.

Die Tränen, vor allem wenn es bei der Befragung um ihre geliebte Granny ging, konnte sie nicht verbergen.

Samuel sah ihr tief in die Augen. „Die Story, die ich ihnen erzählt habe klingt plausibel und gut, nicht wahr? Doch ich rate Ihnen schleunigst aus dem Dornröschenschlaf aufzuwachen, Miss Brooks! Es werden Fragen auf Sie zukommen, die kann man nicht mit einem Lächeln wegschweigen. Falls doch, wird sich die Richterin gewiss ein eigenes Bild machen. Am Ende die Geschworenen, und zu guter Letzt, wird Gott selbst über Sie und ihre Vergehen richten. Wäre es da nicht an der Zeit all seine Sünden zu bekennen?"

Als Emiliana zum ersten Mal den Mund öffnen und antworten wollte, wurde die Tür ruckartig aufgestoßen.

Eine Frau mittleren Alters, in einem weißen Anzug und mit strengzurückgekämmten Haaren, stürmte herein.

Sie ignorierte Samuel und reichte Emiliana die Hand. „Mein Name ist Nina Caldwell. Ich bin ihre Verteidigung. Tut mir leid, dass ich nicht schon früher kommen konnte, doch familiäre Probleme ließen mich um ein paar Tage zurückfallen."

Zögerlich nahm Emiliana die Begrüßung an.

„Nun, da wir die Formalitäten besprochen haben, bitte ich Sie, lieber Detective, mir diesen Nachmittag zu gewähren, um mich mit dem Fall vertraut zu machen. Ich werde mich in die Unterlagen einlesen und Sie können gerne morgen mit ihrer Befragung fortfahren. Allerdings nur während meiner Anwesenheit."

Mit finsterem Blick deutete Detective Samuel auf die Tür.

Mrs. Caldwell folgte.

Draußen stellte sie umgehend klar: „Wenn Sie mir jetzt eine Szene wegen meines Auftritts machen wollen, nur zu. Ich versichere Ihnen ..."

„Halten Sie doch mal für einen Augenblick den Rand!"

Durch die unerwartet schroffen Worte verstummte die wie ein Wasserfall sprechende Verteidigerin.

Samuel atmete tief ein. „Diese Frau da drinnen ist eine mehrfache Mörderin und noch heute Nachmittag wird sie der Richterin vorgeführt. Ich hoffe sehr, dass man sie als schuldfähig einstuft und sie nicht zu Lasten der Steuerzahler in eine psychiatrische Einrichtung übergibt. Ich rate Ihnen, Ihrer Mandantin unmissverständlich klarzumachen, dass sie sich stellen soll. Ein Geständnis wirkt sich strafmildernd aus, auch, wenn das in diesem Fall keine Rolle spielen wird."

Mrs. Caldwell überlegte.

Sie ärgerte sich maßlos, dass man sie erst gestern mit dem Fall beauftragt hatte, aber so lief das nun mal.

Wenn man sich keinen Anwalt leisten konnte, dann muss man das aussitzen, bis einem einer zugewiesen wird.

Tolles Rechtssystem! Die Armen sind immer die, die es auch am ärmsten trifft.

Mit diesem Gedanken sah sie den Detective böse an.

„Mr. Samuel, dann sehe ich sie heute Nachmittag, um ..."

„Um Punkt zwei!"

„Genau! Um Punkt zwei sehen wir uns dann vor Gericht."
Ehe sie wieder zu Emiliana in den Verhörraum trat, wandte sie sich noch einmal zu Samuel um. „Bleiben Sie mit ihren fadenscheinigen Anschuldigungen von ihr fern!" Keine Antwort.

Der Nachmittag kam schnell.
Jeremy und sein Anwalt saßen bereits im Gerichtssaal, als Emiliana mit ihrer Anwältin hinzukam.
Es folgten Detective Samuel und Detective Galleram.
Da es sich lediglich um einen Vorentscheid in dieser Sache handelte, brauchte es vorerst keine weiteren Anwesenden.
In dem Moment als sich Jeremys und Emilianas Blick traf, ging die vordere Tür auf und die Richterin betrat den Saal.
„Setzen Sie sich!"
Sie sah zu Jeremy und dessen Anwalt. „So trifft man sich wieder."
Dann schweifte ihr Blick zu Emiliana ab. „Miss Brooks, unter anderen Umständen würde ich sagen, schön, Sie persönlich kennenzulernen, doch das kann ich laut den Unterlagen beim besten Willen nicht tun."
Die Verteidigerin schnaufte hörbar durch.
„Gibt es ein Problem, Mrs. Caldwell?", fragte die Richterin scharf.
„Nein, Euer Ehren", lautete die prompte Antwort.
Sie wusste, dass unnötiger Stress es nur erschweren würde, für ihre Mandantin Partei ergreifen zu können.
Ein Hammerschlag.
„Beginnen wir mit der Befragung."
Während die Richterin sprach beobachteten sich Emiliana und Jeremy ganz genau.
Sie sah ihn durch ihre schwarzen langen Wimpern hindurch an, in der Hoffnung, er würde auch hier ein Gott

sein, und sie mit einem Fingerschnipp aus den Klauen der Bösen retten.

Emiliana konnte sich die meiste Zeit über nicht erklären, warum sein Anwalt ständig Gegebenheiten so darstellte, dass es kompletter Schwachsinn war.

Jeremy soll an dem Abend von Saras Tod nachweislich bei einem Geschäftsessen von Marshall-Enterprises gewesen sein, doch das war unmöglich.

An diesem besagten Abend war ich bei ihm. Er war noch mal unterwegs gewesen ...

„Dafür gibt es Zeugen?", hakte die Richterin nach.

„Ja, Euer Ehren", lautete die umgehende Antwort.

Wie kann das sein?

Vorwurfsvoll begegnete Emiliana Jeremys Blick, als ihr schmerzhaft bewusst wurde, dass die Reichen alles in ihrer Macht stehende tun werden, um die Dinge zu ihren Gunsten zu drehen.

Das hatte sie bei Jeremy, dem Mann, dem sie sogar die magischen drei Worte ins Gesicht gesagt hatte, scheinbar vollkommen verdrängt.

Ihre eigene Anwältin hingegen, redete sich immer wieder mit der Entschuldigung raus, dass sie noch keine Chance hatte, die Akten zu studieren.

Emiliana sollte beunruhigt sein.

Doch das war sie nicht.

Es machte sie schlichtweg wütend, was hier vor sich ging.

Und trotzdem begann sie sich mehr und mehr nach seiner Berührung zu sehnen.

Wenn er sie in die Arme nahm, konnte die Welt untergehen - es wäre bedeutungslos.

Auch für Jeremy verschwand das Hier und Jetzt, wenn er zu ihr hinüberblickte.

Es ist verdammt schwer nicht in ihre dunklen Augen hineingesogen zu werden, oder diese Frau zu begehren. Auf Staten Island hatte ich verfluchte Angst vor ihr gehabt, zumindest solange, bis ich mich immer weiter in ihrem verführerischem Netz verstrickte. Die Anziehungskraft, mit der mich meine wilde Schönheit an sich bindet, ist mit nichts auf diesem Planeten zu vergleichen.

Jeremy schüttelte leicht den Kopf, um den Fokus wieder dem Saal zu widmen.

Detective Samuel stand auf und trug die Ergebnisse seiner Ermittlungen vor.

Emiliana zuckte oft zusammen, da ihre Granny mehr als ein Beweisobjekt, als wie ein Mensch dargestellt wurde.

Die Richterin bemerkte das.

Sie wendete sich an den Gerichtsdiener. „Bitte sorgen Sie dafür, dass Miss Brooks ein frisches Glas Wasser und eine Packung Papiertücher auf ihren Platz erhält."

Wenige Minuten später stellte der Mann das Georderte vor Emiliana ab, ehe er wortlos an seinen Platz am Eingang des Saales zurückkehrte.

„Miss Brooks?"

Emiliana sah zu der Richterin hin.

„Miss Brooks, Detective Samuel erhebt schwere Anklagepunkte gegen Sie. Und wenn Mr. Adams seine Anzeige nicht, gegen den Rat des Gerichtes, zurückgezogen hätte, dann wären Sie bereits wegen mehrerer schwerer Vergehen verurteilt worden. Neigen Sie generell zu kriminellen Handlungen?"

Kopfschütteln.

„Okay. Miss Brooks, wussten Sie, dass sich ihre Granny im Haus von Mr. Joel Tale am Tag des Unglücks befand?"

Keine Reaktion.

Samuel stand auf und deutete mit dem Finger auf Emiliana. „Diese Frau ist mit hoher Wahrscheinlichkeit selbst vor Ort gewesen, denn sie klebt an Mr. Adams Hintern wie eine Klette!"

„Detective Samuel! Ich stelle die Fragen! Ist das klar?"

Die strengen Worte der Richterin, ließen Samuel schweigend wieder seinen Platz einnehmen.

Die Augen von Mrs. Caldwell dankten der Richterin, doch diese war noch nicht fertig.

„Miss Brooks, entschuldigen Sie die Unterbrechung. Kommen wir nun zu einer Frage, die sehr wichtig ist. Haben Sie Mrs. Sara Adams in deren Elternhaus aufgesucht und getötet?"

Emiliana blinzelte stark, denn das alles wurde viel zu viel. Ihre Anwältin erhob sich.

„Euer Ehren, bei allem Respekt, aber ich muss meiner Mandantin erst etwas raten können, sprich die Akten einsehen, ehe sie sich für schuldig oder unschuldig vor dem hohen Gericht bekennen kann."

Es dauerte einen kurzen Moment, dann gab die Richterin ihre nickende, jedoch wortlose Zustimmung.

Stattdessen wandte sie sich an Jeremys Anwalt.

„Basierend auf ihrem mir vorliegenden Antrag möchte ihr Mandant sich nicht selbst äußern, ist das korrekt?"

„Das ist korrekt."

„Nun gut, dann sagen Sie mir, ob ihr Mandant, der ein Alibi für den Abend des Mordes hat, glaubt, dass Miss Brooks aus Abhängigkeit zu ihm diese Tat begangen haben könnte."

Der Blick des Anwalts verlagerte sich auf Jeremy.

Dann antwortete dieser, was er am sinnvollsten in diesem Moment hielt.

„Mein Mandant kann nicht für Miss Brooks sprechen, doch ich kann noch einmal versichern, dass Mr. Jeremy Adams frei von jeglicher Schuld ist. Er ist lediglich das Opfer von unglücklichen Verkettungen des Schicksals."

Emiliana grinste breit.

Diese Ausführung und das Jeremy stillschweigend dieses Geschwafel zuließ, war für sie nicht nachvollziehbar.

Ihre Anwältin lehnte sich nah zu ihr. „Bitte lassen Sie sich nicht durch den lächerlichen Auftritt meines Kollegen aus der Ruhe bringen. Er versucht mit Dramatik die ersten Punkte bei der Richterin einzuspielen, doch im Prozess wird ihm Lobpreisung allein nicht viel nützen."

Jetzt war Detective Galleram an der Reihe.

Er erzählte die Story um Sara, und zum Schluss zeigte er an, dass man, auch wenn jeder Mensch anders mit Emotionen umgeht, sehen müsse, dass Mr. Adams gänzlich frei von diesen ist, zumindest, was das Ableben seiner Frau anging. Mr. Adams kommt somit, trotz des scheinbar wasserdichten Alibis, für die Mordkommission weiterhin als potenzieller Mörder in Frage.

Die Richtern sah zu Jeremy. „Mr. Adams, haben Sie ihre Frau Sara Adams in deren Elternhaus getötet?"

„Nein", kam es kaum hörbar über seine Lippen.

Die Richterin erhob sich.

Stille dehnte sich schlagartig über den gesamten Saal aus.

„Da beide Parteien sich nicht des Mordes an Sara Adams für schuldig bekennen und nicht feststeht, weshalb die Großmutter von Miss Brooks in dem Anwesen von Mr. Tale in Swan Lake war, beziehungsweise, darin umgekommen ist, werde ich die Hauptverhandlung auf das kommende Jahr ansetzen. Miss Brooks, Mr Adams, Sie können gehen. Verlassen Sie jedoch in keinem Fall die Stadt."

Detective Samuel sprang erneut auf. „Sie lassen allen Ernstes zwei Mörder wieder auf freien Fuß? Ich bitte Sie, zumindest in Untersuchungshaft sollte man sie ..."

Die Richterin schlug den Hammer kraftvoll auf das Holz. „Mr. Samuel! Mir reichen ihre Anmaßungen! Wie Sie wissen, hat jeder Mensch im wunderschönen New York Rechte, und diese besagen nun mal, dass wenn keine eindeutigen Beweise vorliegen, kein vorläufiger Haftbefehl aufrechterhalten werden kann."

Plötzlich klopfte es an der Tür.

Der Gerichtsdiener sah zu der Richterin und als diese nickte, öffnete er.

Alle Augen waren jetzt auf einen Mann gerichtet, der zwar sehr vornehm gekleidet in seinem dunklen Anzug wirkte, doch zeitgleich mehrere Handicaps aufwies.

Seine Schritte in den Saal waren langsam und eine Hälfte seines Körpers musste er auf einen Mahagoni-Gehstock, der mit einem goldenen Ring und der eingefrästen Rillenstruktur sehr kostbar wirkte, stützen.

Das schlimmste Manko, welches seine Gestalt jedoch aufwies, war sein Gesicht.

Emilianas Magen verdrehte sich, als sie den Mann erkannte. *Das ist unmöglich! Das kann nicht sein!*

Ihr verzweifelter Blick suchte den von Jeremy, doch dieser senkte umgehend den Kopf.

Wusste er davon? Hat er mich belogen? Was geht hier vor?

Der Mann stoppte seinen Gang.

Er hob den Kopf so gut es ihm möglich war. „Verzeihen Sie mein Eindringen, doch als ich hörte, dass meine Anwesenheit von Belang sein könnte, bin ich der Einladung von Mr. Samuel, wenn auch verspätet, gefolgt."

Der Detective bekreuzigte sich.

Er war froh, dass der Fall somit doch noch eine drastische Wendung nehmen konnte.

Die Richterin sah verwirrt auf den Mann.

Sie glaubte ihn schon einmal gesehen zu haben, doch bei den vielen Gesichtern und Verhandlungen war das unmöglich zu definieren, noch dazu in dem Zustand.

Sie fand ihre Stimme wieder: „Und Sie sind?"

Auch wenn Emiliana die Antwort kannte, bat sie innerlich, dass die Augen ihr lediglich einen Streich gespielt hatten. Leider überzeugten ihre Ohren sie vom Gegenteil.

„Mein Name ist Tale. Joel Tale."

Der Saal begann sich zu drehen und Emiliana wünschte sich sehnlichst, aus diesem Alptraum zu erwachen.

Stattdessen sah das Monster direkt in ihre Richtung.

„Diese Frau hat mein Anwesen in die Luft gejagt und meine Freunde und Kollegen getötet. Ihre arme Granny wollte sie eines besseren Bekehren, doch jene fing sich rasend schnell von ihrer Enkelin eine Kugel ein. Wenn man den Kopf, der alten Dame noch einmal richtig untersucht, genau wie den meines Kollegen, und sich dabei nicht auf die Verbrennungen konzentriert, wird man die Einschussstellen finden. Vorausgesetzt man hat deren Köpfe inzwischen gefunden. Hinzu kommt, dass diese Dame eine Liaison mit einem meiner besten Mitarbeiter anfing, nur um das Haus der Familie Brooks nicht an die Bank zu verlieren. Mr. Adams war, entgegen seinen beruflichen Leistungen, in dieser Beziehung zum ersten Mal in zehn Jahren schwach gewesen. Er hat sich manipulieren, erpressen, und sexuell nötigen lassen. Das hat ihn vieles im Leben gekostet, zu guter Letzt seine Frau. Gott möge ihrer Seele gnädig sein."

Jeremy sprang auf: „Joel, was soll dieser Mist?"

Sie sahen sich wie zwei Gegner in einer Kampfarena an. Und auch wenn Jeremy am liebsten auf Joel losgegangen wäre, mussten im Gericht Worte sprechen.

„Sieh es ein, Jeremy! Du bist für diese Frau nur Mittel zum Zweck. Ein Notanker in ihrem verkorksten Leben, und obendrein ein stinkreicher CEO, an dessen Schwanz sie saugen kann. Ich habe dich schon des Öfteren auf den richtigen Weg zurückgebracht, so auch heute."

Jeremy schnaufte wütend durch die Nase. „Du hast zu lange die Zügel in der Hand gehalten, Tale."

Dann stand er auf und sprach mit Blick auf die Richterin: „Euer Ehren, ich habe meine Frau Sara erstickt und sie anschließend in den Pool geworfen, damit es so aussieht, als wäre sie ertrunken."

Unweigerlich erinnerte er sich an die Worte von Detective Galleram, dass sich kein Mensch erst den Mund- und Nasenbereich zuhält, erstickt, und sich danach noch eigenständig zum Pool schleifen kann.

Emiliana schluckte schwer.

Ihre Gedanken verschwammen und sie konnte nicht mehr zuordnen was die Wahrheit war.

„Du nimmst viel auf dich für diese Frau, törichter Adams! Tut mir leid, doch da lass ich dich als jahrelanger Freund nicht reinlaufen."

Verdutzt sah die Richterin zu Jeremy, dann fragte sie nach dem bestehenden Alibi. „Sie waren an diesem Abend nicht bei dem geschäftlichen Essen von Marshall-Enterprises?"

„Nein."

„Das ist eine Lüge!", schrie Joel durch den Saal.

„Mr. Tale, allein wegen ihres unaufgeforderten Auftrittes sollte ich ein Bußgeld erheben! Und da Sie bereits mehrfach hier im Saal ausfallend wurden ..."

„Entschuldigung, Euer Ehren", unterbrach Joel hastig.

Mit zusammengepressten Zähnen sprach die Richterin: „Ich gehe davon aus, Mr. Adams, dass es somit auch keine Zeugen mehr gibt, die ihr Scheinalibi hätten bestätigen können?"

„Nein. Da gibt es niemanden.", erklärte Jeremy bedrückt. Wie gesagt ich war an diesem Abend …"

„Bei mir!"

Den Anwesenden entgleisten sämtliche Gesichtszüge, denn Joel Tale hatte Jeremy Adams soeben ein wasserdichtes Alibi verschafft.

Etwas dagegen sagen konnte Jeremy nicht, denn er war tatsächlich bei Joel gewesen, nachdem dieser ihn telefonisch kontaktiert hatte. Mit Sicherheit hatte Joel auch an diesem Abend für genügend Beweise gesorgt.

Emilianas Körper zuckte so stark, dass sie die Hände zu Fäusten geballt in ihrem Schoß vergraben musste.

Die Richterin ordnete an, dass sie, aufgrund des vorherrschenden Chaos, die Anhörung vertagt.

Alle Anwesenden sollten sich am Mittwoch um Punkt 02.00 p.m. wieder in diesem Saal einfinden.

Jeremy kann sich bis dahin als freier Mann in der Stadt bewegen, doch Emiliana muss wegen der direkten Anschuldigung gleich mehrere Morde begangen zu haben, in der Untersuchungshaft verweilen.

Das darf doch alles nicht wahr sein!

Vor dem Saal umklammerte Mrs. Caldwell die Schultern ihrer Mandantin und sah ihr tief in die Augen. „Kopf hoch! Ich lese mich zu Hause sofort in die Akten ein. Wir können das noch immer schaffen. Nur nicht den Mut verlieren."

Emiliana hatte dennoch das Gefühl, dass ihr der Boden unter den Füßen weggerissen wird.

Als der Beamte mit den Handschellen im Anschlag auf sie zukam, fragte sie ihre Anwältin: „Darf ich auf die Toilette?"

„Oh, aber sicher doch. Ich stelle mich davor und bitte den Cop sich einen Moment zu gedulden."

„Danke."

Am Waschbecken ließ Emiliana das kühle Wasser wahllos über ihre Handgelenke laufen.

Dann sah sie in den Spiegel.

Hinter ihr tauchte plötzlich ein Mann auf. Sie kannte ihn. Er umschloss ihren Mund und zerrte sie mit sich in eine der Kabinen.

An der Wand forderte er: „Schrei nicht und vertraue mir."

Als er ganz langsam abließ fiel ihr dennoch der Mund auf.

„Du lügst! Jedes verdammte Mal, wenn ich im Begriff bin, dir mein Vertrauen zu schenken, dann lügst du."

Sein Körper presste sich nah an den Ihren. „Ich lüge nicht! Dieser Bastard tut es. Verdammt, ja, ich war bei Joel, denn als er sich bei mir meldete, dass er noch am Leben ist, konnte ich es nicht realisieren und ich wollte dich nicht beunruhigen. Und egal, was kommt, ich werde die Schuld für Sara auf mich nehmen, denn ..."

„Warum willst du das tun? Denkst du wirklich, dass ich es gewesen bin?"

„Lia, ich weiß es nicht, doch du wirst dafür nicht bestraft."

Sie stieß ihn von sich.

Dann fauchte sie: „Geh zu deinem verfickten Joel! Er kann dir in Zukunft mit Sicherheit auch den Schwanz lutschen!"

Jeremy zog sie ruckartig zurück und presste sie mit ihrem Rücken erneut an die Kabinenwand.

Sein Blick bewegte sich über ihre Brüste, ihren Hals, ihre Lippen, und verharrte in ihren Augen.

Die Tonlage war ruhig und vertraut. „Was hältst du davon, mein Püppchen, wenn wir zu einer Einigung kommen?"

Emiliana schluckte schwer.

Er verlagerte seine Hüften solange, bis sie sein steifes Glied an den Innenseiten ihrer Schenkel spüren konnte.

„Jeremy, was tust du da?"

Doch er drang mit der Zunge tief in ihren Mund ein, um den aufkommenden Protest im Keim zu ersticken.

Mit dem Knie zwang er ihre Beine weit auf, ehe er mit der Hand in die Leggings fuhr.

Seine Finger streichelten über den Stoff des dünnen Höschens, dann schob er dieses zur Seite.

Stöhnend schloss Emiliana die Augen.

Ihre Lippen bebten. „Fahr zur Hölle, Jeremy Adams!"

Keuchend antwortete er: „Nur, wenn du mit mir kommst."

Ruckartig zog er den Reißverschluss seiner Hose nach unten, und anschließend den Stoff der Leggins.

Da der Stoff des Slips schon an der Seite klemmte, war sie frei zugänglich für seinen Hammer.

„Kämpfe gegen mich, oder deine Gefühle zu mir, solange wie du es für richtig hältst, doch das hier wird immer und immer wieder passieren. Verstehst du?"

Er gab ihr keine Chance auf seine Worte zu reagieren.

Emiliana kämpfte zunächst einmal gegen sein Eindringen, doch er ließ ihr nicht den Hauch einer Chance.

Eine Träne bahnte sich den Weg über ihre Wange, als er sie vollständig ausfüllte.

„Ich werde dir niemals verzeihen!"

„Mein süßes Püppchen, das Letzte, was ich von dir will ist Vergebung. Aber das weißt du ja schon."

Jeremy glich sein Gewicht aus, um mit rhythmischen Stößen in ihre warme Nässe zu beginnen.

Mit den Händen fuhr er unter ihren Pullover und umfasste die Brüste. Dabei genoss er ihr sanftes Stöhnen und das Gefühl, wie sich ihre Muskeln kraftvoll um seinen Schaft anspannten. Ihn regelrecht verschlangen.

Es war ein Leichtes für ihn seine Wildkatze zu zähmen, und doch wusste er, dass er jederzeit darauf gefasst sein musste, dass sie die Krallen nach ihm ausfuhr.

Als sich Emilianas Rücken krümmte und die Atmung schneller wurde, ließ auch Jeremy jegliche Kontrolle fallen.

Er stieß seine Zunge so weit in ihren Mund, wie es sein Schwanz in ihre Spalte tat.

Im gleichen Moment, als Emilianas Körper in einen Orgasmus gehüllt wurde, spürte sie, dass auch Jeremy seine Lust mit enormen Druck in ihren Körper pumpte.

Er sah ihr noch einmal tief in die Augen.

In diese zu blicken, bedeutete für ihn sich vollkommen an sie zu verlieren. „Ich werde einen Weg finden und dich da rausholen. Ich verspreche es dir."

Jeremy konnte jetzt die aufgebrachte Unterhaltung von Emilianas Anwältin mit dem Cop hören.

„Sie ist schon viel zu lange da drin. Ich muss mich an die Vorschrift halten."

„Ist ja schon gut! Ich werde nach ihr sehen."

Im selben Augenblick, als die Tür in die Toilette aufschwang, war Jeremy aus dem Fenster verschwunden.

Eigentlich lagen diese viel zu weit auseinander, und für einen möglichen Fluchtversuch definitiv zu hoch gelegen, doch laufende Wartungsarbeiten, und ein freistehendes Gerüst, verhalf ihm an diesem Tag mit Leichtigkeit von der Herren- auf die Damentoilette zu gelangen.

Als Mrs. Caldwell Emiliana am Waschbecken stehen sah, fragte sie: „Alles in Ordnung?"

Emiliana nickte.

Und das, obwohl sie wusste, dass rein gar nichts in Ordnung war.

Jeremys Anwalt staunte nicht schlecht, als er sah, dass sein Mandant und Miss Brooks nahezu synchron aus den jeweiligen Türen der Örtlichkeiten traten.

Das erste was er kurz darauf tat, war, Jeremy mit den Augen zu bedeuten, dass dessen Hosenstall dringend eine Schließung benötigte.

Der letzte Tag des Jahres kam schnell.

So viel war im Leben von Emiliana und Jeremy in den vergangenen Tagen, Nächten, und Wochen passiert, und heute sollte all das mit dem Wechsel in ein neues Jahr enden.

Jeremy saß schweigend neben seinem Anwalt.

Detective Samuel und Detective Galleram hatten ihre Plätze unweit voneinander gewählt, und Joel saß wie das Phantom der Oper auf einer Bank in der allerersten Reihe.

Nur Mrs. Caldwell wechselte pausenlos den Blick von ihrer Armbanduhr auf den Eingangsbereich.

Wo bleibt sie nur?

Dieser Gedanke wurde von der Richterin unterbrochen, die wie gewohnt um Punkt zwei den Saal betrat.

„Setzen Sie sich!"

Sie sah sich um. „Mrs. Caldwell, wo ist ihre Mandantin?"

„Euer Ehren, das frage ich mich auch. Ich war leider heute Morgen verhindert und konnte sie nicht wie geplant aus der Haft begleiten, doch wenn Sie erlauben, würde ich gerne ein Telefonat führen ..."

Die Tür ging auf.

Ein Cop vom NYPD stürmte herein. „Diese Schweine haben meinen Partner und ich ..."

Er holte tief Luft. „Ich soll mitteilen, dass man umgehend zehn Millionen an diese Bande übergeben soll, andernfalls stirbt McKenzie."

Der Cop brach in Tränen aus. „Er hat doch erst letzte Woche einen gesunden Jungen geschenkt bekommen."

Samuel sprang auf. „Officer, beruhigen Sie sich! Wir werden alles Notwendige veranlassen, um ihren Kollegen zurückzuholen, doch Sie müssen Ruhe bewahren! Für ihren Partner! Erzählen Sie langsam was geschehen ist?"

„Wir sind mit Miss Brooks wie geplant losgefahren, doch dann kamen wir in eine Straßensperre. Die Umleitung verwies uns auf einen Feldweg, und als wir umkehren wollten, standen dort diese Männer um unseren Wagen herum. Sie trugen Masken und waren schwer bewaffnet. McKenzie zerrten sie vom Beifahrersitz und zwangen ihn die hintere Tür zu öffnen. Sofort griff einer der Männer nach den Haaren von Miss Brooks. Sie schrie, doch ..."

Jeremy sprang auf!

Er war außer sich: „Und Sie konnten nichts dagegen tun? Ich bitte Sie, für was sind Sie ein Cop, wenn ..."

„Mr. Adams!"

Die Richterin rief ihn umgehend zur Ruhe.

Sie fügte hinzu: „Ladies und Gentlemen, die Anhörung wird bis auf weiters ausgesetzt. Verlassen Sie den Saal geordnet und in aller Ruhe."

Der Hammer krachte auf das Holz wie ein Donnerschlag. Und in kürzester Zeit wimmelte es im Supreme Court nur so von Beamten des NYPD.

Am späten Abend konnte Jeremy gemeinsam mit seinem Anwalt das Gebäude verlassen.

Dieser reichte ihm lächelnd die Hand. „Mr. Adams, ich wünsche Ihnen trotz aller Umstände einen guten Rutsch in ein hoffentlich gesundes und besseres neues Jahr."

Jeremy nickte dankend, und kurz darauf sah er dem Mann dabei zu, wie dieser die Stufen nach unten spurtete.

Tausende Lichter tanzten über die unzähligen Straßen hinweg, doch er wusste genau, wohin ihn sein Weg führen sollte.

In die Fifth Avenue, zwischen der 33. und 34. Straße. Genauer gesagt, zum Empire State Building.

Der Eintritt stellte kein Problem dar, denn es war nicht sehr verwunderlich den Jahreswechsel auf einer der Besucherplattformen mit Blick auf die gigantische Skyline verbringen zu wollen.

Jeremy wandte sich mehrmals um, bevor er in einen von insgesamt 73 Aufzügen stieg. Nicht, dass ihm dieser Detective womöglich doch noch auf den Versen war.

Die Fahrt endete in der 103. Etage.

Hier haben nur Prominente Zutritt. Es gibt keinerlei Absperrungen und ein recht tiefes Geländer.

Somit kann man von hier oben aus die schönsten Bilder, ganz ohne die störenden Gitter, über New York schießen.

Zum Fotografieren war er allerdings nicht hergekommen, und er stand sogar mehrere Minuten mutterseelenallein auf dieser Plattform.

Da kalter Wind einsetzte, zog er seinen Mantel fest vor der Brust zusammen.

Die ersten aufsteigenden Raketen in den kristallklaren Nachthimmel, verrieten ihm, dass es kurz vor Mitternacht sein musste.

Plötzlich vernahm er Schritte.

Gräulich weißer Rauch einer Zigarre stieg neben ihm auf.

„Ich freue mich, dass du meiner Einladung gefolgt bist."

Zwar nickte Jeremy, doch sein Blick blieb finster und hart.

„Wie viel?"

„Nichts."

„Nichts?"

Jeremy schluckte hart, denn diese Demütigung war abzusehen. „Wenn du kein Geld willst, was ist es dann?" Joel nahm einen tiefen Zug von der Havanna.

„Die meisten der Verbrennungen verlaufen entlang meines Oberkörpers, den Armen, an manchen Stellen am Bauch, am Hals, und mein Gesicht hatte die volle Stärke der Flammenhölle abbekommen. Ich erinnere mich gut daran, wie ich in einem grellbeleuchteten Raum aufgewacht bin. Ein Dutzend Leute standen um mein Bett. Alle in weißen oder blauen Kitteln. Ich bot ihnen eine Menge Geld, wenn sie mein Leben vor der Öffentlichkeit verschweigen würden. Sie taten es. Das nächste Mal kam ich in einer Rehabilitationseinrichtung zu mir. Ich konnte mich nicht bewegen, spürte überall nur Gips und starke Verbände. Ich erkundigte mich nach meinem Zustand und mit gesenkter Stimme teilte mir der behandelnde Arzt mit, dass über 40 Prozent des Gewebes dahin waren. Mir wurde Haut von Oberschenkeln und Rücken für die unzähligen Transplantationen entnommen, und erst kurz vor Weihnachten konnte ich zum ersten Mal in mein Penthouse zurückkehren. Deinen Werdegang und die Aktien von Marshall-Enterprises habe ich natürlich täglich verfolgt, und du hast deine Sache wirklich gut gemacht, das muss ich dir lassen, Adams! Nun ja, und mein Schicksal habe ich kurz darauf auch akzeptiert. Ich wurde unfreiwillig aus dem Rennen geworfen, doch du bist gerade erst an den Start gegangen."

Eigentlich sollte Jeremy an dieser Stelle Mitleid für seinen ehemaligen Boss empfinden, doch er fühlte rein gar nichts. Stattdessen hob er die Lippe an. „Willst du in deine Position zurück? Aktien? Wertpapiere?"

„Nein."

Die Verzweiflung über dieses eine Wort drohte Jeremy zu übermannen. „Nein? Verflucht Joel, was willst du dann?"
Joel blickte lasziv in den Nachthimmel. „Jeremy, was ich will, kannst du mir nicht geben."
Verdammt! dieser Typ ist vollkommen geisteskrank! Ich sollte diesen invaliden Penner am Kragen packen und von diesem Gebäude stoßen. Doch was passiert dann mit meiner wilden Schönheit?
Jeremy versuchte es milde. „Ich bitte dich! Es ist viel Scheiße gelaufen ..."
Joel erhob unterbrechend den Gehstock. „Nein, Jeremy! Es wäre keine Scheiße gelaufen, wenn du dich an unseren Deal gehalten hättest. Stattdessen ..., SIEH MICH AN!"
Jeremy machte zwei Schritte nach hinten, dann fragte er: „Willst du Lia und mich tot sehen?"
„Es ist nicht dein Tod, den ich will."
Die Glocken von den umliegenden Kirchen und Synagogen begannen zu schlagen, doch Joel sprach weiter:

GONG – „Das Leben ...
GONG – ... ist nicht immer fair!
GONG – Und ein Deal ...
GONG – ... ist ein Deal!
GONG – Blut ...
GONG – ... für Blut!
GONG – Hass ...
GONG – ... für Hass!
GONG – Ich habe meinen Deal ...
GONG – ... mit der Welt gemacht.
GONG – Nun bist du an der Reihe!"

Jeremy hatte plötzlich das seltsame Gefühl, sich wieder auf vertrauter Geschäftsebene zu befinden.

Während hoch über New York der Himmel in den schillerndsten Farben aufleuchtete, und die Menschen das neue Jahr willkommen hießen, war in seinen Augen nichts mehr wichtig, außer SIE.
Sein durchdringender Blick zeugte von Entschlossenheit.
GONG -

„Happy New Year!"

AUTORIN
/SCHRIFTSTELLERIN

Autoren-Profil

Persönlich:
Tanja Wagner, geboren 1983 in
Dachau, ist verheiratet und stolze
Mama von zwei wundervollen Kindern.
Ihre Familie und ihre Freunde sind für
sie das Wichtigste.

Beruflich:
Nach Abschluss der Mittleren Reife
hat sie die Ausbildung zur
Versicherungskauffrau erfolgreich
abgeschlossen. Neben dem Beruf hat
sie als Ausgleich mit dem Schreiben
angefangen - es erfüllt ihr Leben.

Weitere Bücher der Autorin:

LOVE - ACTION - THRILL:

FRANKY O. - Donner im Herzen / Band I

FRANKY O. - Feuer im Herzen / Band II

FRANKY O. - Spuren im Herzen / Band III

URBAN - FANTASY:

ZWISCHENERDE - Wächter der Balance

LOVE - THRILL - ROMAN:

BODYGUARD - Liebe zwischen Büchern

EROTIK - THRILLER:

8 DAYS - Emiliana

8 NIGHTS - Jeremy